한국추리문학상
황금펜상 수상작품집

2025 · 제19회

한국추리문학상
황금펜상 수상작품집

2025 · 제19회

박건우

박향래

조영주

박소해

김아직

한새마

차례

2025 · 제19회 수상작

7 교수대 위의 까마귀 박건우

우수작

95 서핑 더 비어 박향래

115 폭염 조영주

151 부부의 정원 박소해

201 길로 길로 가다가 김아직

267 1300℃의 밀실 한새마

308 2025 제19회 한국추리문학상 황금펜상 심사평

2025 제19회 수상작

교수대 위의 까마귀

박건우

박건우

단편소설 〈야경(夜景)〉으로 2022년 《계간 미스터리》 신인상을 수상하였으며, 미니픽션 〈고자질하는 시계〉와 메디컬 호러물 〈환상통〉을 발표하였다. 본격 미스터리 앤솔러지 《교수대 위의 까마귀》에 동명의 작품을 표제작으로 수록하였고, 전자책으로는 코지 미스터리 단편 〈멀리 날아가는 종이비행기〉와 특수설정 미스터리를 다룬 〈어긋난 퍼즐〉을 공개하였다. 본격 및 특수설정 미스터리에 지대한 관심이 있으며, 틈날 때마다 메모해 둔 아이디어 노트를 바탕으로 이전보다 더 나은 작품을 쓰기 위해 노력하고 있다.

택시에서 내려서자, 눈앞에 커다란 건물이 서 있었다. 눈이 부실 정도로 새하얀 건물은 주변의 다른 건물들과 동떨어진 곳에 홀로 자리 잡고 있어 어딘가 고립된 인상을 주었다.

여기가 오늘의 마지막 의뢰처군.

나는 고개를 들어 건물 벽에 새겨진 이름을 눈으로 읽어보았다. 요제프랑 아트 뮤지엄. 이 지역에서는 거의 유일한 사립미술관이다.

미술관 정문은 낮은 계단을 다섯 단 올라가면 있는, 양쪽으로 열리는 여닫이형 유리문이었다. 손잡이를 잡고 당겨보았다. 덜컹, 하는 소리와 함께 문이 걸렸다. 안쪽으로 열리는 문인가 싶어 밀어도 보았지만, 여전히 열리지 않았다. 아무래도 안쪽에서 잠겨 있는 모양이다.

문 옆에 인터폰이 있어 눌러보았으나 반응은 없었다. 아니, 애초에 작동이 되지 않았다. 하는 수 없이 도로 계단을 내려왔다.

다시 한번 정문을 바라보았다. 건물 내부에 불이 들어와 있으니, 누군가가 있기는 할 것이다. 주위를 둘러보니 정문 오른편으로 창문이 하나 있었다. 얼핏 사람의 형체가 보인다. 책상 앞에 앉아 얼굴에 부채를 부치고 있는 중년 남자의 모습이었다.

다행히 창문에 손이 닿았다. 두어 번 두드리자, 남자가 화들짝 놀라더니, 나와 눈이 마주치고는 허둥지둥 사라졌다. 곧이어 정문 안쪽에서 남자가 잰걸음으로 달려 나왔다.

"아이고, 오셨습니까. 시설 점검하러 오신 기사님이죠? 날도 더운데 수고가 많으십니다."

문을 열어준 그는 자신을 이 미술관의 관장이라 소개했다. 그리 나이가 들어 보이진 않는데도 흰머리가 수두룩하다. 안으로 들어서자, 관장은 문을 도로 걸어 잠갔다.

"인터폰을 눌러도 반응이 없던데, 혹시 고장 난 건가요?"

혹시나 하는 마음에 물어보았다. 일거리가 늘겠다 싶었는데, 다행히 관장은 손을 휘휘 내저으며 말했다.

"아휴, 아닙니다. 전기세 절감 차원에서 제가 일부러 꺼뒀어요. 그 왜, 우리 미술관이 한동안 문을 닫지 않았습니까. 그동안 수입이 없다 보니 사소한 부분에서도 비용을 아끼게 되더라고요. 전시회 개장 후에는 냉방비도 장난 아니게 들 테니 미리미리 아껴둬야지요, 허허."

머쓱한 듯 뒤통수를 긁적인다. 하긴 이 더운 날씨에 에어컨도 틀지 않고 부채만 부치는 걸 보면 그럴 만하다고 생각했다.

1층 로비에는 안내 데스크와 소파가 여럿 놓여 있었다. 사람은 없었다. 안내 데스크에 팸플릿이 잔뜩 쌓여 있기에 하나를 집어 펼쳐보았다. 이번에 열릴 전시회에 대한 설명과 아티스트의 사진이 들어 있었다.

"어디서부터 점검하면 될까요?"

"우선은 3층부터 순서대로 해주시면 될 것 같습니다. 분전반은 저기 엘리베이터로 곧장 올라가서 왼편을 보시면 있습니다."

벽면에 붙은 안내도를 보아하니 이 미술관은 3층짜리 건물인 모양이다. 나는 관장의 안내를 따라 엘리베이터로 향했다.

버튼을 눌러놓고 손목시계를 확인했다. 오후 2시다. 이번 일만 끝나면 간만에 조기 퇴근도 가능하려나.

그런 생각을 하는 사이에 엘리베이터가 도착했다. 좌우로 문이 열리고 안으로 들어서는 순간, 나는 반사적으로 와, 하고 작게 탄성을 내질렀다.

우선 내부가 굉장히 넓었다. 스무 명이 들어가고도 공간이 남을 것 같았다. 게다가 그 넓이도 넓이지만, 무엇보다도 천장이 엄청 높았다. 성인 남성 키보다 절반은 더 높지 않을까. 이정도로 큰 엘리베이터는 처음 보았다.

3층 버튼을 누르고 문이 닫히려던 찰나였다. 로비 쪽에서부터 다급한 발소리가 들려오더니, 이어서 "잠시만요!" 하는 목소리가 들려왔다.

나는 급히 문틈 사이로 발끝을 집어넣었다. 그러나 문이 다시 열리지 않았다. 문틈에 신발이 걸린 채로 멈춰버린 것이다. 어쩔 수 없이 열림 버튼을 눌러야 했다.

"아이고, 감사합니다."

그렇게 인사하며 엘리베이터에 타는 남성의 얼굴을 나는 이미 본 적이 있었다. 방금 전 팸플릿에서 본 얼굴이었다.
"기사님이시죠? 관장님께 말씀 들었습니다. 오늘 미술관 시설 점검하러 오신다고."
"아, 네. 맞습니다."
관장이 그런 얘기까지 했나. 하긴 한창 전시회를 준비 중일 때 낯선 사람이 돌아다니면 아무래도 신경 쓰일 테니 미리 언질을 해 줄 필요가 있을 것이다.
"그나저나 여기 엘리베이터가 엄청나게 크네요. 깜짝 놀랐습니다."
괜히 어색해서 아무 말이나 던져보았다. 남성은 "그렇죠?" 하며 사람 좋은 웃음을 지었다.
"아무래도 미술관 엘리베이터니까요. 관람객용이기도 하지만 큰 작품을 외부에서 옮겨와야 하는 경우도 있거든요. 이 정도로 크지 않으면 오히려 곤란하죠."
"아하, 그렇군요."
설명을 듣고 보니 이해가 되었다. 그러는 사이 엘리베이터가 3층에 도착했다. 문이 열림과 동시에, 나는 또 한 번 숨을 헉, 집어삼킬 수밖에 없었다. 눈앞에서 거대한 공룡의 머리뼈가 나를 향해 입을 쩍 벌리고 있는 게 아닌가.
엘리베이터에서 내려 그것을 향해 천천히 다가갔다. 그리고 전체적인 형상을 눈으로 훑어보았다.
공룡의 머리뼈가 거대한 이빨이 박힌 턱뼈를 잡아먹을 듯이 벌리고 있다. 생김새로 봐선 티라노사우루스일까. 진짜 화석처럼 생졌으나 자세히 들여다보면 석고의 흔적이 드문드문 보인다.
　머리뼈가 튀어나온 곳은 알 속이었다. 성인 남성만 한 크기의 커다란 알. 그 윗부분은 널찍하게 깨져 있고, 머리뼈와 함께 깨진 틈 속에서 튀어나온 두 개의 앞발은 당장이라도 밖으로 뛰쳐나갈 듯 허공을 움켜쥐고 있다.
　흡사 공룡의 골격이 알을 막 깨고 나온 모양새다. 물론 진짜 공룡일 리도 없거니와, 설령 진짜라고 해도 뼈만 남은 공룡이 태어날 리는 없다. 이건 모형이다. 석고와 회반죽을 적당히 혼합해 정교하게 만든 모형. 일종의 설치미술인 걸까.
　작품은 널찍한 나무 받침대에 놓여 있다. 받침대 가장자리에 부착된 황금색 플레이트에 작품의 제목이 적혀 있었다. 나는 허리를 가볍게 숙여 작품명을 확인했다.
　소멸의 탄생.
　"꽤 박력 있죠?"
　뒤에서 들려오는 목소리에 화들짝 놀라 돌아보자 남성이 킥킥 웃으며 나를 바라보고 있었다.
　"이걸 만들 때 가장 고심한 부분이 바로 생동감이었습니다. 어떻게 하면 골격만으로 살아 있는 듯한 느낌을 줄 수 있을까. 그래서 제작에 착수하기 전까지 어떤 포즈로 만들지 연구를 많이 했죠. 덕분에 상당히 만족스러운 작품이 나온 것 같습니다."
　그는 환하게 웃으며 말했다. 그가 바로 이 작품을 만든 작가인 모양이다.
　"설치미술에 관심이 많으신가 보죠?"
　그가 나에게 물었다. 작품을 너무 유심히 바라보고 있어서 그렇게 보인 것인가.

"아, 아뇨. 관심이 많다고 할 정도까진 아닙니다만…. 그래도 회화보다는 이런 조형물이 더 흥미롭게 느껴지네요. 젊을 적엔 미술관에도 꽤 자주 다니곤 했습니다."

"하하. 지금도 매우 젊으신데요."

그가 유쾌하다는 듯이 웃었다. 나도 멋쩍게 웃어넘겼다. 거짓말은 아니었다. 대학 시절에 사귀던 여자 친구 손에 이끌려 여기저기 돌아다녔던 것뿐이지만.

"그나저나 '소멸의 탄생'이라는 제목이 참 마음에 드네요. 공룡뼈 화석을 소멸에 빗댄 것도 인상적이지만, 소멸과 탄생이라는 상반된 개념을 양립시킨다는 발상이 좋았습니다. 그걸 이렇게 작품으로 구현해낸 것도 놀랍고요."

기왕 관심을 보인 김에 나름대로 감상평을 남겨보았다. 별 뜻 없이 떠오르는 대로 한 말이었는데, 어째 반응이 없다 싶어 바라보니 그가 휘둥그레진 눈으로 내 얼굴을 쳐다보고 있었다. 나는 순간 흠칫했다. 뭔가 말실수라도 한 건가?

그게 아니었다.

"완전 제대로 보셨는데요? 아니, 예술에 정답이란 게 없긴 하지만, 그래도 최소한 작가의 의도라는 게 있잖아요. 잠깐 본 것만으로도 이렇게 꿰뚫어보실 줄은 몰랐습니다."

눈을 반짝이며 나를 바라보는 시선이 조금 부담스러웠다.

"그, 그건 그렇고, 왜 이것만 여기에 따로 있는 건가요? 보아하니 이것도 전시작인 것 같은데."

나는 괜히 쑥스러워 말을 돌렸다. 그렇지만 정말로 궁금하긴 했다. 이곳은 미술관 3층 제1전시실 입구다. 정확히 말하자면 입구로 들어서기 직전의 공간, 즉 전시실 바깥이다. 이 작품만 이곳에 홀로 존재하는 이유가 무엇일까.

"아, 원래는 이것도 다른 작품들처럼 전시실에 배치해둘 예정이었습니다. 실제로 어제까진 전시실 안에 있었죠. 하지만 여기 입구가 좀 밋밋하잖아요? 그래서 전시실 입장 전에 뭔가 임팩트를 줄 만한 게 없을까 고민하다가 이걸 여기로 옮기게 된 거죠. 그게 바로 오늘 오전의 일입니다. 무게가 만만찮다 보니 제자들이 고생 꽤나 했죠."

남자는 엄지손가락으로 전시실 안을 가리켰다. 제자라는 사람들이 저 안에 있나 보다. 그나저나 임팩트와는 별개로, 엘리베이터 앞에 이런 무시무시한 게 놓여 있으면 엘리베이터에서 내리려던 관람객들이 깜짝 놀라지 않을까. 실제로 나도 그랬고.

그런 생각을 하느라 잠시 멍하니 있었더니 남자가 손뼉을 짝 치고는 말했다.

"이렇게 오신 것도 인연인데, 안을 한번 둘러보고 가시겠습니까?"

"어, 그래도 괜찮은가요?"

나는 놀라서 되물었다. 이번 전시는 미술관 재오픈을 기념해 특별 기획으로 준비한 거라고 관장에게 들었다. 당연히 상설 전시와는 달리 입장료도 꽤 비쌀 것이다.

"당연히 괜찮고말고요. 아직 준비 중이긴 하지만 대부분의 작품은 이미 다 완성됐습니다. 좀 어수선하긴 해도 즐길거리는 충분할 겁니다."

남자는 "자자, 들어오시죠" 하며 나를 제1전시실 안으로 밀어 넣었다. 그걸 걱정한 게 아니었는데. 아무래도 이 남자는 입장료가 어떠니 하는 건 안중에도 없는 모양이다. 아니, 무엇보다 그만큼 퇴근 시간이 늦어지는 게….

그러나 그런 시답잖은 생각은 전시실에 들어서는 순간 말끔히 사라졌다. 전시실 안에 펼쳐진 풍경에 한순간 말을 잃었다.

아티스트 도현. 조각품이나 사물을 활용한 설치미술계의 떠오르는 신성이라는 정평이 난 남자다. 일개 설비기사인 나도 알 정도로 유명한… 건 아니고, 팸플릿에 그렇게 적혀 있는 걸 보았을 뿐이지만.

그런 그의 작품을 관통하는 주제가 바로 '아이러니'다. 그는 모순적인 소재를 여럿 엮어 하나의 예술작품으로 탄생시키는 것으로 유명한데, 이는 〈생生의 아이러니〉라는 전시회의 제목에서도 잘 드러난다.

이번 전시회에서는 특히 삶과 죽음을 모티프로 한 신선하고도 개성적인 작품들을 볼 수 있다고 한다. 그 말대로, 제1전시실에는 그야말로 각양각색의 전시물이 즐비했다. '소멸의 탄생'도 원래는 이곳에 전시되어 있었던 것일까.

"어떠세요? 꽤 잘 꾸며져 있죠?"

넋을 잃고 바라보고 있으니, 옆에서 도현이 흐뭇한 듯이 말을 걸었다.

"무작위로 놓아둔 것처럼 보여도 이래 봬도 동선에 꽤 신경을 썼습니다. 입구에서부터 흐름을 따라 관람하다 보면 자연스럽게 제2전시실로 이어지죠. 예를 들어 여기 유리 케이스 안의 데스마스크가 바라보고 있는 방향을 보면…."

그는 계속해서 설명을 이어갔다. 전시회는 혼자서 조용히 사색하며 감상하는 것을 좋아하는 편이지만, 아티스트 본인의 설명을 직접 들을 기회가 어디 흔한가. 게다가 공짜이기도 하고.

도현의 설명을 들으며 감상을 하다 보니 어느덧 제1전시실의 가장 안쪽, 제2전시실로 이어지는 중간 통로에 도달했다. 입구에는 가림막으로 커튼이 쳐져 있었다. 도현은 커튼 끝자락을 잡으며 나를 바라보았다.

"설치미술에도 다양한 종류가 있습니다. 입구에서 보신 '소멸의 탄생'처럼 단독으로 존재하는 작품도 있지만, 주변 환경과 어우러져야 비로소 의미를 갖는 작품도 있지요. '교수대 위의 까마귀'가 바로 그런 작품입니다."

그러면서 그는 커튼을 확 열어젖혔다. 그를 따라 안쪽으로 발을 들이미는 순간, 공간의 분위기가 완전히 달라졌다.

우선 공간 가득 풍겨오는 꽃향기가 코를 부드럽게 간질였다. 왼쪽으로 쭉 뻗은 중간 통로. 바닥 가운데에 나 있는 보행로 양옆으로 화단이 잘 가꿔져 있었다. 색깔별로 질서정연하게 심은 각양각색의 꽃들과 싱그러운 초록빛을 더해주는 잔디가 눈과 마음을 편안하게 해주었다.

그러나 그와 동시에 이곳에는 그 아기자기하고 편안한 분위기를 단숨에 압도하는 물체가 하나 있었다. 두껍고 긴 나무로 세워진 두 개의 기둥. 둘 사이를 높다랗게 가로지르는 또 하나의 버팀목. 그 가운데 단단히 묶인 밧줄과 서슬 퍼런 올가미 매듭. 전형적인 형태의 교수대였다.

아기자기한 꽃밭 한가운데 세워진 거대한 교수대는 그 이미지만으로도 압도적인 존재감을 발산하고 있었다. 그와 동시에 방의 분위기와 어우러지지 못하는 딱딱한 인공물의 형태가 형용할 수 없는 이질감을 자아냈다.

"자, 직접 보니 어떠십니까?"

"살벌하네요."

나는 솔직하게 감상을 말했다. 이것이 '교수대 위의 까마귀'라는 작품인가. 그러고 보니 제목의 '까마귀'는 어디에 있는 거지? 그렇게 생각하며 교수대 위를 올려다보자 바로 눈에 들어왔다. 버팀목의 가장자리 위. 그곳에서 새까만 까마귀 한 마리가 이쪽을 내려다보고 있었다. 당연하게도 모형이었다.

"혹시 저 까마귀는 어떤 의미인가요?"

재미있다는 듯 웃고 있는 도현에게 물었다. 물론 까마귀의 이미지만으로도 교수대가 풍기는 불온한 느낌을 더해주긴 하지만, 작품의 제목에도 들어갈 정도라면 무언가 다른 의미가 있지 않을까?

"그걸 설명하려면 이것부터 먼저 말씀드려야겠네요. 혹시 '교수대 위의 까치'라는 그림을 아십니까?"

"그림이요? 아뇨, 들어본 적은 없습니다만."

그러자 도현은 스마트폰으로 무언가를 검색하더니 화면을 내게 보여주었다. 풍속화 이미지였다.

"16세기 네덜란드 화가 피터르 브뤼헐의 유작입니다. 보시다시피 그림 가운데에 교수대가 있고 그 주변에서 사람들이 춤을 추고 있죠? 그리고 그 광경을 교수대 위에 내려앉은 까치 한 마리가 유유히 내려다보고 있고요.

관점에 따라 정치적인 의미니 시대상이니 하는 해설이 붙지만, 저는 이 그림의 아이러니에 초점을 맞췄습니다. 섬뜩한 교수대와 그 아래에서 춤추는 사람들이라니. 굉장히 역설적이지 않나요? 그래서 저도 이 그림을 모티프로 아이러니한 공간을 만들어본 겁니다. 그림 속에선 교수대 위에 까치가 앉아 있지만, 서양에서는 까치를 흉조로 여기니, 우리나라로 치면 까마귀인 셈이죠. 그래서 그런 겁니다."

설명을 듣고 보니 작품 의도가 훨씬 잘 와닿았다. 춤추는 사람들은 없지만 교수대 주위를 둘러싼 형형색색의 꽃밭이 그 역할을 대신해주고 있었다. 실물처럼 생생한 까마귀 모형도 교수대의 음산한 기운을 더해준다.

도현은 손뼉을 짝 마주치더니 쾌활한 목소리로 말했다.

"사실 이것만으로도 충분히 분위기가 살긴 하지만, 그래도 저만의 독창성은 있어야 하지 않겠습니까. 그래서 준비한 게 바로 이 소파입니다."

"소파요…?"

도현의 말에 나는 주위를 돌아보았다. 가운뎃길을 사이에 두고 교수대의 건너편 벽 앞에 대여섯 명은 거뜬히 앉을 만큼 긴 소파가 놓여 있었다. 교수대와 마주 보는 방향이었다.

"앉기만 해도 편안해지는 소파를 찾느라 고생 꽤나 했지요. 편하게 앉아보세요."

그의 권유에 나는 머뭇거리면서도 소파에 몸을 파묻었다. 그 순간 푹신한 쿠션과 부드러운 천 재질이 온몸을 포근하게 감싸왔다.

그러면서도 적당한 탄성력으로 내 몸을 안락하게 받쳐주는 게 상당한 안정감을 주었다. 앉기만 해도 편안해진다는 그의 말대로였다.

그렇기에 더더욱 정면에 보이는 교수대와 크게 대비되었다. 몸은 한없이 편안한 데 반해 정신은 온통 교수대 쪽으로 쏠려 마치 가시방석에 앉은 기분이었다. 앉아 있을수록 마음 안쪽에서부터 뭔지 모를 불안감이 퍼져나갔다.

"이거 굉장하네요. 단순히 소파에 앉는 것만으로도 이런 복잡한 감정을 느끼게 하다니."

내 솔직한 감상에 도현은 만족스러운 듯 고개를 끄덕였다.

"일종의 체험형 전시인 셈이죠. 이제 아시겠습니까? 여기 있는 교수대와 화단, 소파를 모두 포함해야 비로소 '교수대 위의 까마귀'라는 작품이 완성됩니다. 말하자면 이 공간 자체가 하나의 작품인 셈이죠. 뭐, 저나 제자들이나 모두 '교수대의 방'이라고 통쳐서 부르고 있긴 하지만요."

출구로 이어지는 가림막을 젖히며 도현은 그렇게 말했다.

'교수대의 방'을 나와 제2전시실로 들어서자 조금 전과 비슷한 풍경이 펼쳐졌다. 한 가지 다른 점은 제1전시실과 달리 이곳은 아직 미완성이었다.

전시실의 맨 안쪽, 비상계단으로 이어지는 철문의 앞에 반원형의 석고 구조물이 줄줄이 늘어서 있었다. 마치 통로 같았다. 주변에는 석고 부스러기와 페인트 통, 바닥 보호 시트가 어지러이 널려 있었다.

그 주위를 세 사람이 둘러싸고 있었다. 남자 둘에 여자 하나. 아까 아티스트가 말했던 제자들일까.

가까이 다가가자 세 사람은 작업을 중단하고 이쪽을 쳐다보았다. 내 얼굴로 향하는 시선이 조금 부담스러웠다.

"아, 선생님. 오래 걸리셨네요."

그들 중 한 사람이 우리 앞으로 다가왔다. 제일 왼쪽에 있던 남자였다.

"손님에게 작품 소개를 좀 해주느라 늦었지. 제1전시실부터 쭉 둘러보던 참이야. 작업은?"

"거의 다 끝나갑니다. 표면 경화제를 발라뒀으니 마를 때까지 기다리기만 하면 돼요."

그렇게 대답한 그는 시선을 돌려 의아한 눈빛으로 내 얼굴을 바라보았다.

"그런데 이분은…?"

"미술관 설비 점검을 하러 오신 기사님인데, 보기와 달리 작품을 보는 안목이 꽤 높으시더라고. 그래서 이것도 인연이다 싶어 전시회 안내를 해주던 참이었지."

나는 가볍게 고개를 숙여 인사했다. '보기와 달리'라고 말할 것까진 없지 않나 생각했지만 뭐, 크게 틀린 말은 아니라서 가만히 있었다.

"아, 이 친구는 한민석이라고 합니다. 내 제자인데, 다재다능하고 일처리가 빠르고 아주 유능하죠. 미술 외에도 하나같이 실력이 수준급이라 작품 외적인 일은 다 이 친구한테 맡기고 있습니다."

"반갑습니다."

소개받은 민석이 싹싹하게 인사했다. 우리 대화를 들은 나머지 두 사람도 다가왔다.

"여긴 조찬민이라는 친구인데, 신선한 아이디어나 발상을 참 잘 떠올립니다. 작품을 구상할 때 도움을 많이 받고 있죠. 그리고 그 옆은 제일 막내인 이민영. 꼼꼼하고 세심한 성격이라 작품의 디테일을 잘 살려줍니다. 디자인 센스도 좋아서 이번 전시회의 배치나 구도는 거의 다 이 친구가 도맡아 했죠. '소멸의 탄생'은 제가 멋대로 옮겨버렸지만요. 하하하."

도현이 유쾌하게 웃는 와중에 두 사람도 내게 꾸벅 인사했다. 갑작스럽게 시작된 소개 릴레이에도 당황하는 기색이 없었다. 아티스트의 성격을 보면 이런 일이 평소에도 자주 있는 모양이다.

"설비 기사 박현수라고 합니다. 현대미술은 잘 모르지만, 선생님께서 잘 설명해주신 덕분에 많이 배워가는 것 같네요."

소개를 받았으니 나도 얼떨결에 인사를 했다. 그러면서 한편으론 제자들을 한 사람씩 찬찬히 살펴보았다.

민석은 시원스러운 인상의 남성으로, 다부진 팔뚝과 떡 벌어진 어깨가 특징적이었다. 나이에 걸맞게 혈기왕성해 보였으며 잔근육이 붙어 탄탄한 이미지였다. 다재다능하다는 평가는 이런 부분을 말하는 걸까.

다음으로 소개받은 조찬민은 꽤나 덩치가 있는 남자였다. 그것만 보면 사람을 압도할 것 같은 이미지였지만 시종일관 입가에 생글생글 미소를 띠고 있어 의외로 푸근한 인상을 주었다.

마지막으로 민영은 갈색으로 염색한 반묶음 머리가 특징적인 여성이었다. 앞의 두 사람과는 달리 정장 느낌의 깔끔한 블라우스를 차려입고 있어 회사원의 이미지에 가까웠다.

"작품을 미술관 안에서 직접 만드시는 건가요?"

나는 그들이 둘러싸고 있는 반원형의 커다란 석고 구조물을 올려다보았다. 보통은 작업실에서 완성한 작품을 옮겨와서 전시하지 않나? 그런 의문이 들던 차에 찬민이 친절하게 설명해주었다.

"아, 보통은 작업실에서 하지만 이번처럼 운반하기엔 너무 크거나 뒤늦게 제작이 결정된 작품은 간혹 이렇게 전시실에서 만들기도 합니다. 특히나 이 작품은 제2전시실에서 비상계단으로 이어지는 통로가 될 예정이거든요. 다른 곳에서 제작해서 옮겨오는 게 더 복잡해서 여기서 직접 만드는 겁니다."

"이렇게 3층을 먼저 둘러본 다음에 이곳을 통해 2층으로 내려가 나머지 전시실도 둘러보도록 동선을 짰거든요. 그래서 급히 제작하게 되었습니다. 아무래도 비상문만 달랑 있으면 밋밋하니까."

도현이 옆에서 부연설명을 했다. 확실히 비상문만 있는 것보단 통로로 동선을 유도하는 게 훨씬 자연스러울 것 같았다.

그렇게 생각하며 굳게 닫힌 비상문을 바라보고 있자니 비상문 안쪽에서부터 시끄러운 발소리가 들려왔다. 단정치 못하게 계단을 올라오는 발소리가 점점 커지더니, 갑자기 철문이 덜컹 열렸다. 안에서 튀어나온 것은 젊은 여성이었다.

"3층엔 대체 왜 화장실이 없는 거야? 귀찮게 2층까지 내려갔다 와야 하잖아."

짜증 섞인 목소리로 툭 내뱉은 여성은 고개를 돌려 나와 눈이 마주쳤다. 어쩐지 얼굴이 불그레했다.

"그쪽은 누구셔?"

초면부터 대뜸 반말이었다. 조금 당황스러웠지만 같은 인사를 반복할 수밖에 없었다.

"미술관 설비 점검을 하러 온 박현수라고 합니다. 지금은 도현 씨가 전시회 안내를 해주셔서…."

"아, 됐고. 찬민아, 내가 마시던 맥주는 어디 갔어?"

도중에 말을 끊은 것으로도 모자라 내겐 관심 없다는 듯 고개를 휙 돌려버렸다. 뭐 이런 사람이 다 있담.

"경화제 처리 작업 때문에 아이스박스랑 같이 잠시 가장자리으로 옮겨뒀어요. 여기요."

찬민이 맥주 캔을 건네자 거칠게 탁 받아들더니 그대로 쭉 들이켰다. 그러고는 빈 캔을 흔들며 "쳇, 다 마셨네" 하고는 바닥에 나뒹구는 캔 무더기에 아무렇게나 툭 던졌다. 설마 저걸 혼자서 다 마신 건가?

"아, 제 여자 친구입니다. 이름은 조유진이고요. 저랑 같은 미대 출신으로, 재작년 초 비엔날레에서 처음 만났는데 어쩌다 보니 이렇게 사귀는 사이가 돼서…."

도현이 그답지 않게 쑥스러운 목소리로 소개했다. 비엔날레가 뭔지는 몰라도 대충 예술 전시회 같은 게 아닐까. 나는 고개를 끄덕이며 유진을 바라보았다.

짧은 단발머리의 유진은 상하의 모두 헐렁한 체육복 차림이었다. 몸집은 상당히 작은 편이다. 민영이 가장 막내라곤 했지만 둘이 나란히 있으면 오히려 민영이 언니로 보이지 않을까. 잔뜩 쌓인 캔 무더기가 말해주듯 술기운이 올라오는지 가만히 서 있는데도 몸이 조금씩 휘청인다.

유진이 고개를 젖혀 맥주를 꿀꺽꿀꺽 마시는 모습을 멍하니 바라보았다. 술기운으로 붉어진 것과는 별개로 어쩐지 얼굴과 목이 하얗게 뜨는 느낌이었다. 뭐라도 바른 건가?

"어라? 유진 언니, 혹시 선크림 바꿨어요? 아까랑 좀 다른 것 같은데."

"오? 역시 민영이는 알아보는구나?"

민영이 눈썰미 좋게 물어보자, 유진이 반색했다.

"나 요즘 레이저 토닝 받고 있잖아. 사후 관리하려면 자외선이나 햇빛을 피해줘야 하는데, 원래 쓰던 선블록이 다 떨어져가길래 엊저녁 집에 가는 길에 올영에서 하나 샀지. 이번에 새로 나온 신상이더라고. 오늘 첨 써보니까 좋기는 한데, 백탁 있는 타입이라 얼굴이 좀 허옇게 뜨네."

"아니, 선배. 실내인데도 선크림을 발라요?"

"그게 뭔 바보 같은 소리니? 여기 형광등이 얼마나 많은데. 실내 조명에서도 자외선이 나온다는 거 몰라? 특히 여긴 벽도 새하얗고 주위에 석고가 잔뜩이라 더더욱 조심해야지."

찬민의 물음에 유진이 하품을 한차례 한 후 쏘아붙였다. 어쩐지 얼굴이 너무 하얗다 싶었는데, 조금 전 화장실에 간 김에 선블록을 잔뜩 바르고 온 모양이다. 목뿐만 아니라 목덜미까지 꼼꼼하게 바른 건 백탁 현상으로 얼굴과 색깔 차이가 너무 날까 봐 그런 걸까.

그나저나 형광등에서 나오는 자외선은 극미량이라 걱정할 필요는 없을 텐데…. 그런 생각이 들었지만, 그냥 조용히 넘어가기로 했다. 게다가 창문으로도 햇빛은 들어올 테니 잘 발라둬서 나쁠 건 없다.

"아니, 또 마셔요?"

민석의 말에 나는 퍼뜩 정신을 차렸다. 돌아보니 유진이 아이스박스에서 새 캔을 꺼내들고 뚜껑을 따는 참이었다.
"날도 더운데 뭐 어때."
"어휴, 심장도 안 좋다는 사람이…."
유진이 캔에 입을 대고 꿀꺽꿀꺽 마시는 모습을 민석이 어이없다는 표정으로 바라보았다. 그러거나 말거나 유진은 "푸하~" 하는 소리와 함께 캔을 입에서 떼었다. 그러고는 캔 입구를 민석 쪽으로 향하며 말했다.
"소주도 아니고 맥주는 괜찮잖아. 게다가 아직 부정맥 진단을 받은 것도 아닌데 뭐. 여기 기계 박아 넣은 것도 진단하기 애매하니까 그런 거 아니야?"
그러면서 자신의 가슴팍을 주먹으로 툭툭 쳤다. 부정맥 검사를 위해 가슴에 박아 넣은 기계. 그건 아마 '이식형 사건 기록기'가 아니었을까. 부정맥이 몇 개월에 한 번꼴로 나타나는 경우 심장 쪽 피부 아래에 작은 기기를 심어 심전도를 기록한다는 말을 들은 적이 있었다.
"난 괜찮다고 하는데도 도현이가 하도 병원 가보자고 사정사정을 해대니…."
유진이 흘겨보자, 도현은 머쓱하게 웃었다.
"뭐 아무튼, 유진 누나도 돌아왔으니 슬슬 시작해볼까?"
민석이 손뼉을 두어 번 짝짝 치며 화제를 전환했다. 그나저나 뭘 시작한다는 거지? 옆을 보니 도현도 뭔지 모르겠다는 듯 고개를 갸웃거렸다.
우리를 등진 채 아이스박스를 둘러싸고 뭔가를 준비하던 제자들은 이윽고 도현을 향해 돌아보았다. 손에 들린 것은 커다란 아이스크림 케이크였다.

"생일 축하드려요, 선생님!"

"생일 축하해, 도현아!"

세 사람과 취객 한 명이 큰 소리로 외쳤다. 케이크의 초에서 불꽃이 작게 일렁인다.

"어, 으응? 나, 오늘 생일이야…?"

도현이 얼떨떨한 표정을 지었다.

"어휴, 선생님. 또 그러신다. 작년에도 기억 못해놓고 오늘도 깜빡하신 거예요?"

"요즘 너무 바빠서 생일에 신경 쓸 겨를이 있어야지. 언제 이런 걸 다 준비했대?"

그렇게 말하면서도 내심 기쁜 듯 히죽거리는 입꼬리를 숨기지 못했다.

"아침에 민석 오빠가 몰래 사왔어요. 아이스박스에 맥주랑 같이 숨겨뒀죠. 들키면 어떡하나 싶어 아침부터 얼마나 마음 졸였는지 몰라요."

민영이 붙임성 좋게 말했다. 어쩐지 아이스박스에서 하얀 연기가 새어나온다 싶었더니, 맥주뿐만 아니라 아이스크림 케이크도 함께 넣어뒀던 모양이다.

"자, 촛불 불어서 꺼주세요. 어서요!"

케이크를 들고 재촉하는 민영의 말에 도현은 쭈뼛쭈뼛 케이크 앞으로 다가오더니, 바람을 후 불어 촛불을 껐다. 옆에 선 두 사람과 유진이 신나게 박수를 쳤다. 나도 덩달아 축하 인사를 했다.

"고마워. 아직 녹진 않았지? 케이크는 넣어뒀다가 좀 있다 영상 상영회 때 다 같이 나눠 먹자."

"와아, 좋아요!"

한껏 들뜬 분위기 속에서 제자들은 케이크를 도로 아이스박스에 집어넣었다.

"그러고 보니 이번 달에 나랑 생일이 비슷한 친구가 있었지 않나? 누구였는지 기억이 안 나네."

도현이 별 뜻 없이 툭 내뱉었다. 그러자 화기애애하던 분위기가 순식간에 싸해졌다. 갑작스럽게 달라진 분위기에 나는 조금 당황스러웠다. 아니, 당황한 건 나뿐만이 아니었다.

"어…? 왜, 왜 그래?"

도현이 얼떨떨한 표정으로 주위를 둘러보았다. 제자들은 굳은 얼굴로 서로의 눈치만 살폈다. 대체 왜 그러는 거지? 의아해하며 시선을 돌리던 나는 유진을 바라보고는 깜짝 놀랐다. 유진의 낯빛이 새파랗게 질려 있었다.

"그 애잖아요, 선생님. 올 초에 독립해서 전시회 준비하다가 사고로 죽은…."

민영이 조심스럽게 말했다.

"아, 아아…."

도현의 얼굴에서 핏기가 싹 가셨다. 실수했다는 표정이었다.

"어, 그, 그러니까… 아무튼 다들 축하해줘서 정말 고맙고 …."

어떻게든 화제를 돌려보려고 도현은 더듬더듬 말을 이어갔다. 제자들도 어색하게 웃으며 맞장구를 쳤다. 그러나 차갑게 가라앉은 분위기는 쉽사리 돌아오지 않았다.

"뭐, 뭘 그렇게 신경을 써? 자업자득이지 뭐. 괜히 독립하겠다고 설치다가….".

유진이 툭 내뱉었다. 나는 곁눈질로 유진의 안색을 살폈다. 애써 아무렇지 않은 척 맥주를 쭉 들이켰지만, 캔을 쥔 손이 미세하게 떨렸다. 안하무인 그 자체였던 그녀가 새파랗게 질릴 정도라니….

어쨌거나 지금은 가라앉은 분위기를 되살리는 게 우선이었다. 나는 어색하게 서 있는 제자들을 향해 조심스럽게 물었다.

"저기, 혹시 여기 그려진 무늬는 지금 수정할 순 없는 건가요?"

나는 비상문으로 이어지는 아치형의 작품을 가리켰다. 흰색 석고를 배경으로 알록달록한 물방울무늬가 점점이 그려져 있었다.

"표면 경화제를 발라두긴 했지만 수정은 가능합니다. 그런데 그건 왜 물으시는 거죠?"

민석이 되물었다. 나는 작품에서 몇 발짝 물러서며 전체적인 모습을 다시 한 번 바라보았다.

"동선을 따라 전시실을 돌다 보면 마지막에 여기서 비상계단으로 향하게 되는데, 이 방향에서 바라보면 작품이 어색하게 보여서요. 각각의 아치 왼쪽에 그려진 빨간 점들이 이 각도에선 마치 이어진 것처럼 보이거든요. 저기 세 번째랑 다섯 번째 점 위치를 옮겨 그린다면 훨씬 자연스러울 것 같네요."

내 말에 제자들이 이쪽으로 우르르 몰려왔다. 내 옆에 나란히 서서 작품을 올려다보던 세 사람은 저마다 고개를 끄덕였다.

"오…. 확실히 저 부분만 이어지니 어색하네요. 저희는 바로 밑에서 작업하다 보니 전혀 몰랐습니다. 바로 수정해야겠네요. 눈썰미가 정말 대단하십니다."

"아, 아닙니다. 우연히 눈에 띄었을 뿐이에요."

민석이 감탄했다는 듯 나를 바라보기에 괜히 머쓱해졌다. 그래도 덕분에 분위기가 한결 풀어졌다. 도현도 마음이 놓였는지 제자들이 수정 작업에 들어간 동안 내게 안내를 마저 해주기로 했다. 유진도 어느새 본래 모습으로 돌아왔다.

"하암~ 오늘 따라 왜 이렇게 졸리지?"

술기운도 함께 돌아온 모양이다. 유진은 팔을 쭉 뻗으며 늘어지게 하품했다.

"안 되겠다. 난 좀 자야겠어. 저기 교수대 방 소파에서 잘 거니까 절대 방해하지 마."

다 마신 맥주 캔을 찌그러뜨려 툭 내던지고는 그렇게 선언했다.

"아니, 그럼 영상 상영회는요? 상영회까지 앞으로 30분밖에 안 남았는데."

손목시계를 들여다보며 민석이 물었다.

"몰라. 너네가 알아서 해. 어차피 그거 한 시간은 넘게 걸리잖아. 난 그냥 안 보고 잘래."

"그래요, 그럼. 상영회 끝나면 깨우러 갈게요."

유진은 대충 손을 흔들고는 뒤도 돌아보지 않고 비척비척 걸어갔다. 어지간히도 취한 모양이다. 아니, 그나저나….

"'교수대의 방'에서 잠을 자겠다고요…?"

나는 당황스러운 기색으로 물었다. 교수대 옆에서 잠을 잔다니. 상상만으로도 몸서리가 쳐졌다. 나라면 꿈자리가 뒤숭숭할 게 분명했다.

그러나 도현은 대수롭지 않다는 듯 손을 내저었다.

"현수 씨도 앉아보셔서 아시겠지만 저기 소파가 장난 아니게 푹신하긴 해요. 한 번 저기서 자본 이후로는 안락함을 못 잊겠다며 저기서 자주 낮잠을 자곤 합니다."

"어휴, 주량도 얼마 안 되면서 저렇게 매일같이 마셔대니…."

민석이 한심하다는 듯 고개를 절레절레 저으며 도로 작업을 이어갔다. 우리도 작품들을 마저 감상하기로 했다.

제2전시실을 둘러보며 도현의 설명을 들었다. 분명 흥미로운 내용이었지만, 내 머릿속은 딴 생각으로 가득했다. 조금 전에 언급됐던 과거의 사고에 대해서였다. 유진의 반응으로 보아 그녀와도 뭔가 연관이 있어 보이는데, 대체 무슨 일이 있었던 걸까. 하지만 차마 도현에게 직접 물어볼 수는 없었다.

전시실을 돌아보던 도중 교수대의 방 앞을 지나쳤다. 가림막 틈 사이로 소파에 누워 있는 유진의 모습이 얼핏 보였다. 드문드문 코고는 소리가 들리는 걸 보면 어지간히도 깊게 잠든 모양이다. 그 태평한 모습에 나는 조금 어이가 없었다.

전시실을 한 바퀴 돌고 오자, 제자들은 그새 수정 작업을 끝내고 주변을 정리하고 있었다.

"경화제 처리도 끝냈으니 슬슬 아래층으로 내려갈까요?"

세 명의 제자는 각자 도구를 챙겨들었다. 석고 터널을 지나 비상문을 열고 들어섰다. 비상계단이기는 해도 층계참마다 작은 창문이 나 있어서 그리 어둡지는 않았다.

"설비 점검 일을 하신다고 하셨죠? 오늘 업무는 다 끝나신 건가요?"

계단을 내려가던 도중 민석이 가벼운 말투로 물었다.

"아뇨, 아직 시작도 못했습니다만….”

나는 머쓱해서 머리를 긁적였다. 설마 하라는 일은 안 하고 구경이나 하고 있다고 눈치라도 주는 건가? 잠깐 그런 생각이 들었으나 그의 의도는 다른 데 있었다.

"그럼 혹시 영상 상영회에 함께 참석해주시겠어요? 관장님도 오시기로 했습니다.”

"영상 상영회요?”

그러고 보니 조금 전에도 영상 상영회라는 말이 여러 번 나왔다. 옆에서 도현이 설명해주었다.

"거창한 건 아니고, 저희가 이번에 인터뷰 겸 전시 작품에 대해 설명하는 영상을 촬영했거든요. 이 친구가 바쁜 와중에도 열심히 편집해줬습니다.”

도현의 소개에 민석이 가슴을 쭉 폈다. 꽤나 자신이 있는 모양이었다. 그나저나 영상 편집까지 할 줄 안다니. 도현이 다재다능하다고 평가한 이유를 알 것 같았다.

"15분짜리 영상이 총 네 편으로, 전시실마다 한 편씩 틀어놓을 계획이에요. 오늘은 1층 세미나실에서 제가 편집해온 영상을 하나씩 돌려보며 피드백을 하는 시간입니다. 그래서 저희끼리 영상 상영회라고 장난스럽게 부르는 거죠.”

그러고 보니 제1전시실도 그렇고 전시실 곳곳에 커다란 화면이 달려 있었다. 지금은 전원이 꺼져 있지만 전시회가 시작되면 영상을 틀어놓는 모양이었다. 나도 보고 싶기는 했다.

하지만 아까 유진의 말로는 상영회가 한 시간은 넘게 걸린다고 했다. 아직 작업은 시작조차 못했고, 오늘은 꼭 일찍 퇴근하고 싶었는데….

"작품을 보는 안목이 높으시니 분명 좋은 피드백을 주실 거라 생각합니다. 저도 잘 부탁드리겠습니다."

옆에서 도현이 고개 숙이며 부탁했다. 이거 곤란한데….

아직 미완성이긴 해도 공짜로 전시까지 보게 해준 후라서 더더욱 거절하기가 힘들었다.

잠시 고민하던 나는 한숨을 내쉬곤 고개를 끄덕였다.

"좋습니다. 도움이 될지는 모르겠지만 저도 같이 봐드릴게요."

내 말에 민석의 표정이 한결 밝아졌다.

어느새 2층이었다. 비상문을 열고 들어가는 사람들의 뒤를 따라갔다.

"오오….'

2층 전시실 내부로 들어서자 저절로 감탄이 터져 나왔다. 이곳도 마찬가지로 다양한 작품들이 배치되어 있었다. 그러나 3층 제1전시실과 제2전시실과는 확연한 차이가 있었다. 작품 하나하나가 모두 압도적인 크기를 자랑했다.

"여기는 3층 전시실보다 좀 더 넓어요. 넓은 공간을 십분 활용해 이곳에는 큼직큼직한 작품들만 모았습니다."

도현이 흐뭇하게 작품들을 올려다보며 설명했다. 나는 감탄스러운 기분으로 전시실을 둘러보았다. 거대한 장벽처럼 곳곳을 가로막고 서 있는 작품들은 하나같이 웅장한 위용을 자랑하고 있었다.

"그럼 저희는 마저 작업하도록 하겠습니다. 두 분도 느긋하게 작품을 쭉 둘러보세요. 3시쯤엔 마무리하고 1층으로 내려갈게요."

그렇게 말하며 민석은 작업 도구를 들고 작품 뒤로 사라졌다. 겉보기엔 다 완성된 것 같은데, 아직 작업할 게 남은 건가?

그 의문엔 찬민이 상세히 대답해주었다.

"요즘 날도 더운 데다가 너무 습하지 않습니까. 그래서 전시회 개장 전에 마지막으로 바니시를 꼼꼼하게 덧칠해주는 작업을 하는 겁니다. 석고도 그렇고 특히 목재는 습기에 취약하니까요."

설명을 마친 찬민은 종종걸음으로 작업을 하러 갔다. 민영도 꾸벅 인사하곤 저편으로 사라졌다. 제자들은 각자 흩어져서 작업을 하는 모양이었다. 큼직한 작품들에 가려 그들의 모습은 잘 보이지 않았다.

나는 3층에서와 마찬가지로 도현을 따라 2층 전시실을 천천히 둘러보았다. 2층과 3층은 동일한 행태였다. 다만 한 가지 다른 점은 3층의 두 전시실을 구분하는 중간 벽이 없다는 것이었다. 이게 2층이 훨씬 넓은 이유였다.

조금 둘러보니 제1 전시실의 입구에 해당하는 공간에 화장실이 있었다. 막상 전시실 입구는 파티션으로 가로막혀 있었다. 그 이유를 물어보자, 도현은 막힘없이 설명해주었다.

"저희가 생각한 이상적인 관람 동선은 이렇습니다. 우선 엘리베이터로 3층까지 올라와서 제1전시실과 교수대의 방, 제2전시실을 둘러본 후 비상계단으로 내려가 2층의 제3전시실로 이동하는 겁니다. 그런데 2층 전시실 입구가 열려 있으면 관람객이 그쪽으로 들어가려고 하지 않을까요. 그래서 파티션으로 막아둔 겁니다. 관람객이 저희가 의도한 순서대로 작품들을 봤으면 해서요."

전시실을 전부 둘러보니 어느덧 오후 3시가 다 되어갔다. 작업을 마무리한 세 사람은 짐을 챙겨들고 비상문 앞으로 모였다. 우리도 그들과 합류했다.

비상계단을 내려가 1층에 도착하자, 정면에 긴 복도가 보였다. 여기서 오른쪽 통로로 빠지면 앞서 들어왔던 정문과 로비가 나온다. 복도에는 세 개의 방이 연이어 붙어 있었다. 그중 가운데 방으로 들어갔다. 여기가 바로 세미나실이었다.

내부엔 기다란 책상이 여럿 놓여 있고 정면에 스크린이 내려와 있었다. 관장이 미리 세팅을 해두었는지 노트북 화면이 빔프로젝터로 스크린에 커다랗게 띄워져 있었다. 화이트보드는 화면을 가리지 않게 옆으로 치워진 상태였다.

민석이 맨 앞 노트북 자리에 앉았다. USB를 연결하는 동안 민석은 관장에게 물었다.

"관장님, 오늘 기사님 외에도 또 오실 분이 있나요?"

"네? 아, 아뇨. 더 오실 분은 없습니다."

"그래요? 아쉽네요. 같이 봐줄 사람이 많으면 더 좋을텐데."

영상에 자신이 있는지 진심으로 아쉬워하는 듯 보였다.

그러는 사이 민영과 찬민이 아이스박스에서 보틀 커피를 꺼내 능숙하게 한 사람 앞에 하나씩 내놓았다. 도현의 앞에는 역시 아이스박스에서 꺼낸 케이크 두 조각과 고급 커피를 놓았다. 평소에 즐겨 마시는 커피일까. 그래봤자 똑같이 편의점 커피인 건 변함이 없지만.

"그럼 상영회를 시작하겠습니다. 다들 편하게 드시면서 시청해주세요."

장난스러운 말투로 시작을 알린 민석은 첫 번째 영상을 화면에

띄웠다. 웅장한 BGM과 함께 시작된 영상은 제1전시실의 전경을 쭉 비춘 후 도현의 인터뷰 장면으로 이어졌다. 영상을 시청하면서 나는 내심 감탄했다. 부드러운 화면 전환과 군더더기 없이 깔끔한 자막, 적절한 카메라 구도까지. 과연 편집 실력을 자부할 만했다.

인터뷰 내용도 꽤나 흥미로웠다. 도현의 평소 성격대로 당당한 말투로 작품에 대해 하나하나 설명해주는 장면에선 해당 작품을 확대해 더욱 몰입감을 높여주었다. 간혹 인터뷰 도중 우스갯소리를 흘릴 때면 제자들 사이에서 한소끔 웃음소리가 터져 나왔다.

어느덧 첫 번째 영상이 끝났다. 벌써 15분이 지났나. 시간 가는 줄도 모르고 있었다.

두 번째 영상을 틀기 전 5분 정도 영상에 대한 피드백 시간을 가졌다. 사소한 오타 지적이나 화면 전환 시간을 늘리면 좋겠다는 등의 의견이 오갔다. 이어서 두 번째 영상이 시작되었다.

제2전시실을 전체적으로 조망하며 시작하는 두 번째 영상도 큰 흐름은 비슷했다. 그러나 첫 번째 영상과는 다른 편집 기법을 사용해 지루하지 않고 집중하도록 만드는 힘이 있었다.

영상을 절반 넘게 본 시점이었다. 문득 옆을 바라보니 도현이 창백한 얼굴로 시계와 화면을 번갈아 보고 있었다. 어딘가 안절부절 못하는 모습이었다. 대체 무슨 일이지?

그 의문은 영상이 끝난 직후에야 해결되었다.

"저기, 미안한데 잠시 화장실 좀….".

그러고는 급히 밖으로 나섰다. 남은 사람들은 어리둥절한 표정으로 서로를 바라볼 뿐이었다.

10여 분 후 돌아온 도현은 이마와 관자놀이가 땀으로 번들번들

했다.

"왜 이렇게 땀이 흥건해요?"

"아니 그게, 배가 아픈 데다가 화장실이 너무 덥고 습해서 가만히 있어도 땀이 줄줄 흐르더라고."

민석이 놀라서 묻자, 도현이 민망한지 머쓱하게 웃었다. 다행히 큰 문제는 없어 보여 우리는 피드백을 마저 주고받았다.

나머지 두 영상도 동일한 흐름으로 진행되었다. 영상이 끝난 후 피드백을 주고받고, 또 다음 영상에 대해 보완하는 식으로…. 그렇게 네 편의 영상을 모두 보고 나니 오후 4시가 훌쩍 넘어 있었다.

"모두들 수고 하셨습니다. 오늘 주신 의견을 바탕으로 더 완벽하게 수정하겠습니다."

꾸벅 인사하는 민석을 향해 박수를 쳤다. 빈 접시와 병을 정리한 후 우리는 복도로 나섰다. 관장은 곧바로 안쪽 사무실로 들어갔다.

복도를 지나 비상계단을 올라갔다. 2층 전시실로 들어가려는데 민석이 멈춰 서서 주머니를 뒤적거렸다.

"어라?"

"왜 그러세요?"

내가 묻자, 민석은 난처한 듯 웃으며 말했다.

"세미나실에 USB를 두고 왔네요. 금방 챙겨오겠습니다."

그러고는 계단을 성큼성큼 내려갔다.

민석은 1분도 안 지나서 돌아왔다. 2층 전시실에서 짐을 정리한 제자들은 금세 돌아갈 채비를 마쳤다.

"상영회도 끝났으니 유진 선배를 깨워야 하지 않을까요?"

"그래, 그러자. 경화제가 잘 말랐는지도 확인할 겸. 현수 씨도 설비 점검하러 3층으로 가셔야 하죠? 이쪽이 훨씬 빠르니 저희랑 같이 올라갑시다."

네 사람을 따라 비상계단을 통해 3층으로 올라갔다. 제2전시실을 지나 교수대의 방으로 향했다. 민영이 커튼을 걷으며 유진을 불렀다.

"유진 언니~ 저희 이제 집에 가요!"

그러나 대답은 없었다. 아니, 유진의 모습이 보이지 않았다. 분명 소파에 누워 잠들어 있을 텐데….

"어디 간 거지?"

"화장실에 갔나?"

제자들이 수군거리던 순간이었다. "아앗!?" 하는 고함소리가 터져 나왔다. 도현이었다.

"왜 그러세요?"

찬민이 묻자, 도현이 떨리는 손끝으로 무언가를 가리켰다. 우리는 그가 가리키는 곳을 바라보았다.

그곳엔 교수대가 있었다. 굵직한 나무 기둥으로 만든 위압적인 교수대. 그러나 교수대에 매여 있어야 할 올가미 매듭이 보이지 않았다. 밧줄은 그대로 묶인 채 고리 부분만이 뎅겅 잘려나간 채였다.

"대체 누가 이런 짓을…."

"서, 선생님. 여기, 바닥에…."

민석이 가리킨 곳에는 화단의 흙이 파헤쳐져 있었다. 마치 무거운 뭔가를 땅에 질질 끌고 간 것처럼, 교수대 아래쪽에서부터 흙자국이 점점이 이어졌다. 그 흔적은 가림막을 지나 제1전시실로 향하고 있었다. 불길한 기분이 들었다.

　우리는 홀린 듯이 그 흔적을 따라갔다. 점점이 이어지던 흙 자국은 어느새 사라졌으나 그 목적지가 어디인지는 알 것 같았다.

　제1전시실을 지나 엘리베이터 앞에 도착했다. 버튼을 눌러보았다. 그러나 문은 꿈쩍도 하지 않았다. 엘리베이터는 2층에 멈춰 있었다. 영문 모를 불안감이 더더욱 커져갔다.

　우리는 엘리베이터 옆 계단을 내려갔다. 2층 라운지에 도착하자마자 뭔가 일이 벌어졌음을 알아차렸다. 라운지에 휴식용으로 배치된 의자 하나가 쓰러진 채로 엘리베이터 문틈에 끼어 있었다. 등받이가 아래를 향하고 있었다.

　버튼을 눌렀다. 이번에는 문이 열렸다. 그리고 그 안에서, 우리는 유진의 모습을 발견했다. 엘리베이터 안쪽을 향해 고꾸라져 있었다.

　"유진 언니!"

　민영이 비명을 내지르며 미처 말릴 새도 없이 달려들었다.

　유진의 어깨를 끌어안고 격하게 흔들었다. 그러나 유진은 눈을 뜨지 않았다. 얼굴은 핏기 하나 없이 창백했다.

　유진의 목에는 올가미가 걸려 있었다. 교수대에서 잘려나간 올가미였다. 그리고 그 처참한 순간을 암시하듯 목에는 밧줄로 강하게 조인 자국이 선명하게 남아 있었다.

　나는 급히 맥박을 짚어보았다. 아무것도 느껴지지 않는다. 얼굴에 귀를 가까이 댔다. 아무것도 들리지 않는다.

　"죽었어⋯."

　허망하게 중얼거렸다. 내 말이 신호탄이 되기라도 한듯, 민영의 울음소리가 자꾸만 커져갔다.

 미술관 1층 로비를 여러 복장의 사람들이 분주하게 돌아다니고 있다. 청록색의 근무복을 입은 사람들부터 하얀 방호복에 조끼를 걸친 사람들까지…. 현장을 조사 중인 경찰들이다.
 경찰에게 대략적인 상황과 시신 발견 경위를 진술하고 나서 소파에 앉아 있는데 주차장 쪽이 소란스러웠다. 이윽고 정문이 열리며 한 무리의 사람들이 들어왔다. 형사들이었다.
 그 모습을 멍하니 바라보던 나는 선두에 선 사람을 보고 눈이 휘둥그레졌다. 무더운 날씨에도 아랑곳하지 않고 갈색 가죽 점퍼를 걸친, 턱수염이 지저분하게 나 있는 더벅머리의 남자. 저 사람은 분명….
 "대구경찰청 수성경찰서 강력 1팀의 하강휘 형삽니다. 신고하신 분들입니까?"
 하 형사는 우리를 한 사람 한 사람 바라보았다. 그러다 나와 눈이 마주치자 놀란 표정을 짓더니, 곧이어 씨익 입꼬리가 올라갔다.
 "아니, 이게 누구야. 추리력 좋기로 소문난 기사 양반이 아니신가."
 형사의 말에 사람들의 시선이 내게로 쏠렸다.
 "아는 분이세요?"
 찬민이 놀란 표정으로 물었다.
 "네, 뭐…. 예전에 우연히 몇 번 뵌 적이 있어서요."
 그 '우연히' 본 것이 전부 사건 현장에서였지만. 다가온 형사는

요제프랑 아트 뮤지엄 내부

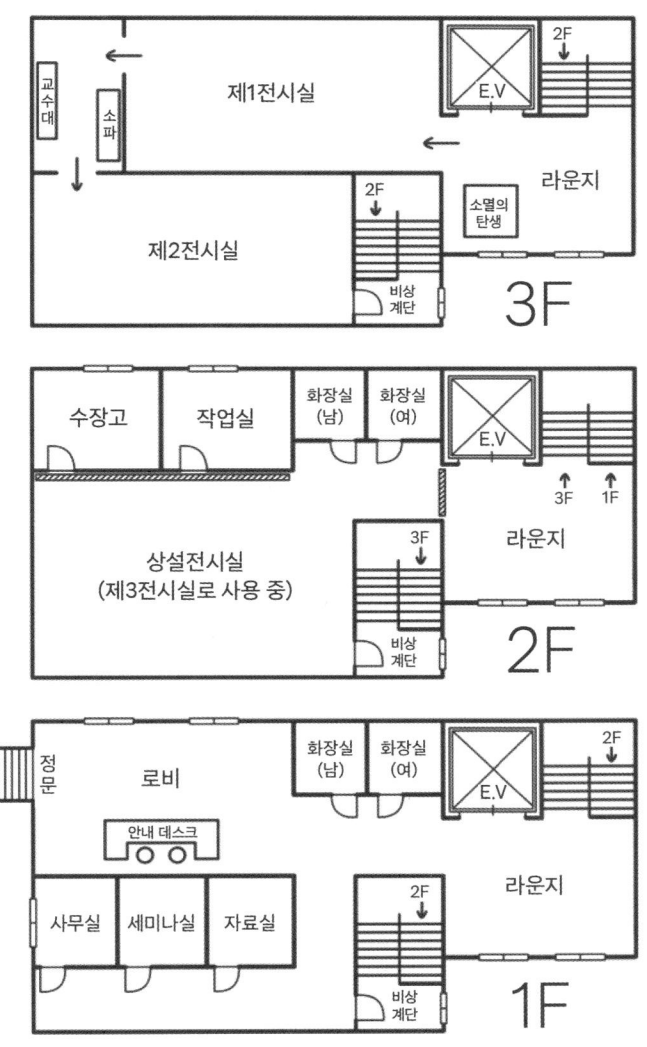

그 거칠거칠한 손으로 내 어깨를 툭툭 두드렸다.

"이 양반이 맹해 보이긴 해도 머리가 잘 돌아가거든요. 이전에도 몇 번 도움을 받은 적이 있습니다."

아무리 그래도 본인 면전에서 맹해 보인다니. 그런 내 눈치에도 아랑곳하지 않고 형사는 쾌활한 목소리로 경찰을 향해 말했다.

"그러면 본격적으로 신고자 진술을 듣기 전에 우선 현장을 좀 살펴볼까? 현장을 보면서 자세한 설명도 들어보고 말이야."

"네, 가능은 합니다만 아직 현장 감식이 진행 중이니 들어가시려면 방호복을 착용하셔야…."

"그래그래. 그 정도야 기본이지."

느긋하게 장갑을 착용하며 라운지로 향하던 형사는 문득 생각난 것처럼 우리 쪽을 슬쩍 돌아보았다.

"현장을 둘러본 후에 몇 가지 물어볼 테니 조금만 기다리고 계십쇼."

그러고는 이내 계단을 올라갔다. 우리는 얼떨떨한 표정으로 서로를 바라보았다.

형사가 다시 돌아온 건 한참이 지나서였다. 비상계단 쪽에서 나온 걸 보면 전시실까지 전부 돌아본 후에 내려왔을 것이다.

"자, 그럼 슬슬 한 사람씩 진술을 들어볼까요?"

형사는 장갑 낀 손으로 손뼉을 짝 치며 말했다.

"그러려면 우선 방이 필요한데, 어디 보자…. 그래, 권기범 씨. 여기 1층 복도 끝에 사무실이 하나 있던데, 거길 좀 빌려 써도 되겠습니까?"

갑작스럽게 이름이 불린 관장이 화들짝 고개를 들더니 뒤늦게

"아, 예. 쓰입시오" 하고 대답했다. 나는 처음 미술관에 도착했을 때 정문 옆에서 본 창문을 떠올렸다. 위치로 보아 아마도 그곳이 사무실인 모양이라고 생각했다.

첫 순서는 아티스트 도현이었다. 복도 안쪽으로 느긋하게 걸음을 옮기는 형사의 뒤를 도현이 쭈뼛쭈뼛 따라갔다. 그의 뒷모습을 바라보며 나는 속으로 한숨을 내쉬었다. 오늘도 일찍 퇴근하기는 글렀군.

그때 옆에서 짙은 한숨 소리가 들려왔다. 민영이었다. 그녀는 두 손을 입가에 모으고 누구에게랄 것 없이 혼잣말을 토해냈다.

"누가 이런 끔찍한 짓을…."

그 말에 무겁던 분위기가 더더욱 가라앉았다. 민석이 아무 말 없이 그녀의 등을 토닥여주었다. 조금 떨어져 앉아 있던 관장은 불안한 시선을 이리저리 던지며 어쩔 줄 몰라했다.

나는 조금 전에 목격한 장면을 떠올려보았다. 밧줄이 중간부터 잘려나간 교수대. 의자가 끼여 문이 닫히지 않은 엘리베이터. 그리고 그 안에서 죽은 채로 발견된 유진. 목에는 끊어진 고리가 걸려 있고 밧줄로 졸린 흔적이 뚜렷하게 남아 있었다.

분명 자살은 아닐 것이다. 유진의 태도나 행동은 도저히 곧 자살할 사람처럼 보이지 않았다. 게다가 자살한 사람이 그런 식으로 발견될 리는 없다. 그렇다면 결론은 하나다. 타살, 즉 살인이다.

나는 범행 과정을 순서대로 생각해보았다. 우선 범인은 몰래 미술관 3층 교수대의 방으로 향한다. 그리고 소파에서 잠든 유진을 들어올려 목을 밧줄에 건다. 유진이 사망하자 밧줄을 중간에서 자른 다음 시신을 끌고 가 엘리베이터 바닥에 던져둔다. 마지막으로 엘리베이터를 타고 2층에서 내린 뒤 라운지의 의자를 끌어다 문 사이에 끼워 넣고는 유유히 사라진다….

여기까지 생각했을 때 드는 의문은 하나였다. 대체 왜 이렇게 번거로운 짓을 한 거지?

우선 시신을 옮기는 부분이다. 유진을 죽였다면 목을 매단 채 그대로 내버려두어도 될 것이다. 그러면 자살로 보일 수 있고, 설령 그렇지 않더라도 범행 시간이 훨씬 단축된다. 그런데 왜 굳이 밧줄을 끊어가면서까지 시신을 옮겨야 했을까.

또 한 가지 의문은 시신을 엘리베이터로 옮겨온 이후 범인의 행동이다. 범인이 시신을 엘리베이터에 내버려둔 건 3층에서일 것이다. 그런데 2층으로 내려가 문이 닫히지 않게 의자를 끼워놓은 의도를 도무지 알 수가 없었다.

그러나 무엇보다도 가장 큰 의문은 하나였다. 대체 누가 이런 짓을 벌였는가.

"역시 외부인의 짓이겠죠?"

내 옆자리에 앉아 있던 찬민이 말했다.

"그렇잖아요. 만약 우리 중에 범인이 있다면, 누가 이런 상황에서 살인을 저지르겠어요?"

그의 말도 일리가 있었다. 이렇게 인원이 한정된 공간에서 사람을 죽인다면 당연히 용의자가 좁혀진다. 그런 위험을 감수하고서 살인을 저지를 이유가 없다.

하지만 과연 그럴까. 나는 머릿속으로 작년 겨울 초에 겪었던 살인사건을 떠올렸다. 그때도 지금처럼 한정된 공간에서 살인이 일어났지만, 범인에겐 그럴 만한 이유가 있었다. 그러니 단순히 불합리하다는 이유만으로 용의선상에서 배제할 수는 없었다. …그러고 보니 그때도 저 형사랑 엮였었지.

게다가….

나는 관장 쪽을 돌아보았다. 눈이 마주치자, 관장은 눈을 동그랗게 떴다.

"관장님, 제가 들어온 후에 정문은 계속 잠겨 있었나요?"

"네? 아, 예. 그 후로 들어온 사람은 없었습니다. 문도 계속 잠겨 있었고요."

정문은 잠겨 있었다. 1층의 창문 또한 잠겨 있었지만, 밖에서 조작을 한다면 창문으로 들어올 수도 있지 않을까? 만약 그랬다면 창문으로 드나든 흔적이 남을 것이다. 그 부분은 경찰이 잘 조사해주겠지. 어쨌든 우연히 외부에서 침입한 제3자가 저질렀을 가능성은 적다.

그때 경찰 한 명이 다가오더니 민석을 호명했다. 다음 진술 차례인 모양이다. 도현이 돌아오지 않은 걸 보면 진술이 끝난 사람은 별도의 방에서 따로 대기하는 듯했다.

이어서 찬민, 민영이 불려가고 마지막으로 관장까지 불려가자, 로비에는 나 혼자 남았다. 물론 경찰 몇몇이 지키고 서 있긴 하지만 적막한 건 마찬가지였다. 멍하니 앉아 시간을 보내기도 뭐해서 나는 사건에 대해 이어서 생각해보기로 했다.

만약 우리 중에 범인이 있다면, 범행 가능성이 있는 사람은 누구일까? 아무에게도 들키지 않게 유진의 목을 매달고, 시신을 옮기고, 엘리베이터에 타고, 의자를 문틈에 끼워둔 후에 제자리로 돌아와야 한다. 불과 몇 분 사이에 가능한 일은 아니다. 우리 중에 그

만한 시간 동안 자리를 비운 사람이….
 꼬리에 꼬리를 물며 생각이 이어졌다. 그러던 중 한 가지 의문이 뇌리를 스쳐갔다.
 유진은 정말로 목매달려 죽은 걸까?
 그때 복도 안쪽에서 경찰이 나를 호명했다. 어느덧 내 차례가 되었나 보다.
 안내를 받고 사무실 안으로 들어섰다. 소파 등받이에 기대어 있던 형사는 나를 보며 씨익 웃었다.
 "오랜만입니다, 현수 씨. 이리 와서 앉으십쇼."
 형사가 가리키는 대로 테이블을 사이에 두고 맞은편 소파에 앉았다. 형사는 양손을 깍지 낀 채로 머리를 대고 소파에 느긋하게 등을 기대었다.
 "뭐, 현수 씨가 범인이 아니란 건 내가 잘 아니까. 편하게 이야기해봐요. 맨 마지막에 부른 것도 그래서 그런 거니까."
 형사가 이래도 되나. 나는 어이가 없었다. 그렇지만 그가 말한 의도는 대충 알 것 같았다.
 앞서 진술한 아티스트와 제자들은 피해자와 가까운 인물들이었다. 관장 또한 이번 전시회를 준비하며 피해자와 어떤 갈등이나 충돌이 있었을지 모른다. 그에 반해 나는 피해자와 오늘 우연히 마주쳤을 뿐, 엄밀히 말하면 무관했다. 아마도 범인일 가능성이 가장 낮다고 보는 거겠지. 그렇기에 가장 객관적일 수 있는 진술을 마지막으로 듣고 앞선 진술과 모순되는 점이 있는지를 확인하려는 의도일 것이다.
 아무튼 나도 성심성의껏 아는 대로 이야기하는 게 좋을 것이다.

형사에게 오늘 있었던 일을 말하며 나도 사건의 흐름을 시간 순으로 다시 한번 생각해보았다.

오후 2시. 미술관에 도착한 나는 도현과 함께 제1전시실부터 교수대의 방, 제2전시실을 구경한다. 제2전시실에서 제자들과 유진을 만나 인사한 후 함께 도현의 생일을 축하해준다. 이후 술에 취한 유진이 좀 자야겠다며 교수대의 방에 들어간다. 이때가 오후 2시 30분이다.

그 후 다 함께 2층 상설 전시실로 내려온다. 도현과 나는 작품을 둘러보고, 제자 세 사람은 각자 흩어져서 작업을 이어간다. 오후 3시가 되어 다 같이 모여 1층 세미나실로 내려간다.

영상 상영회가 시작된다. 두 번째 영상이 끝난 직후 도현이 화장실에 간다며 자리를 비운다. 10여 분 후 도현이 돌아와 상영회를 마저 진행한다. 상영회는 오후 4시 20분쯤 끝난다.

다 같이 2층 상설 전시실로 돌아가 짐을 정리한다. 민석이 두고 온 USB를 가지러 잠시 세미나실에 다녀온다. 관장은 사무실에서 쭉 머무른다. 유진을 깨우러 간 우리는 유진이 사라지고 교수대의 밧줄이 끊어져 있는 걸 발견한다. 그리고 제1전시실을 지나 2층으로 내려가 유진의 시신을 발견한다. 오후 4시 30분의 일이다.

"흠, 여기까진 딱히 모순되는 부분은 없는 것 같군."

형사는 팔짱을 낀 채로 중얼거렸다. 그러고는 들고 있던 수첩을 펼쳐 메모한 내용을 눈으로 쭉 훑어 내려갔다. 매사에 대충일 것 같은 성격과는 달리 꽤나 정갈한 필체로 깔끔하게 정리해뒀다.

생각을 정리하는 건지 형사는 수첩을 내려다보며 한동안 말이 없었다. 그 틈에 나는 조금 전에 떠오른 의문을 물어보았다.

"형사님, 유진 씨는 정말로 목이 매여 죽은 건가요?"

내 말에 형사는 고개를 들었다.

"그걸 물어보는 이유는 뭐죠?"

그러면서 나를 보며 씨익 웃는다. 모르는 사람이 보면 마치 나를 의심하는 것처럼 들리겠지만, 아니다. 이건 정말로 내 사고의 흐름이 궁금해서 물어보는 거다. 나는 잠시 생각을 정리한 후에 대답했다.

"유진 씨가 정말로 목매달려 죽었다면 범행 과정이 너무 번거롭습니다. 시간도 오래 걸릴뿐더러 왜 굳이 밧줄을 자르고 시신을 옮겼는지가 설명이 안 돼요. 하지만 만약 피해자가 목이 매달려서 죽은 게 아니라면, 그러니까 교수대의 방에서 죽은 게 아니라면 이런 의문이 어느 정도 해결되죠."

나는 잠시 목을 가다듬었다. 형사가 건네주는 생수병을 받아 목을 축였다.

"이런 가정도 가능하겠죠. 범인은 3층 교수대의 방이 아니라 2층 엘리베이터 앞에서 죽인 겁니다. 어떤 이유로든 피해자를 2층 라운지로 불러낸 뒤, 미리 잘라서 떼어둔 밧줄의 고리를 피해자의 목에 잽싸게 씌웁니다. 그리고 뒤에서 밧줄을 세게 잡아당겨 목 졸라 죽이는 거죠. 이러면 범인이 굳이 밧줄을 자른 이유가 설명됩니다. 게다가 시신을 옮기는 과정이 생략되니 시간도 훨씬 단축될 거고요. 2층에서라면 상영회가 시작되기 전이라도 잠깐 빠져나가 죽이고 돌아오기에 충분하지 않을까요?"

나는 그렇게 설명을 마쳤다. 이 방법이면 몇 가지 의문은 해소된다. 그러나 내 기대와 달리 형사는 고개를 가로저었다.

"안타깝지만 기사 양반, 그 방법은 논리적으로 불가능해요."

그러면서 형사는 내 눈앞에 손가락을 하나씩 꼽아 보였다.

"첫째, 2층의 상설 전시관에서 엘리베이터로 나가는 곳에는 커다란 파티션이 가로막고 있다. 실제 살인 장소가 2층 엘리베이터 앞이든 교수대의 방이든 상관없이 범인은 비상계단을 통해 빙 돌아서 갈 수밖에 없는 거죠.

둘째, 피해자는 사망 직전까지 잠들어 있었다. 이건 좀 전에 밝혀진 건데, 피해자의 체내에서 수면제 성분이 다량 검출됐어요. 아마도 직전에 마셨던 캔맥주에 약을 탔거나 취기로 잠든 이후에 주사를 놓았을지도 모를 일이죠. 어쩌면 둘 다일 수도. 어쨌거나 피해자를 2층으로 불러내는 건 어려웠을 겁니다.

셋째, 만약 정말 그렇다 하더라도 여전히 의문이 남는다. 왜 엘리베이터 문에 의자를 끼웠지? 왜 하필 엘리베이터 안에 시신이 있었을까? 어차피 조사하면 다 드러날 텐데 다른 도구 대신 굳이 교수대의 밧줄을 잘라서 사용한 이유는?"

"아…."

생각보다 결함이 많았다. 너무 급하게 생각한 걸까. 그러나 형사는 거기서 그치지 않고 손가락을 하나 더 펼쳤다.

"마지막으로 가장 중요한 것. 피해자는 목매달려 죽은 게 확실하다. 전문용어로는 완전 의사라고 하지요."

그러면서 나를 향해 씨익 웃어 보였다. 나는 조금 허탈했다. 처음부터 알려줬으면 좋았을 텐데.

"목을 맸을 때 특징적으로 나타나는 삭흔이 피해자의 턱 아래서부터 귀 뒤쪽까지 선명하게 남아 있었습니다. 삭흔과 끊어진 고리의 형태도 일치했고요. 그뿐만이 아닙니다. 검시관의 말에 따르면 얼굴에는 울혈이 없었다고 하는데, 이것도 완전 의사에서 나타나는 전형적인 소견이지요. 현수 씨의 말처럼 뒤에서 목을 졸랐다면 동맥은 불완전하게 막히고 정맥만 막힐 텐데, 이러면 피가 머리로는 올라가지만 아래로는 내려가지 못해 얼굴에 피가 몰리는 안면 울혈이 심하게 나타납니다. 눈밑 점막의 모세혈관도 터져 점 출혈도 발생하고요. 이런저런 점을 종합해서 보면 사인은 완전 의사임이 확실합니다."

"그렇군요…."

그런 게 생긴다는 건 처음 알았다. 어쨌거나 피해자가 목매달려 죽었다는 건 확실해 보였다. 그렇다면 조금 전의 내 가설은 성립할 수 없다.

"현수 씨가 이런 쪽으로 머리가 잘 돌아간다는 건 알지만, 아직은 정보가 부족하잖습니까. 벌써부터 복잡하게 생각하지 말고 일단 지금은 사건 정보에 대해 차근차근 파악해봅시다."

"아무래도 그게 좋겠네요."

나는 머리를 두어 번 흔들어 복잡해진 생각을 털어냈다. 그러자 당연히 먼저 생각했어야 할 것이 퍼뜩 떠올랐다. 비정상적인 상황이 눈앞에 닥쳐서 그런지 가장 기본적인 걸 놓치고 있었다.

"그러고 보니 CCTV는요? 엘리베이터랑 라운지 천장마다 하나씩 달려 있으니 그걸 확인해보면 바로 알 수 있을 텐데요."

내 말이 채 끝나기도 전에 형사는 넌더리가 난다는 듯 한숨을 내쉬었다.

"개관 전이라 꺼뒀답니다, 관장이."

"네…?"

순간 말뜻을 제대로 이해하지 못했다. 꺼뒀다고? CCTV를?

"뭐랬더라, 전기세 절감 차원에서랬나? 딱히 훔쳐갈 것도 없고, 설마 이런 일이 생길 줄은 꿈에도 몰랐다나 뭐라나. 나 참, 정신이 있는 건지 원."

형사가 신랄한 말투로 투덜거렸다. 나 또한 어이가 없었다. 아무리 그래도 그렇지, CCTV까지 꺼버릴 줄이야.

그나저나 하필이면 살인사건이 일어난 시각에 CCTV가 꺼져 있었다니…. 그렇게 생각하다가 나는 고개를 저었다. 아니, 그게 아니다. 반대로 CCTV가 꺼져 있었기 때문에 살인을 저지를 수 있었던 거다. 그렇다면 역시 범인은 이 사실을 잘 알고 있는 내부인이 틀림없다.

결국 지금 가장 중요한 건 그거다. 피해자는 '어느 시점'에 살해당했는가.

"그러면 사망 추정 시각은요? 검시를 통해 죽은 시간을 밝혀낼 수는 없었나요?"

"물론 어느 정도 밝혀내긴 했죠. 그렇지만 검시만으로는 사망 시각을 완벽하게 밝혀낼 수는 없습니다. 사후 경직으로 뭔가를 판단할 수 있는 단계도 아니고, 체온 하강도 별 도움이 되지 않았다는군요. 현재 밝혀진 건 기껏해야 사후 한두 시간이 지났다는 정도뿐입니다. 자세한 건 부검을 해봐야 알겠지만, 그래도 오차 범위를 한 시간 이내로 좁히지는 못할 겁니다."

사후 한두 시간이라면 유진이 자러 간 시점부터 시신으로 발견된 시점까지가 전부 포함된다. 이래서는 정확한 사망 시각을 알지 못한다.

아쉽긴 해도 당장은 시간대별로 범행이 가능한 인물을 추려볼 수밖에 없었다. 일단 지금까지 드러난 내용으로는 유진이 '교수대의 방'에 자리 들어간 오후 2시 30분부터 엘리베이터에서 시신으로 발견된 4시 30분까지가 대략적인 사망 추정 시각일 것이다.

아니, 잠깐. 어쩌면 시간대를 더 줄일 수 있지 않을까? 우선 영상 상영회가 끝나고 다 같이 시신을 발견하기까지의 시간대는 배제해도 될 것이다. 사람을 죽일 만큼 오랫동안 시야에서 벗어난 사람도 없었으니.

유진이 자리를 뜬 후 상영회가 시작되기 전까지는 모두가 2층 상설 전시실에 있었다. 이 시간대도 배제할 수 있을까? 아니, 이때도 빈틈은 충분히 있었다. 상설 전시실에는 대형 작품들이 곳곳에 배치되어 있어 서로가 보이지 않는 순간이 많았다. 내게 안내를 해주느라 내내 함께 붙어 있던 도현을 제외한 세 명의 제자 모두 마음만 먹으면 범행할 수 있었을 것이다. 게다가 1층 사무실에 혼자 있었던 관장 또한 충분히 범행할 수 있다.

마지막으로 영상 상영회가 진행되던 시간대. 이때는 범행이 가능한 인물이 명확하다. 상영회 도중 유일하게 자리를 떴던 아티스트 도현이다. 자리를 비운 시간은 대략 10여 분. 피해자를 목 매달아 죽이고 엘리베이터에 옮긴 후 돌아오기에 충분한 시간이다.

그러면 결국 가능성은 둘뿐이다. 영상 상영회 시작 전이냐, 혹은 상영회 도중이냐. 이 둘 중 하나로 좁힐 수 있다면 용의자를 한정할 수 있을 것이다. 검시나 부검 외에 사망 시각을 확실하게 좁혀 줄 만한 건 없을까?

그 순간 어떤 생각이 머릿속을 스쳐 지나갔다. 그래, 그거라면…!

나는 자리에서 벌떡 일어나 다소 흥분한 목소리로 말했다.

"이식용 사건 기록기! 피해자가 부정맥 검사용으로 가슴에 기록기를 삽입했다고 했어요. 피해자의 심전도 기록을 확인하면 사망 시각을 정확하게 알아낼 수 있지 않을까요?"

꽤 괜찮은 발상이라고 생각했다. 그러나 형사는 별다른 표정 변화 없이 훗, 하고 코웃음을 쳤다. 이번에도 뭔가 잘못 생각한 건가?

"경찰을 너무 물로 보시는구먼. 그 정도야 벌써 확인했지요."

그러고는 능글맞게 웃으며 나를 올려다보았다. 그런 거였나. 나는 괜히 뻘쭘해져 도로 의자에 앉았다.

"원래는 심부전이 발생한 순간을 기록하는 기기이지만, 원리를 따져보면 비정상적인 심장의 리듬을 인지하면 그 순간을 포함한 앞뒤 시간대의 심전도를 자동으로 저장한다고 들었습니다. 병원 측에 협조를 요청하느라 시간이 좀 걸렸지만, 지금쯤이면 결과가 나왔을 겁니다."

형사의 말이 끝나기가 무섭게 문을 두드리는 소리가 들리더니, 젊은 경찰이 상체부터 들이밀었다.

"형사님, 심전도 판독 결과가 나왔습니다."

판독지를 받아 든 형사는 진지한 눈빛으로 훑어보았다. 그러다 한 지점에서 시선을 멈추고는 한참을 응시했다. 마침내 판독지에서 고개를 든 형사는 입꼬리를 슬쩍 올렸다.

"이제 명확해졌네요. 이때가 바로 피해자가 사망한 시점입니다."

형사는 판독지를 뒤집어 한 부분을 가리켰다. 판독지에는 심전도 그래프가 줄줄이 이어져 있었다. 그중 한 부분, 형사가 가리킨 곳의 그래프가 명백하게 이상했다. 규칙적인 파형을 보이던 그래프가 이 시점부터 마구 요동치기 시작한 것이다. 점점 격렬하게 날뛰던 파형은 어느 순간 잠잠해지더니, 점차 미약해지다가 완전히 사라졌다. 심장이 멈춘 것이다.

"아무래도 이 순간에 목이 매달리고 몸부림을 치는 과정에서 심장 박동이 급격히 빨라지다가 사망에 이른 것 같군요."

나는 심전도 그래프가 보여주는 파형에 따라 피해자의 모습을 떠올렸다. 잠결에 목이 매달려 발버둥치는 유진의 모습. 그녀는 그 순간 얼마나 괴로웠을까. 괜스레 마음이 착잡해진 나는 애써 생각을 떨쳐냈다.

일단 지금은 사망 시각에 집중하자. 심전도 그래프가 요동치기 시작하는 순간이 살해 시각일 것이다. 나는 판지에 표시된 발생 시각을 확인했다. 오후 3시 47분. 영상 상영회 도중이었다.

나는 눈이 휘둥그레져 형사를 바라보았다. 상영회 도중에 자리를 뜬 사람은 딱 한 명이었다. 바로 도현이다.

"도현 씨가 화장실에 간 게 언제라고 했죠?"

형사의 말에 나는 기억을 되짚어보았다. 분명 두 번째 영상이 끝난 직후였다. 영상 하나당 15분 정도였고, 피드백 시간이 5분. 오후 3시가 조금 넘어 상영회를 시작했으니, 그러니까 그때가 대략….

"오후 3시 45분…."

"빙고요."

형사가 손가락을 딱 튕겼다. 나는 당황스러웠다. 정말로 도현이 범인이라고? 아니, 대체 어째서?

도현이 범인이라면, 왜 그는 자신이 의심받을 게 뻔한 살인을 감행한 것일까? 왜 하필이면 자기 작품을 활용해 죽인 거지? 시신을 굳이 엘리베이터로 옮긴 이유는?

혼란스러워하는 내 모습을 재밌다는 듯 바라보며 형사가 말했다.

"걱정하지 마세요. 나도 이것만으로 도현 씨가 범인이라 단정 짓지는 않을 거니까요. 부검 결과도 기다려봐야 하고요. 게다가 도현 씨가 범인이라고 해도 여전히 풀리지 않는 의문이 있어요. 물론 수사에 혼선을 주기 위해 일부러 헷갈리게 했을 수도 있습니다만."

뭐 아무튼, 하며 형사는 자리에서 일어났다.

"현수 씨 진술은 여기까지 듣고요. 슬슬 용의자들을 보러 가봅시다."

지금까지 진술이라고 할 만한 걸 했던가? 형사랑 추리를 주고받은 것밖에는 없는 것 같은데. 어쨌거나 나도 형사를 따라 자리에서 일어났다.

문고리를 돌리기 전, 형사는 나지막한 목소리로 내게 말했다.

"사망 추정 시각에 대해선 일단 비밀로 해둡시다. 추가로 확인해야 할 것들도 있으니까요."

그러고는 느긋하게 문밖으로 나섰다.

진술을 마친 사람들은 세미나실에 모여 있었던 모양이다. 사람들을 불러 모은 형사는 흠, 헛기침을 하고는 큰 목소리로 말했다.

"다들 정신없는 와중에 진술까지 해주시느라 수고하셨습니다. 수사관들이 이것저것 확인해봤습니다만, 현재 외부인의 침입 가능성은 낮아 보입니다. 그리고 피해자의 사인에 대해서 말인데요."

형사는 수첩을 슬쩍 보고는 다시 말을 이었다.

"검시 결과 피해자는 잠든 상태에서 밧줄에 목이 매달려 사망한, 경부 압박에 의한 질식사일 가능성이 높아 보입니다. 또한 피해자의 몸에서 수면제 성분이 검출되었습니다. 자세한 건 조사를 해봐야 알겠지만 아무래도 피해자가 마신 맥주에 수면제를 탔을 가능성이 큽니다."

그 말에 도현과 제자들은 눈이 휘둥그레져서 서로를 바라보았다.

"피해자가 마신 캔맥주는 전부 아이스박스에 보관되어 있던 것으로 보이는데, 이건 누가 챙겨온 겁니까?"

그 질문에는 찬민이 대답했다.

"아이스박스는 민석이가 챙겨왔습니다만, 캔맥주는 저희 셋이 함께 편의점에서 샀어요. 유진 선배는 항상 저희한테 맥주 심부름을 시키거든요. 케이크도 여기에 같이 담아왔고요."

"흠, 그렇군요."

형사는 두어 번 고개를 끄덕인 후 별다른 말 없이 넘어갔다. 나는 유진이 마시다 남은 맥주를 벌컥벌컥 마시던 모습을 떠올렸다. 어쩌면 유진이 자리를 비운 틈을 타 개봉된 캔에 수면제를 탔을지도 모른다. 그렇다면 도현뿐만 아니라 다른 제자들도 모두 그럴 기회는 충분했을 것이다.

"자, 그럼 질문은 여기까지 하고."

형사의 목소리에 나는 다시 생각에서 벗어났다. 어느새 손에는 하얀 면장갑을 착용한 채였다.

"마침 현장 감식이 끝났다고 하니 다 같이 한번 올라가봅시다. 현장에서 달라진 건 없는지도 확인해야 하고요."

그럼 가봅시다, 하며 형사가 먼저 발걸음을 옮겼다. 우리는 머뭇거리며 그의 뒤를 따라갔다. 현장을 보러 간다기에 엘리베이터로 가나 싶었으나, 형사는 곧장 비상계단의 문을 열고 들어갔다. 가까운 곳부터 보려는 걸까?

계단에 발을 내딛으려던 형사는 잠시 발걸음을 멈칫했다.

"이런 곳에 창고가 있었군요."

형사의 시선을 따라가 보았다. 그곳은 계단 아래의 빈 공간으로, 계단과 맞닿는 왼편을 벽으로 막고 정면에 문을 달아 창고로 사용하고 있었다. 문틈이 살짝 열려 있는 걸 보면 잠겨 있지 않은 모양이다.

"열어봐도 되겠습니까?"

딱히 동의를 구하려던 건 아니었는지 대답을 듣기도 전에 형사는 창고 문을 드르륵 열었다. 그 바람에 잡동사니 위에 얹혀 있던 물건이 데구루루 굴러 떨어졌다.

"어이쿠… 응?"

형사는 잽싸게 허리 숙여 주워든 물건을 유심히 들여다보았다. 플라스틱으로 된 원통형 심을 하얀 노끈이 둘둘 감고 있었다.

"이건 뭐지?"

"어, 이건 전시품을 포장하거나 옮길 때 쓰는 밴딩 끈입니다. 박스 포장할 때 자주 쓰는 그거요. 엄청 튼튼하기도 하고 운반이 쉽다 보니 자주 사용합니다만, 이게 왜 여기에…."

 도현이 대신 설명하며 고개를 갸웃거렸다. 형사는 둘둘 말린 끈을 천천히 풀어보았다. 길이가 꽤 상당했다. 다만 끈이 도중에 끊어져 있었고, 깔끔하게 감긴 원래의 다른 끈과는 달리 급하게 감은 듯 엉성했다. 중간에 매듭이 하나 묶여 있는 것도 뭔가 수상쩍었다.

 "흠…. 뭐, 잘 알겠습니다. 일단 이건 넘어가죠."

 형사는 끈과 원통 심을 경찰에게 넘기고 이어서 계단을 올라갔다. 이제 2층 상설 전시실을 보려나 했는데 형사는 문을 지나쳐 3층으로 올라갔다. 나는 그제야 깨달았다. 형사는 지금, 우리가 시신을 발견하게 된 동선을 그대로 따라가고 있었다.

 3층 제2전시실을 지나 '교수대 위의 까마귀', 이른바 교수대의 방으로 들어섰다. 언제 보아도 중압감이 드는 교수대에 매인 끈은 끝이 너덜너덜하게 잘려 있었다. 유진이 발버둥 치는 처참한 장면이 생생하게 그려졌다. 그 위에 앉은 모형 까마귀의 새까맣고 공허한 눈동자가 우리를 내려다보고 있었다. 교수대 위의 저 까마귀는 그 순간, 대체 무엇을 보고 있었을까.

 "혹시나 해서 말씀드리는 건데, 피해자의 목에 걸려 있던 고리의 끝과 여기 밧줄의 잘려나간 부분이 일치합니다. 절단면이 일정하지 않고 들쭉날쭉한 것도 피해자의 몸이 매달린 상태에서 잘랐기 때문일 거고요. …그러고 보니 왜 밧줄을 목에서 풀지 않고 고리째로 잘라낸 거지?"

 마지막 말은 누구에게 묻는다기보단 그저 순수한 의문에 중얼거린 듯했다.

"매듭을 억지로 푸는 것보단 자르는 게 간편해서 그런 게 아닐까요?"

옆에서 내가 한마디 거들었다. 그외에 다른 이유는 떠오르지 않았는데 누군가 생각지도 못한 말을 했다.

"아마 밧줄이 에반스 매듭으로 묶여 있었기 때문이겠죠."

그렇게 대답한 사람은 민영이었다.

"사형수의 목에 거는 그 고리 형태의 매듭이요. 교수인의 매듭이라고도 하는데, 당기면 당길수록 매듭이 조여들어 마치 올가미처럼 목이 졸리게 돼요. 그래서 그냥 풀기는 어려우니까 잘라냈겠죠."

"오호⋯."

형사가 신기하다는 눈빛으로 민영을 바라보았다. 사람들의 시선이 몰리자 그녀는 당황한 듯 "자, 자료를 찾아본 덕에 알게 된 거예요" 하며 해명했다.

"뭐 아무튼 피해자가 여기서 목매달려 사망한 건 확실해 보이네요. 그리고 말이 나와서 여쭤보는 겁니다만, 보통 이렇게 목을 매는 경우 근육이 이완되며 배설물이 흘러내리는 경우가 흔합니다. 그런데 여기엔 그런 흔적이 없더군요. 검시관 선생이 확인해보니 피해자가 생리대를 착용하고 있어서 분변이 흘러내리지 않은 것 같다고 하던데, 이에 대해 뭔가 알고 계신 분은 없습니까?"

"생리대요? 아뇨, 저한테도 그런 얘기는 잘⋯."

도현이 처음 들어본다는 듯 고개를 저었다. 이번에도 반응을 보인 건 민영이었다.

"어라? 그럴 리가 없는데?"

다시 한번 시선이 쏠리자 민영은 약간 머뭇거리더니 조심스레 설명했다.

"저번 주에 유진 언니랑 통화할 대 언니가 그랬거든요. 요 며칠 그날… 그러니까 생리 기간이라서 신경이 너무 예민해졌다고. 그게 벌써 일주일 전이니 지금은 끝났을 거예요. 그런데도 생리대를 착용하고 있는 건 이상하네요."

신중하면서도 또박또박 말하는 민영의 말에 형사가 "흐음, 그건 확실히 이상하군요" 하고 반응했다.

"혹시 그걸 입증할 만한 증거가 있습니까? 피해자와의 통화를 녹음해둔 게 있다거나."

"으음, 따로 녹음하거나 그러진 않았는데…. 아, 혹시 유진 언니 폰에 앱이 깔려 있지 않을까요? 요즘은 다들 달력보단 배란일 계산기나 생리 주기 어플을 더 많이 사용하잖아요. 언니도 그걸 쓰고 있었다면 분명 다음 생리 날짜나 주기가 기록되어 있을 거예요."

"오호, 그런 게 다 있군요."

눈을 반짝이며 설명을 듣던 하강휘 형사는 우리 뒤에서 지키고 서 있던 다른 형사에게 지시했다.

"류 형사, 피해자의 소지품 중에서 스마트폰 어플을 확인해봐. 그런 내용이 들어 있는지."

"넵."

류태준 형사는 곧장 어디론가 전화를 걸며 비상계단 쪽으로 달려갔다. 전에 봤을 때보다 다크서클이 더 내려와 있었다.

"자, 그럼 자세한 확인은 저 친구에게 맡기고, 여긴 볼 만큼 본 것 같으니 슬슬 이동해볼까요? 여러분도 둘러보면서 기억과 다르거나 수상한 부분이 있는지 잘 확인해주십쇼."

형사의 말에 나는 다시 한번 방 안을 둘러보았다. 잘린 밧줄과 교수대, 화단에서부터 이어지는 뭔가가 끌려간 흔적. 딱히 달라진 건 없어 보였다.

우리는 제1전시실을 지나 3층 엘리베이터 앞 라운지로 이동했다. 전시실 입구엔 여전히 거대한 공룡의 머리뼈가 입을 쩍 벌리며 우리를 반겨주었다. 처음 봤을 때와는 달리 골격과 알이 모두 주황빛 노을로 물들어 있었다. 벌써 시간이 이렇게 됐나.

'소멸의 탄생'은 창문을 등지고 있어 작품에 햇빛이 내리꽂히게 된다. 직사광선에 노출어도 큰 문제는 없는 걸까.

"아앗!?"

그때 외마디 비명이 터져 나왔다. 소리의 주인공은 도현이었다.

"이, 이게 왜… 대체 누가 이런 짓을…."

"왜 그러십니까?"

부들거리는 도현에게로 형사가 다가갔다. 도현은 손가락으로 '소멸의 탄생'을 가리켰다.

"여, 여기! 여기가 부서져 있지 않습니까! 아아, 왜 이런 끔찍한 짓을…."

나는 그가 가리키는 부분을 보았다. 그러나 어디가 부서졌다는 건지 도저히 알 수가 없었다. 아아, 하고 뭔가를 깨달은 사람은 찬민이었다.

"여기 알 윗부분이 깨져 있네요. 원래도 깨져 있긴 하지만 구멍이 이 정도로 넓진 않았어요."

듣고 보니 어느 부분인지 알 것 같았다. '소멸의 탄생'은 공룡의 화석이 알을 깨고 나오려는 모습을 형상화한 작품이었다. 그중 알의 윗부분, 머리가 빠져나오며 부서진 틈이 원래보다 더 커져 있다는 거였다. 내가 봐도 확실히 낮에 봤을 때보다 구멍이 더 넓어진 것 같았다.

"여기 안쪽에 부서진 석고 파편들이 쌓여 있네요. 이것도 원래는 없는 겁니까?"

형사가 알 내부를 들여다보며 말했다. 나도 따라서 들여다봤다. 깨진 껍데기들이 알 밑바닥에 잔뜩 쌓여 있었다.

"네, 이것도 원래는 없었어요. 알 윗부분을 부술 때 나온 파편들인 것 같네요."

찬민이 덤덤하게 말했다. 그와 대조적으로 도현은 여전히 창백해진 안색으로 손을 부들부들 떨고 있었다. 유진의 시신을 목격했을 때도 이렇게까지 동요하지는 않았었는데…. 내 머릿속에서 도현의 이미지가 변해가는 것 같았다.

"흠. 이것도 범인이 한 짓인가? 도무지 의도를 알 수가 없군. 안에 들어가서 숨으려 했다기엔 입구가 너무 좁고."

형사가 턱수염을 만지며 중얼거렸다. 나도 열심히 머리를 굴려보았지만 딱히 떠오르는 건 없었다.

"아무튼 이것도 기억해두겠습니다. 그외에 다른 특이 사항이 없으면 아래로 내려가겠습니다."

엘리베이터 옆 계단을 내려가는데 형사의 휴대폰이 울렸다. 몇 번 대꾸하더니 전화를 끊고 우리를 돌아보았다.

"류 형사한테서 연락이 왔는데, 피해자의 스마트폰에 말씀하신 어플이 있다고 하는군요. 확인 결과 민영 씨의 말대로 지금은 월경 주기가 아니라고 합니다. 그렇다면 가능성은 두 가지입니다. 무슨 이유에선지 피해자가 직접 착용했든지, 혹은 범인이 일부러 입혔든지."

범인이 피해자에게 일부러 생리대를…? 그랬다면 그 이유는 분변이 밖으로 흐르지 않게 하기 위함일 것이다. 실제로도 그랬으니까. 하지만 그렇게 해야만 하는 이유가 있을까?

우리는 2층 엘리베이터 앞에 도착했다. 엘리베이터는 문이 열린 채로 멈춰 있었다. 조사를 위해 세워둔 모양이다.

"피해자는 여기 무릎을 꿇은 자세에서 이마를 바닥에 대고 엎어진 채 발견되었다고 했죠?"

"네, 맞아요. 처음에는 설마 죽었을 거라곤 생각하지 못해서 눕혀놓긴 했지만요…."

민석이 침울한 목소리로 말했다. 그때의 광경은 나도 생생하게 기억난다. 마치 끌고 온 시신을 그대로 엘리베이터 바닥에 내동댕이쳐둔 것 같은 자세였다.

"사망한 지 얼마 안 돼서 시신을 움직이면 시반이 새로운 자세에 맞춰 옮겨가게 됩니다. 저희가 도착했을 때는 이미 시반이 이동한 후였다고 하는군요. 아니, 여러분을 탓하는 건 아닙니다만. 아무튼 그렇기 때문에 피해자가 정확히 어떤 자세로 놓여 있었는지를 판단하려면 여러분의 진술이 중요하다는 겁니다."

능청스럽게 설명을 마친 형사는 이어서 다른 화제를 꺼냈다.

"그리고 여러분이 2층에 도착했을 때 라운지의 의자가 엘리베이터 문 사이에 끼어 있었다고 했었죠. 등받이가 바닥을 향하게요."

"네, 맞아요."

"범인이 그렇게 한 이유를 모르겠군요. 단순히 엘리베이터를 멈춰두기 위해서? 아니면 이것도 시신을 옮겨온 것과 연관이 있는 건가?"

이것도 한참 고민해봤지만 답을 얻지 못했다.

"저어…."

이때까지 잠자코 따라다니던 관장이 조심스레 손을 들었다.

"무슨 일이시죠?"

"아니, 그게… 그냥 개인적인 생각입니다만, 범인이 굳이 시신을 끌고 올 필요가 있었을까요?"

조심스럽게 말하는 관장. 그게 무슨 뜻이냐는 형사의 물음에 관장은 더욱 움츠러든 목소리로 말했다.

"이런 말씀을 드리긴 죄송하지만, 돌아가신 유진 씨는 체구가 작지 않습니까. 체중도 많이 나갈 것 같지 않던데, 굳이 바닥에 끌고 갈 필요가 있었을까요? 그냥 둘러메거나 양손으로 안고 가도 되지 않았을까요?"

그것도 맞는 말이었다. 괜히 시신을 질질 끌어 흔적을 남기는 것보다는 들어올려서 단숨에 옮기는 게 시간도 더 절약될 것이다. 그리고 여기 있는 대부분의 사람이 그럴 만한 힘이 있었다. 민석은 헬스를 해서 몸이 다부졌고, 찬민은 덩치가 있으니 그리 힘든 일도 아닐 것이다. 관장이나 도현 역시 비실비실한 편은 아니었다. 물론 나도 마찬가지였다. 그렇다면….

사람들의 시선이 한 사람에게로 쏠렸다. 유일한 여성이면서 호리호리한 체형의 인물. 민영은 어리둥절하다가 상황을 깨닫고는 역정을 냈다.

"아니, 왜 다들 날 봐요? 유진 언니 정도면 저도 충분히 들 수 있거든요? 아니, 애초에 그 정도도 못 들 거면 교수대에 목은 어떻게 걸었겠어요?"

씩씩거리며 화를 내던 민영은 이내 아차, 하는 표정을 짓더니 원래의 차분한 모습으로 돌아갔다.

"…미안해요. 억울한 상황은 잘 못 견디는 성격이라. 어쨌든 저는 절대 아니에요."

그럼에도 여전히 기분은 언짢아 보였다.

"자자, 겨우 그런 것만으로 범인으로 의심하고 그러진 않으니 안심하십쇼. 아무튼 이제 충분히 둘러본 것 같으니 슬슬 돌아가도록 하지요."

형사가 상황을 적당히 무마하며 사람들을 계단 아래로 내려보냈다. 1층 로비로 돌아온 우리는 형사의 다음 지시를 기다렸다.

"다들 힘든 와중에 수고 많으셨습니다. 덕분에 새로운 정보도 많이 얻은 것 같군요. 정보를 취합하는 동안 여러분은 일단 세미나실에서 대기해주십쇼. 그리 오래 걸리지는 않을 겁니다. 아참, 참고로."

형사는 말을 끊고 모두를 바라보았다.

"심전도 기록기 덕분에 정확한 사망 추정 시각이 밝혀졌습니다. 사망 시각은 오후 3시 47분경입니다. 일단은 그리 알고 계십쇼."

그러고는 휙 돌아 복도 안쪽으로 향했다. 뒤늦게 그 의미를 깨달은 도현의 얼굴이 사색이 되었다.

경찰의 안내에 따라 사람들과 함께 세미나실로 이동하던 나를 하강휘 형사가 불러 세웠다. 무슨 일인가 싶어 돌아보니 그는 비상문에 손을 짚고 서 있었다.

"현수 씨는 잠시 저랑 같이 행동합시다. 현장을 다시 한번 둘러볼 겸 해서요."

"네? 그래도 되는 건가요?"

"뭐 어떻습니까. 참고인 조사 명목으로 데리고 다녔다고 하면 되죠."

형사를 따라가는 수밖에 없었다. 아니, 그보다는 사건에 대한 형사의 생각이 궁금하기도 했다.

비상계단을 올라 2층 상설 전시실에 들어섰다. 여전히 거대한 작품들이 압도하는 공간이었다. 그런 기분이 드는 것도 잠시, 이어지는 형사의 질문에 나는 당황할 수밖에 없었다.

"현수 씨는 누가 범인일 것 같습니까?"

"네?"

"근거는 없어도 됩니다. 심증만이라도 충분합니다. 수사에서 증거 확보만큼이나 중요한 게 형사의 감이니까요."

그는 나를 보며 씨익 웃었다. 나는 속으로만 생각했던 것들을 가감 없이 털어놓았다.

"솔직히 말하면, 도현 씨는 범인이 아닌 것 같습니다. 좀 이상한 사람이긴 해도 이렇게 본인이 의심받을 수 있는 상황에서 살인을 저질렀을 것 같지는 않아요. 오히려 저는 제자들 쪽이 조금 더 의심스러워요. 물론 다들 알리바이는 확실합니다만."

"관장은요?"

"관장님도 딱히…. 잘 모르겠어요. 제자들이 의심스럽다고는 해도 셋 중에 누가 범인일지는 전혀 모르겠습니다."

"좋아요. 잘 알겠습니다."

형사가 손뼉을 짝 마주쳤다. 그러더니 맞잡은 손을 그대로 쭉 펴고 기지개를 켰다. 어쩐지 나도 목이 뻐근한 느낌이 들었다.

"그럼 도현 씨는 범인이 아니라고 가정해보죠. 그렇다면 범인은 분명 무언가 수를 썼을 겁니다. 이를테면 알리바이 트릭이란 거죠. 범인은 어떻게 사망 추정 시각에 자리를 벗어나지 않고 살해했을까요?"

"알리바이 트릭…."

나는 열심히 머리를 굴려보았다. 한 가지 짚이는 게 있었다.

"영상 상영회 도중에 살해당한 거잖아요. 그래서 그 시간대에 유일하게 잠깐 자리를 비웠던 도현 씨가 유력 용의자가 된 거고요. 만약 상영회 시간을 조작한다면 알리바이에 빈틈이 생기지 않을까요?"

"오호…. 그럼 그 시간은 어떻게 조작할 수 있는데요?"

"으음, 예를 들어 영상의 길이를 조작하면 어떨까요? 15분 길이라고 했지만, 사실은 그보다 짧았던 겁니다. 그래서 원래는 상영회가 끝난 시점에서 살인을 저질렀지만, 저희는 두 번째 영상이 끝났을 시각에 죽었다고 착각하게 된 거지요."

"흠. 아쉽지만 그건 불가능합니다. 영상을 다 확인해봤는데, 길이는 전부 15분 내외였어요."

딱히 자신 있게 내세운 가설은 아니었다. 이제 막 떠오른 생각일 뿐이었으니까. 그러나 형사의 말을 들으니 괜한 오기가 생겼다.

"아, 맞아요! 상영회가 끝난 직후에 민석 씨가 혼자서 세미나실에 갔다 왔거든요. USB를 깜빡했다면서요. 혹시 그때 영상을 바꿔치기한 게 아닐까요? 시간은 좀 빠듯하겠지만 어떻게 잘만 한다면….”

말하면서도 점점 자신감이 없어졌다. 형사는 절레절레 고개를 저었다.

"10분짜리 영상을 15분이라고 속이는 것도 아슬아슬할 겁니다. 게다가 그렇게 시간을 줄여봤자 한 시간 30분짜리 상영회를 절반 가까이 줄일 수는 없을 겁니다. 그리고 상영회가 끝난 이후에는 아무도 죽일 시간이 없었다고 본인이 직접 말씀하셨지 않습니까? 애초에 세미나실엔 시계도 있고, 다들 휴대폰이나 손목시계 하나씩은 가지고 있었잖아요?”

하나하나 맞는 말이었다. 결국 다시 원점에서 생각해봐야 하나. 상영회 도중이나 이후가 아니라면, 그 이전에 살인을 저질렀을 가능성은 없을까.

"…아.”

보다 근본적인 부분에서 의문이 들었다. 애초에 지금 밝혀낸 사망 추정 시각은 정확한 걸까?

"심전도 자체를 조작한 게 아니냐, 하는 거군요.”

"네. 저도 그쪽으론 잘 모르긴 하지만, 심전도 기록기를 조작할 수만 있다면 알리바이는 무너지는 게 아닐까요? 사실은 상영회가 시작되기 전에 죽였는데 모종의 방법을 써서 심장이 멈춘 것으로 심전도 기계에 기록되게 한다면, 혹은 기록기의 내장 시계를 조작해서 시간을 앞당긴다면….”

"아뇨, 그건 불가능할 겁니다."

이번에도 형사는 딱 잘라 단언했다.

"저도 원리는 잘 모르겠습니다만, 이식형 사건 기록기는 부정맥을 인지하는 순간 자동으로 심전도를 기록해 원격으로 병원에 전송한다더군요. 그러니까 기록기 자체를 조작하는 건 의미가 없다는 겁니다. 게다가 기록기는 피부 안쪽을 절개해서 삽입한 후 다시 봉합한다고 하던데, 이걸 의사도 아닌 일반인이, 그것도 상처를 일절 남기지 않고 꺼내서 조작할 수는 없을 겁니다."

"그건… 확실히 불가능 하겠군요."

나는 순순히 납득했다. 그렇다면 사망 추정 시각은 거의 확실하다고 볼 수 있다.

"사망 시각이 상영회 도중이 확실하다면, 범인은 원격으로 피해자를 살해했다는 건데…. 소파에 잠들어 있는 피해자를 원격으로 교수대에 매달고, 죽은 후에 원격으로 밧줄을 잘라서 엘리베이터로 끌고 온 후에 원격으로 엘리베이터를 조작해 2층으로 내려간 다음 원격으로 라운지의 의자를 문틈에…."

원격, 원격, 원격…. 말하면서도 게슈탈트 붕괴가 일어날 것만 같았다. 아니, 애초에 그런 방법이 존재하기나 할까?

그런 내 모습이 우스운지 형사는 소리 죽여 킥킥 웃었다. 그러고는 부드러운 말투로 조언했다.

"한꺼번에 모든 걸 생각하려면 아무래도 골치 아플 수밖에 없죠. 하나씩 차근차근 생각해보면 어떻겠습니까?"

하나씩 차근차근이라…. 내가 생각하기 수월하도록 형사는 방금 전의 말을 한 부분씩 읊어주었다.

"소파에 잠들어 있는 피해자를 원격으로 교수대에 매단다. 이건 가능할 것 같습니까?"

나는 눈을 감고 생각해보았다. 술에 취해, 아니, 수면제에 취해 소파에 누워 잠들어 있는 유진. 이 상태에서 유진의 목을 원격으로 교수대에 거는 방법은 두 가지가 있다. 첫째, 유진이 몸을 직접 움직여 스스로 목을 건다. 둘째, 교수대의 밧줄이 스스로 움직여 유진의 목을 낚아채서 끌어올린다….

"…모르겠습니다. 피해자에게 스스로 목을 걸라고 최면이라도 걸지 않는 이상은 불가능할 것 같네요. 이 부분은 일단 넘어갈게요."

"좋아요. 그럼 다음 부분. 피해자가 사망한 후 원격으로 밧줄을 잘라서 엘리베이터로 끌고 온다. 이거는요?"

이건 훨씬 더 어려워 보였다. 백 번 양보해서 어찌어찌 원격으로 밧줄을 잘랐다고 치자. 바닥에 쓰러진 시신을 어떻게 엘리베이터까지 옮길 것인가. 단순히 일직선으로 쭉 끌어오는 거라면 뭔가 방법이 있을지도 모른다. 그러나 교수대의 방과 엘리베이터 사이에는 제1전시실이 있다. 전시실에는 작품들이 동선을 따라 배치되어 있기 때문에, 시신을 일직선으로 끌고 가다 보면 중간중간 작품에 가로막히게 된다.

"이 부분도… 도저히 모르겠습니다. 여기도 일단 보류할게요."

"그래요. 너무 심각하게 생각하진 마십쇼. 다음 부분입니다. 시신이 든 엘리베이터를 원격으로 2층으로 내린다."

"아."

형사의 말을 듣는 순간 뭔가 퍼뜩 떠올랐다. 실마리가 잡힐 것 같았다.
"이건 가능할 것 같네요."
"오?"
내 대답이 의외라는 듯 형사는 흥미롭게 바라보았다. 나는 잠시 생각을 정리한 후 천천히 말을 이어갔다.
"간단합니다. 엘리베이터 안에서 2층 버튼을 누르고 나오기만 하면 되니까요. 그러면 문이 닫히고 엘리베이터가 2층으로 내려가겠죠. 문제는 그겁니다. 어떻게 시신이 엘리베이터 안으로 들어올 때까지 문을 닫히지 않게 열어둘 것인가."
"호오. 그래서 그 방법은요?"
"그건….."

나는 필사적으로 머리를 굴려보았다. 단순하게 생각하면 문 사이에 뭔가를 끼워두면 된다. 그리고 제때 끈 같은 것으로 잡아당겨 쑥 빼내면 그만이다. 하지만 이건 결국 범인이 끈을 직접 잡아당겨야 한다는 뜻이 된다. 이래서는 원격 트릭이라고 할 수 없다.

그럼 끈이 없어도 스스로 빠져나올 수 있는 물체이면 되지 않을까? 예를 들면 무선 조종을 할 수 있는 RC카 같은 것이다. 바퀴가 달려 있으니 전진 키만 눌러준다면 쉽사리 빠져나올 수 있지 않을까. 하지만 이 경우엔 도구를 처리하는 게 문제다. 그런 걸 가지고 있었다면 소지품 검사에서 바로 걸렸을 테고, 미술관 어딘가에 숨겨놨더라도 과학수사대가 진즉에 찾아냈을 것이다.

결국 핵심은 그거다. 엘리베이터 문 사이에 끼워둘 수 있고, 적당한 시점에 스스로 빠져나올 수 있으며, 따로 숨기지 않더라도 알아서 모습을 감추는 물건이어야 한다. 그런 물건이 과연 있을

리가… 어라?

"아앗!?"

흥분한 나머지 그만 나도 모르게 큰 소리를 내고 말았다. 그래, 그거라면…!

"드라이아이스! 드라이아이스를 문틈에 끼워두는 겁니다! 이러면 원하는 시간에 맞춰서 엘리베이터가 닫히게 할 수 있어요. 완전히 승화되는 시간을 고려해 적당한 크기의 드라이아이스를 끼워두기만 하면 되니까요!"

"아아, 맞다. 그런 게 있었죠. 아이스크림 케이크를 보관하기 위해 아이스박스에 드라이아이스를 넣어왔다고 했던가요. 그래, 그거라면 말이 되는군요. 아주 좋습니다."

형사는 흡족한 듯 고개를 끄덕였다.

"이제 마지막이군요. 2층에 도착한 엘리베이터의 문틈에 원격으로 라운지의 의자를…."

"그 부분은 훨씬 간단합니다. 엘리베이터 문에 미리 의자를 기대어 세워두면 되니까요."

형사의 말이 채 끝나기도 전에 나는 잽싸게 대답했다. 앞서 엘리베이터 문을 열어두는 문제로 고민하던 중에 자연스레 떠오른 해결책이었다. 문이 열리는 동시에 기대 있던 의자가 안쪽으로 쓰러져 저절로 문틈에 걸리게 된다.

내 말에 잠시 멍하니 허공을 바라보던 형사는 실소를 흘렸다.

"허, 참. 이건 맹점이었네요. 지금껏 범인이 직접 옮겼다고만 생각해서 이런 단순한 방법을 미처 떠올리지 못했군요."

좋습니다, 하고 형사는 이야기를 마무리 지었다.

"일단 네 가지 원격 중 두 가지는 설명이 가능하군요. 앞의 두 가지는 차차 생각해보도록 합시다. 이어서 추가로 발견된 의문점들을 정리해보자면…."

형사는 수첩을 찬찬히 들여다보았다.

"첫째, 1층 비상계단 아래 창고에서 발견된 수상한 밴딩끈. 사건과 관련이 있는지는 아직 불명. 둘째, 불필요하게 착용 중이던 생리대. 이건 목을 매달았을 때 배설물이 흘러내리는 걸 방지하는 목적으로 생각됨. 셋째, 깨져 있는 공룡 알. 이 또한 범인이 한 짓으로 보임. 넷째, 범인이 시신을 들어서 옮기지 않고 굳이 바닥에 끌고 간 이유는? …일단 이 정도인 것 같군요."

형사의 정리를 들으며 나도 머릿속으로 장면들을 떠올려보았다. 가장 이해가 안 되는 건 범인이 일부러 피해자에게 생리대를 착용시켰다는 것이다. 목적은 형사의 말마따나 배설물이 흘러나오지 않게 하려는 것으로 보이는데….

나는 순간 도현의 얼굴이 떠올랐다. 작품이 파손될 때마다 과잉 반응을 보이며 부들부들 떨던 모습. 설마, 기껏 꾸며놓은 화단이 배설물로 오염될까 봐 생리대를…. 아니, 그건 아닐 것이다. 그런 걸 걱정했다면 애초에 교수대를 흉기로 쓰진 않았겠지. 게다가 이미 밧줄은 끊어졌고 화단도 엉망이 된 상태였다.

아무래도 지금 생각해 봐야 할 것은 하나였다. '소멸의 탄생'이다. 범인이 알을 깨트린 이유는 무엇일까?

"그럼 현장에 다시 가보죠. 뭔가 떠오를지도 모르니까요."

우리는 비상계단을 빙 돌아 3층 라운지로 향했다. 엘리베이터 앞에서 여전히 위엄을 과시하고 있는 거대한 공룡 뼈. 그 아래 깨진 알 껍데기를 다시 찬찬히 살펴보았다.

"범인은 무슨 목적으로 알을 부순 걸까요? 구멍을 넓혀봤자 이득 될 게 없어 보이는데."

"그러게요. 아니면 구멍을 넓히려는 목적이 아닐 수도…."

나는 관점을 다르게 바라보았다. 이번에는 조금 떨어져서 전체적인 모습을 보았다. 그러고 나니 뭔가가 보일 듯했다. 어쩌면 구멍을 넓히는 게 아니라, 높이를 낮추는 게 목적이 아니었을까? 공룡의 알은 위로 갈수록 뾰족한 타원형이었다. 그 윗부분을 깨트린다면 구멍이 넓어지는 것은 물론 알의 높이도 낮아진다. 하지만 그게 무슨 의미가 있단 말인가.

목과 어깨가 뻐근해 가볍게 스트레칭을 했다. 슬슬 다리도 아팠다. 오랫동안 앉을 새도 없이 계속 돌아다닌 탓일까. 바닥에 쪼그려 앉자 무릎에서 따닥 소리가 났다. 한동안 그 상태로 종아리를 주물러주었다.

문득 고개를 들자 창밖엔 해가 거의 저물어가고 있었다. 노을빛으로 물들었던 공룡의 뼈도 점차 원래의 회색빛으로 돌아오고 있었다. 알이 깨진 덕분에 공룡 뒤쪽의 창문이 훤히 들여다보였다. 창밖의 풍경까지 훤하게….

"아…?"

나는 홀린 듯이 자리에서 일어났다. 터벅터벅 창문을 향해 걸어갔다. 여전히 알을 들여다보고 있던 형사는 뭔가 싶은 표정으로 나를 쳐다보았다.

창가에서 고개만 내밀어 아래를 내려다보았다. 3층 높이임에도 바닥이 아찔했다. 오른쪽으로 시선을 돌리자 앞으로 툭 튀어 나와

꺾인 외벽이 보였다. 그 외벽을 따라 비상계단의 창문이 수직으로 늘어서 있었다.

고개를 뒤로 뺐다. 숨을 크게 들이마시고 심호흡을 했다. 심장이 마구 쿵쾅거리기 시작했다. 꽉 쥔 주먹에선 땀이 배어나왔다.

"설마, 뭔가 알아낸 겁니까?"

형사가 날카로운 눈빛으로 나를 바라보았다. 나는 고개를 끄덕였다.

"형사님, 계단 아래 창고에서 발견된 밴딩끈 좀 가져다주세요. 가능하다면 증거품 외에 사용 가능한 긴 끈도요."

"물론입니다."

형사는 곧바로 휴대폰을 꺼내들었다. 몇 마디 지시를 전달한 후 전화를 끊자, 잠시 후 류태준 형사가 증거품과 끈을 하나씩 들고 올라왔다.

"밴딩끈을 꺼내려면 장갑을 착용해주세요. 증거가 지워지지 않게 가급적 문지르진 마시고요."

"괜찮습니다. 전부 다 꺼내지는 않을 거니까요."

형사가 건네준 장갑을 착용한 후 조심스럽게 밴딩끈의 양 끝을 비닐봉투 밖으로 끄집어냈다. 그리고 양 끝을 서로 맞대어 보았다.

"역시나…."

양 끝의 절단면이 일치했다. 원래는 하나의 큰 원을 이루고 있었던 것이다.

"어쩐지 끈 중간에 매듭이 묶여 있는 게 이상하다 싶었습니다. 원래는 긴 끈의 양 끝을 묶어 커다란 고리로 만들어서 사용했을 겁니다. 사용한 후에는 이렇게 적당한 부분을 잘라서 심에 둘둘 감아둔 거고요."
"'사용했다'라는 건, 범인이 쓴 도구이라는 말인가요?"
"맞습니다. 그것도 엄청 중요한 역할을 했죠."
나는 고개를 끄덕였다. 그러고는 류 형사를 돌아보았다.
"류태준 형사님, 끈 길이는 재보셨나요?"
"예, 과학수사대 사람들이 줄자로 측정했습니다. 기록을 보여드릴 수도 있습니다."
"그럼 혹시 이 끈을 반으로 접는다면, 그러니까 이 끈의 절반 길이로 계산해본다면 이 미술관 몇 층 높이가 나올까요?"
"그건…."
류 형사가 수첩을 두드리며 머릿속으로 계산했다.
"이 건물 기준이라면 4층 정도 길이는 나올 것 같군요."
"예상한 대로네요. 감사합니다."
나는 끈을 도로 봉투 안에 집어넣고 류 형사에게 건넸다.
그리고 추가로 챙겨온 일반 끈을 받아 죽 늘여보았다.
"형사님, 여기 끝을 잡아주시겠어요?"
"얼마든지요."
끈을 건네며 부탁하자 하강휘 형사는 능글맞게 웃으며 흔쾌히 받아들었다.
"끈을 잡고 창가에 서주세요. 끈은 창틀 맨 오른쪽에 대주시고요. 네, 좋습니다."
나는 끈을 팽팽하게 당기며 엘리베이터 앞까지 뒷걸음질 쳤다. 그리고 바닥에 쪼그려 앉아 엘리베이터 문 아랫부분에 반대쪽 끝을 대었다. 창문에서부터 엘리베이터 하단부까지 끈이 일직선으로 놓였다.

"어떤가요? 알 윗부분이 깨진 덕분에 끈이 작품에 걸리지 않고 팽팽하게 이어지잖아요."

"오오. 이게 알을 깬 이유이군요."

형사가 감탄하며 말했다. 나는 내 생각을 덧붙였다.

"'소멸의 탄생'은 오늘 오전에 도현 씨의 지시로 옮겨졌다고 들었습니다. 범인의 입장에선 기껏 준비한 트릭이 이거 하나 때문에 방해를 받게 된 거죠. 그렇다고 작품을 혼자서 옮기거나 죄다 박살낼 수도 없는 노릇이었습니다. 따라서 트릭을 방해하지 않을 정도로만 알을 부순 것이겠지요."

"오호, 그렇군요…. 하지만 범인이 이걸로 뭘 어떻게 했다는 겁니까?"

나는 대답하지 않고 끈을 둘둘 감아 회수했다.

"일단 밖으로 나가봅시다. 마지막으로 하나만 더 확인해보면 모든 게 확실해질 겁니다."

계단을 내려가 1층 로비를 지나쳤다. 로비에서 대기 중이던 경찰들이 우리를 바라보았다. 하강휘 형사는 여유롭게 웃으며 한 손을 슬쩍 들어보였다.

정문을 나선 후 우리는 곧장 건물을 왼편으로 쭉 돌아갔다. 마침내 멈춰선 곳은 비상계단과 라운지가 만나서 생기는 모서리 공간이었다. 조금 전 3층에서 창문으로 내려다봤던 바로 그곳이다.

"제 추리가 맞다면 분명 여기에 그게 있을 겁니다."

나는 주위를 유심히 살펴보았다. 그리고 마침내 그것을 찾아냈다.

"배수관?"

옆에 서 있던 형사가 나를 따라 고개를 돌렸다. 1층 비상계단의 창문 바로 옆 외벽에 파이프 하나가 아래로 툭 튀어나와 있었다.

"옥상에서 이어지는 빗물 배수관인 것 같네요."

나는 장갑 낀 손으로 파이프를 잡고 움직여보았다. 벽 안에 단단하게 박혀 있어서 움직임이 전혀 없었고 꽤 두꺼웠다.

"형사님, 여기를 꼼꼼히 조사해달라고 부탁해주세요. 특히 뭔가에 쓸린 흔적이나 묶인 흔적 같은 거요."

"오, 드디어 진상을 알아낸 겁니까?"

"네."

나는 단호하게 고개를 끄덕였다.

"우리는 처음부터 범인에게 완전히 속고 있었습니다."

세미나실에 모인 사람들이 불안한 눈빛으로 서로를 바라본다. 아티스트 도현과 미술관 관장. 도현의 제자인 민석과 찬민, 민영까지. 세미나실 뒤쪽에는 경찰들이 굳은 표정으로 지키고 서 있었다.

"자, 그럼 시작하겠습니다. 현수 씨, 준비되셨나요?"

내 옆에 선 하강휘 형사가 서두를 열었다. 나는 고개를 끄덕이고는 자리에서 일어났다. 모두의 시선이 내게로 모여들었다. 나는 가볍게 목을 가다듬고는 또박또박 말했다.

"우선 이렇게 여러분을 한데 모은 이유는, 유진 씨를 살해한 범인에게 자수를 권하기 위해서입니다. 지금이라도 자백한다면 형을 감해줄 여지가 있다고 하는군요."

수군거림이 번져간다. 나는 한 사람, 한 사람씩 찬찬히 바라보았다. 시곗바늘 소리가 째깍- 째깍- 울렸다.

"아무도 없습니까?"

재차 물어보았지만 아무도 대답하지 않았다. 나는 짙은 한숨을 내쉬었다.

"아쉽게 됐군요. 그럼 지금부터 범인을 지목해보도록 하겠습니다."

내 선언에 수군거림이 더욱 커졌다. 휘둥그레진 눈으로 바라보는 사람도 있었고, 덜덜 떨며 어쩔 줄을 모르는 사람도 있었다.

"우선 피해자의 사망 시각을 짚고 넘어가겠습니다. 아까 전 형사님이 말씀하셨듯이, 피해자의 가슴에 이식된 심전도 기록기를 통해 정확한 사망 시각을 확인할 수 있었습니다. 시각은 오후 3시 47분. 영상 상영회가 진행되던 도중이었습니다."

거기까지 말했을 때 누군가가 창백해진 얼굴로 벌떡 일어났다. 도현이었다. 앞으로 모은 두 손은 벌벌 떨고 있었다.

"저, 저는 범인이 아닙니다. 절대로 제가 그런 게 아니에요…."

"네, 알고 있습니다. 걱정하지 마세요."

내 말에 도현은 더욱 동그래진 눈으로 나를 올려다봤다. 도현을 진정시킨 후 나는 마저 설명을 이어갔다.

"사망 시각만을 놓고 보자면 범행이 가능한 사람은 도현 씨밖에 없습니다. 영상 상영회 도중에 자리를 뜬 유일한 사람이니까요. 하지만 과연 그럴까요? 만약 그 시각에 피해자의 목을 원격으로 매달 수만 있다면 그 자리에 있지 않더라도 살인이 가능하지 않을까요?"

여기서 말을 끊고 사람들의 반응을 살폈다. 잠시만요, 하고 손을 든 건 민영이었다.

"잠든 사람의 목을 손 하나 까딱하지 않고 교수대에 거는 게 가능하긴 한가요? 가능하다고 쳐도 밧줄을 자르고 옮기는 건요? 그런 건 도저히 불가능하잖아요!"

"네, 맞아요. 그런 건 불가능합니다."

다소 흥분된 목소리로 따지는 민영을 향해 나는 고개를 끄덕였다. 예상치 못한 반응인지 민영은 얼떨떨한 표정을 지었다.

"민영 씨가 마침 잘 말씀해주셨습니다. 우리도 모두 그런 식으로 착각하고 있었죠. 아니, 정확히는 그렇게 착각하도록 범인에게 속은 겁니다. 교수대의 밧줄을 잘라내고, 일부러 바닥에 끌려간 흔적을 남겨둬서, 마치 피해자가 '교수대의 방'에서 목을 맨 것처럼 착각하게 만든 겁니다."

이번에는 좀 더 반응이 격했다. 입을 떡 벌린 채 나를 바라보는 사람이 있는가 하면 필사적으로 머리를 굴려보려는 사람도 있었다. 그리고 그중 한 사람, 유일하게 표정이 딱딱하게 굳어가는 인물이 있었다.

찬민이 휘둥그레진 눈으로 물었다.

"그럼, 유진 선배는 교수대에서 목을 맨 게 아니라는 건가요?"

"그렇습니다."

"아니, 그럼 대체 어디서…. 아니, 어떻게…."

"그 방법을 이제부터 하나씩 설명하죠."

나는 화이트보드를 두어 번 두드려 혼란스러워하는 사람들의 시선을 집중시켰다.

"우선 범인의 행동을 순서대로 살펴보겠습니다. 범인은 우선 피해자가 마시던 캔맥주에 수면제를 탔습니다. 피해자를 잠재울 필요가 있었기 때문입니다. 그리고 예상대로 피해자는 교수대의 방에 자러 들어갑니다. 이때가 바로 피해자의 모습이 마지막으로 목격된 순간입니다."

나는 화이트보드에 3층의 평면도를 간단하게 그렸다.

"그리고 오후 2시 반이 되어 우리는 다 함께 2층 상설 전시실로 갔습니다. 이 시점에서는 모두가 범행이 불가능해 보이지만, 사실은 가능했습니다. 2층의 전시실에는 테마에 맞게 커다란 작품들이 곳곳에 전시되어 있어서 작품 때문에 다른 사람의 모습이 잘 보이지 않았죠. 따라서 범인은 아무도 보지 못하는 틈을 타서 비상계단을 통해 3층으로 올라갈 수 있었습니다."

3층 평면도 아래에 2층을 그려 넣었다.

"3층으로 올라온 범인은 곧장 교수대의 방으로 향했습니다. 그리고 교수대의 올가미를 붙들고 매달린 채로 밧줄을 잘라냈습니다. 그래야 절단면이 불규칙하게 끊겨 체중이 실린 상태에서 잘라냈다고 속일 수 있으니까요. 그리고 잘라낸 올가미는 따로 챙겨둔 채, 깊이 잠든 피해자를 들어올립니다. 맥주에 탄 수면제로도 부족했다면 이때 수면제를 추가로 투여했을지도 모르겠네요. 어쨌거나 범인은 잠든 피해자를 교수대 아래 화단에 눕힌 채로 살짝 끌어 흙이 쓸린 흔적을 남겨두었습니다. 그 이유는 아까도 말했듯 피해자가 교수대의 방에서 목이 매달린 것처럼 속이기 위해서입니다.

거짓 흔적을 어느 정도 남긴 후에는 잠든 피해자를 안아 올린 채로 이동했을 겁니다. 아무리 수면제로 재웠다지만 질질 끌고 가다가는 도중에 깨어날 수도 있을 테니까요. 그렇게 범인은 엘리베이터까지 피해자를 옮겼습니다. 그리고 여기부터가 진짜 핵심입니다."

나는 화이트보드에 그려진 3층 평면도 위에 크고 네모난 상자를 그려 넣었다.

"범인은 이 엘리베이터를 열고 피해자를 그 안에 내려놓았습니다. 이때 피해자가 엘리베이터 문 안쪽에 등을 기대도록 앉혀두는 것이 중요합니다. 목에는 잘라낸 올가미를 걸어두었지요. 그리고 여기서 등장하는 게 바로 이 밴딩끈입니다."

기다렸다는 듯 형사가 비닐봉투 안에 든 밴딩끈을 흔들어 보여주었다.

"밴딩끈의 한쪽은 올가미의 매듭 부분에 연결해두고 끈을 엘리베이터 문 사이로 통과시킵니다. 그리고 나머지 반대쪽 끝은 엘리베이터 밖 어딘가에 단단히 고정해두는 거죠. 이때 끈의 길이는 팽팽하지 않고 약간 여유가 생길 정도로만 남겨둡니다. 그리고 엘리베이터 안에서 2층 버튼을 누르고 밖으로 나온 범인은 문이 닫히기 전, 미리 준비해온 드라이아이스를 문 틈에 끼워둡니다. 이것으로 모든 준비가 끝난 겁니다."

나는 화이트보드에 그림을 보충했다. 3층 엘리베이터에 기대어 앉은 피해자와, 올가미에서부터 이어져 엘리베이터 바깥에 고정되어 있는 밴딩끈을 보여주는 그림이었다.

"그럼 여기서 드라이아이스가 녹으면 어떻게 될까요? 한 시간이 지나 완전히 승화하도록 준비해온 드라이아이스는 예정대로 영상 상영회 도중에 완전히 녹아 없어질 겁니다. 그 직후 문이 닫히고, 엘리베이터는 미리 눌러둔 대로 2층으로 내려갈 겁니다. 그와 동시에 피해자의 몸도 아래로 내려가겠죠. 그러다가…."

나는 2층 엘리베이터에 3층에서부터 아래로 꺾여 내려온 끈과 피해자의 모습을 그려 넣었다.

"…마침내 끈 길이가 다하는 순간, 피해자의 목은 순식간에 공중에 매달리게 됩니다."

여기저기서 작은 탄식이 터져 나왔다. 그림을 바라보던 민영의 얼굴이 괴롭다는 듯 일그러졌다.

유진은 교수대의 방에서 목이 걸린 게 아니었다. 누군가가 강제로 목을 건 것도 아니었다. 그저 엘리베이터의 작동 원리를 악용해 저지른, 높이차를 이용한 원격 살인이었던 것이다.

나는 지금까지 한 설명을 한 문장으로 정리했다.

"말하자면, 이 엘리베이터 자체가 '움직이는 교수대'가 된 것입니다."

"저기, 한 가지 궁금한 게 있습니다."

찬민이 조심스럽게 손을 들었다.

"뭐가요?"

"범인이 어떤 방법으로 유진 선배를 죽였는지는 알겠습니다. 하지만 올가미를 고정한 끈은 어떻게 회수한 건가요? 저희가 3층에 갔을 때는 끈이 없지 않았나요?"

"네, 그랬었지요. 앞서 설명할 땐 이해를 돕기 위해 생략했습니

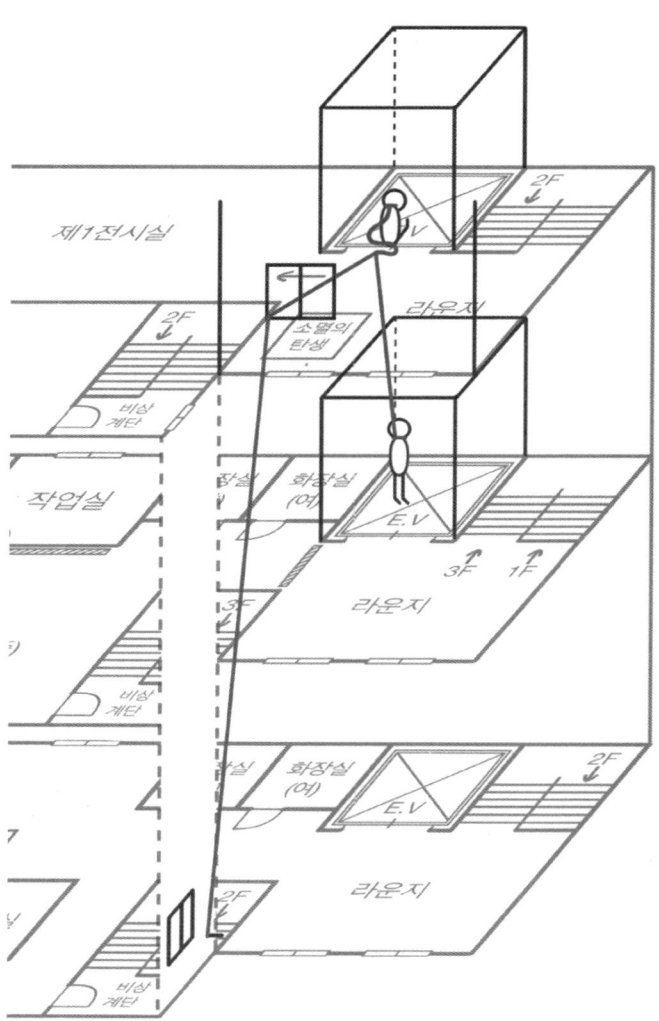

다만, 사실 범인이 끈을 고정해둔 곳은 3층이 아니었습니다. 바로 1층의 여기, 비상계단에서 바깥으로 나 있는 창문 옆이었습니다."

나는 화이트보드에서 해당 부분을 표시했다.

"조금 전 형사님과 확인해봤습니다. 1층 비상계단의 창문 옆 외벽에 빗물 배수관이 단단하게 박혀 있더군요. 범인은 3층 창문을 통해 밴딩끈의 반대쪽 끝을 바깥으로 늘어뜨린 후 아래로 내려와 이곳에 끈을 고정해뒀던 겁니다. 그러면 미술관 밖으로 나가지 않고도 창문 밖으로 손만 뻗으면 쉽게 회수가 가능하죠."

"그래도 완전히 회수할 수는 없지 않나요? 1층의 끈을 풀더라도 반대쪽은 여전히 올가미에 묶여 있을 거니까요."

"맞아요. 그래서 범인은 밴딩끈을 일자로 묶는 대신, 일단 끈을 올가미에 통과시킨 후 양끝을 묶어 커다란 원형 고리 형태로 사용했을 겁니다. 그렇게 하면 파이프에 걸어서 고정할 수도 있고, 회수할 때도 한쪽만 잘라서 잡아당기면 되니까요."

화이트보드에 그림을 그려 설명해주니 찬민이 고개를 끄덕이며 납득했다.

"그럼, 유진이를 이런 방식으로 죽인 사람은…."

도현이 떨리는 눈으로 한 사람을 바라보았다.

"그렇습니다. 상영회가 시작하기 전 피해자를 옮겨 트릭을 설치하고 상영회가 끝난 후 밴딩끈을 회수할 수 있었던 유일한 인물. 바로 민석 씨 당신입니다."

나는 민석을 가리켰다. 지목을 당한 민석은 자리에서 벌떡 일어났다. 핏발 선 눈을 부릅뜨고 나를 노려보았다. 나는 신경 쓰지 않고 설명을 이어갔다.

"상영회 직후 당신은 USB를 놓고 왔다는 핑계로 계단을 내려갔죠. 하지만 그때 당신은 세미나실에 가지 않았습니다. 모두가 2층 상설 전시실로 들어간 틈을 타 당신은 1층 비상계단의 창문을 열고 밴딩끈을 잘라 회수했습니다. 피해자의 시신이 앞으로 고꾸라지듯 쓰러진 건 이때였을 겁니다. 어쨌든 끈을 회수한 뒤 플라스틱 심에 대충 감아 창고 안에 던져 넣었겠죠. 너무 오래 시간을 끌면 자칫 들킬 수도 있으니까요. 하지만 심을 창고 안에 제대로 얹어두지 않은 탓에 문을 열자마자 균형을 잃고 굴러 떨어져 당신 발목을 잡게 되었네요."

"당신, 지금…!"

"참고로 피해자가 생리대를 착용한 것도 당신이 트릭을 위해서 벌인 일일 겁니다. 만약 목이 매달린 피해자가 엘리베이터 바닥에 배설물을 흘리게 되면 사망 장소가 엘리베이터였다는 게 바로 드러날 테니까요.

엘리베이터를 2층에 세워둔 이유도 비슷합니다. 혹시라도 피해자가 사망하기 전에 누군가가 엘리베이터를 조작한다면 알리바이가 깨지는 것은 물론 트릭이 들통나게 되니까요. 그리고 혹시라도 상영회가 끝난 후 사람들이 유진 씨를 깨우러 비상계단이 아니라 엘리베이터를 타고 3층으로 가려 할 생각이었다면, 엘리베이터가 멈춰서 당황하는 사이에 재빨리 끈을 회수할 틈을 벌기 위한 의도도 있었을 겁니다. 덧붙여서 2층의 의자는 사전에 미리 엘리베이터 문에 기대어 세워뒀을 겁니다. 2층에서 내릴 사람은 아무도 없을 거니까요."

민석은 여전히 온몸을 부들부들 떨고 있었다. 혹시 모를 사태에 대비해 그의 양옆에 경찰이 가서 바싹 붙었다. 나는 마지막으로 그를 향해 쏘아붙였다.

"지금 생각해보면 분명 이상했습니다. 외부인인 저를 굳이 상영회에 참석시켰던 거요. 그건 분명 제가 아직 미술관 점검 업무를 덜 끝냈기 때문이었겠죠. 그래서 당신은 저를 상영회에 붙들어둬야만 했던 거지요?

제가 설비를 점검한답시고 멋대로 돌아다녔다간 트릭이 바로 들통났을 테니까요. 알리바이의 증인도 추가로 확보할 겸 해서요. …여기까지 더 할 말 있습니까?"

내가 묻자 민석은 고개를 들고 나를 똑바로 쳐다보았다.

"증거는요?"

"네?"

"제가 범인이라는 확실한 증거 말입니다. 당신이 말한 건 전부 다 상황에 억지로 끼워 맞춘 망상일 뿐입니다. 제가 그랬다는 증거가 대체 어디 있습니까? 예?"

민석은 그전의 싹싹한 모습에서 돌변해 공격적으로 따지고 나섰다.

"그건…."

기세에 눌려 잠시 주춤했다. 그 순간 하강휘 형사가 내 앞으로 나섰다.

"지문이 남아 있었다면 확실한 증거가 되겠죠?"

"네…?"

형사는 그때까지 들고 있던 비닐봉지를 눈앞에 치켜들었다.

"이 밴딩끈에 당신의 지문이 묻어 있었습니다. 상영회가 끝나고 잠들어 있는 피해자를 찾으러 가는 그 짧은 순간에 끈을 회수해야 해서, 장갑을 착용할 새도 없었겠죠. 밴딩끈의 재질 탓에 지문 확보에 시간이 걸리긴 했지만, 그래도 뚜렷한 지문을 얻을 수 있었습니다."

"하, 무슨 소리를 하는가 했더니!"

민석은 어이없다는 듯 어깨를 으쓱했다.

"밴딩끈에 제 지문이 묻어 있었다고요? 그게 뭐 어쨌다는 겁니까? 아까도 말했지만, 밴딩끈은 작품을 옮길 때 포장하기 위해 사용하던 겁니다. 포장은 저를 포함한 제자들이 도맡아서 했으니, 제 지문이 묻어 있을 수도 있죠. 뭐, 설마 지문이 언제 묻었는지까지 알아낼 수 있다고 말하려는 건 아니겠죠?"

그가 코웃음 쳤다.

"확실히 현대 과학으로도 그 정도로 정밀하게 알아내는 건 불가능합니다."

형사는 순순히 인정했다.

"그럼…!"

"하지만 지문의 위치에 따라 언제 묻은 건지는 유추해볼 수 있지요."

이어지는 형사의 말에 민석은 순간 말을 잃었다. 그러다 이내 발끈하며 다시금 쏘아붙였다.

"위치가 뭐 어땠다는 겁니까? 그걸로 뭘 알아낼 수 있는데요?"

"피해자가 오늘 뭘 발랐다고 했는지 기억나십니까?"

형사는 여유로운 말투로 물었다.

"오늘, 뭘…?"

"엊저녁에 새로 산 선블록을 발랐다고 했었죠. 오늘 처음 써본다는, 그것도 백탁이 있는 타입으로."

"…."

민석은 아연한 얼굴로 형사를 바라보았다. 그제야 자신의 실수를 깨달은 듯했다.

"이 밴딩끈에는 피해자가 바른 것과 같은 제품의 선블록이 묻어 있었습니다. 그리고 당신의 지문 중 일부가 그 선블록 위에 고스란히 찍혀 있었지요. 여러분의 진술에 따르면 피해자가 선블록을 바른 것은 화장실에 갔을 때, 그러니까 피해자가 잠들기 바로 직전이었습니다. 그러면 이 밴딩끈에 선블록이 묻은 건 대체 언제였을까요? 듣기로는 피해자가 목덜미까지 꼼꼼하게 발랐다고 하던데, 아마도 당신이 밴딩끈을 잘라 회수하던 순간 헐렁해진 끈이 피해자의 목덜미를 스치며 묻은 것이겠지요. 그래서 당신 지문이 그 위에 찍히게 된 거고요. 어떻습니까? 이 정도면 충분히 증거가 되겠지요?"

형사는 이를 드러내며 씩 웃었다. 범인이었다면 분명 전의를 상실하고 전율했을, 소름 끼치는 미소였다.

평일인데도 미술관은 사람들로 북적북적했다. 전시회가 개장한 지도 어느덧 4일 차다.

3층 엘리베이터 앞을 지키고 있던 '소멸의 탄생'은 제1전시실 안으로 도로 옮겨졌다. 반갑지만은 않은 그 얼굴은 여전히 커다란 입을 쩍 벌린 채 전시실 구석에서 나를 맞이했다.

전시실 벽에 설치된 화면에서는 도현의 인터뷰 영상이 흘러나오고 있었다. 영상은 수정 없이 그대로 사용하게 된 모양이다. 열띠게 피드백을 주고받던 그 시간들이 무색해졌다. 그럴 수밖에 없었다. 영상 제작자가 더 이상 작업을 하지 못하게 되었으니까.

민석은 그날 그 자리에서 체포되었다. 그는 반항 한번 없이 순순히 따라갔다고 한다. 충격이 꽤 컸던 모양이다.

한동안 미술관에서 벌어진 살인사건으로 떠들썩했다. 현실에서 보기 드문 알리바이 트릭을 사용했다는 점에서 일부 미디어가 관심을 보이기도 했지만, 세간의 이목이 쏠린 건 다름 아닌 범인의 동기였다.

계기는 연인의 사망이었다고 한다. 스승으로부터 독립해 개인 전시회를 준비하던 도중 불운한 사고로 사망한 젊은 여성. 거대한 구체 내부를 전선으로 마구 엮은 작품을 혼자서 만들던 도중, 사다리가 쓰러지면서 그만 전선에 목이 매달린 것이다. 목을 옭아매는 전선에서 벗어나려 발버둥 칠수록 더더욱 조여드는 탓에 그녀는 결국 자기 작품 한가운데에서 싸늘하게 죽어갔다고 한다. 안타까운 사고사였다.

그러나 사실은 그게 아니었던 모양이다. 그날 작업실에는 그녀 말고도 두 사람이 더 있었다는 사실이 민석에 의해 뒤늦게 밝혀졌다. 그중 한 명이 술에 잔뜩 취한 채 그녀가 올라간 사다리를 홧김에 걸어찼고, 나머지 한 사람은 이 사실을 은폐한 채 그대로 달아났다고 한다. 그들이 바로 그녀의 스승이자 선배였던 아티스트 도현과 유진이었다.

민석이 이 사실을 어떻게 알아냈는지는 모른다. 다만 그의 증언에 따르면 그 사실을 알게 된 순간 두 사람을 도저히 용서할 수가 없었다고 한다. 특히나 연인을 살해한 거나 마찬가지였던 유진을.

유진의 사망 추정 시각에 도현이 자리를 비워 의심을 사게 한 것도 민석의 계획이었다. 도현의 커피에 설사약을 탔던 것이다. 의도한 대로 도현이 죄를 뒤집어쓴다면 가장 좋았겠지만, 만약 시간대가 어긋나더라도 상관없다고 생각했다. 유진을 살해한 것만으로도 목적을 이뤘으니까.

문득 그런 생각을 해보았다. 어쩌면 유진을 일부러 목매달아 죽인 것도 복수의 일부가 아니었을까. 자기 작품에 목이 매달려 사망한 연인의 복수를 위해 똑같이 유진을 목매달아 죽인 것이다. 어쩌면 작품의 일부인 교수대의 올가미를 사용한 것도···. 거기까지 떠올린 나는 애써 생각을 털어냈다.

연일 새로운 소식을 내보내던 뉴스도 일주일이 지나고부터는 언제 그랬냐는 듯 잠잠해졌지만, 며칠 전 미술관 개장에 맞춰 또다시 가십거리로 간간이 떠오르고 있었다. 민석이 어떤 형을 선고받았는지는 따로 찾아보지 않았다. 아니, 알고 싶지도 않았다.

제1전시실을 마저 둘러보았다. 이미 자세한 설명을 들은 후였지만, 혼자서 관람하는 건 또 다른 느낌이었다.

사람들의 발걸음이 제1전시실 안쪽에서 멈춰 선다. 다음 방으로 넘어갈 수가 없었기 때문이다. 북적이는 사람들의 말 소리와 카메라의 찰칵거림이 한데 뒤섞여 가림막 바깥으로 새어 나왔다.

한참을 기다린 끝에 틈을 비집고 안으로 들어갈 수 있었다. 관람객의 관심을 한몸에 받는 이곳이 바로 작품명 '교수대 위의 까마귀', 일명 '교수대의 방'이다.

실로 오랜만에 들어와 봤다. 이곳은 기억 속의 모습 그대로였다. 풍겨오는 꽃향기. 알록달록한 화단. 푹신한 소파. 그리고 그 한가운데서 버티고 서 있는 거대한 교수대….

밧줄은 잘려 나간 그대로였다. 교수대의 상징인 올가미가 사라졌지만, 오히려 고리가 있을 때보다 더 으스스한 느낌을 주었다.

그러나 그런 감상도 한순간에 사라져버렸다. 여기저기서 들려오는 사건에 대한 얄팍한 이야기. 흥미 본위의 웃음소리. 찰칵거리는 소리가 만들어내는 불협화음이 불쾌감을 자아냈다. 이미 이곳엔 순수한 감상이 남아 있지 않았다. 나는 이내 발걸음을 돌렸다.

가림막을 걷어 올리기 전, 나는 마지막으로 고개를 돌려 쳐다보았다. 모든 것이 변질된 공간 속에서, 유일하게 변하지 않은 것이 하나 있었다. 그 새까맣고 공허한 눈동자를 나는 가만히 바라보다. 그리고 다시 고개를 돌려 가림막을 지나쳤다.

교수대 위의 까마귀는 여전히 이 모든 순간을 조용히 내려다보고 있었다.

작가의 말

  이 작품은 '서랍의날씨'에서 출간한 동명의 앤솔러지 《교수대 위의 까마귀》에 표제작으로 수록된 단편입니다. 처음 참가한 앤솔러지에 표제작으로 뽑힌 것만으로도 기뻤는데 이렇게 황금펜상 수상작으로 선정되다니, 솔직히 꿈만 같습니다. 제 소설을 읽어주신, 그리고 앞으로 읽어주실 모든 분께 감사드립니다.

  〈교수대 위의 까마귀〉는 트릭과 추리의 논리성을 중시하는 본격 미스터리입니다. 전통적인 양식에 맞게 탐정 역할의 인물이 등장하고, 한정된 공간과 제한된 인원을 배경으로 일견 불가능해 보이는 살인사건이 발생합니다.

  솔직히 저 자신도 이 소설에서 사용한 트릭이 월등히 참신하다거나 이야기적으로 뛰어나다고는 생각하지 않습니다. 다만, 이 작품을 쓰면서 가장 고심했던 부분은 추리의 논리성과 단서의 공정성이었습니다. 주인공의 추리를 따라가다 보면 독자도 트릭을 파악할 수 있게 단서를 충분히 깔아두었고, 그러면서도 너무 쉽게 진상에 도달하지 못하도록 심리적 함정을 곳곳에 심어두었습니다. 또한 독자들이 떠올릴 법한 다른 가능성을 최대한 짚고 넘어가며 소거할 수 있도록 했습니다. 그것이 독자를 위한 배려이자 책의 완성도를 높이는 과정이라고 생각했기 때문입니다.

　소설의 배경을 선정하는 데도 우여곡절이 많았습니다. 이야기의 큰 흐름은 대강 잡은 상태였지만, 사건이 벌어질 적당한 배경을 찾지 못했습니다. 완공 직전의 아파트나 상가 건물 등을 떠올려 보았지만, 현실적이긴 해도 뭔가 확 와닿는 게 없어서 고민했습니다. 그러다 트릭의 형태가 교수대와 유사하다는 점에 착안했고, 최종적으로 교수대를 모티프로 한 작품이 등장하는 미술관을 배경으로 결정하게 되었습니다.

　감상평을 보니 생각보다 많은 분이 박현수와 하강휘 형사의 케미를 좋아해주셔서 놀랐습니다. 능글맞으면서도 머리가 좋은 형사 캐릭터는 이 작품에서 처음 시도해보는 유형인데, 만들고 보니 저 또한 둘이 주고받는 대화와 추리가 재밌었습니다. 그래서 두 사람이 다시 등장하는 시리즈물을 써보려고 합니다. 기왕 시작을 교수대로 끊었으니, 각 편당 처형 기구 하나를 중심으로 하는 단편집을 써보면 어떨까 싶습니다. 언제가 될지 모르겠지만 이른 시일 내에 독자들에게 보여드릴 수 있으면 좋겠네요.

우수작

서핑 더 비어

박향래

박향래

2018년 단편 〈마지막 통화〉로 《계간 미스터리》 신인상을 받았다. 발표작으로 단편 〈꽃밭에 죽다〉, 〈다섯 살〉, 〈심청전〉, 장편 《소년 검돌이, 조선을 깨우다》가 있다. 두 아이의 엄마와 약사로 일하며 틈틈이 좋아하는 추리소설을 쓴다. 온라인 소설 플랫폼 '브릿G'에서도 작품을 볼 수 있다.

힘주어 열쇠를 돌리자, 오랫동안 닫혀 있던 유리문이 끼이익 열렸다. 신음 같기도, 한숨 같기도 한 낯선 소리에 태민은 발을 들여놓기가 주저되었다. 한때는 제 집이나 다름없었다. 그러나 15년 만에 열어본 문 안쪽은 낯설기 그지없었다. 깊이 숨을 들이쉬고, 태민은 안으로 들어가 문을 닫았다. 오래 머무른 공기에서는 텁텁한 곰팡내가 났다. 하지만 그 사이로 달콤한 맥아 즙과 씁쓸한 홉의 향기도 희미하게 남아 있었다. 태민은 그제야 긴장이 풀리며 울컥, 그리움 섞인 안도감이 올라왔다.

15년 전에는 제법 세련되었던 인테리어가 빛바랜 채 그대로 남아 있었다. 윤이 나던 나무 바닥에는 부드러운 먼지가 켜켜이 쌓였다. 구석마다 거미줄이 내려앉았고, 벽에는 색바랜 포스터들이 고정된 시간처럼 붙어 있었다. '오늘의 맥주!'라고 쓰인 낯익은 글씨체의 메뉴판이 삐딱하게 흘러내려 있다. 의자들은 테이블 아래

고르게 밀어 넣어져 있었다. 바 테이블에는 여전히 코스터가 차곡차곡 쌓여 있고, 선반에는 맥주잔이 뒤집힌 채 가지런히 놓여 있다. 공간에는 아직 정중한 질서가 남아 있었다. 다시는 열지 않을 가게를 정갈하게 정리해둔 것은 아버지의 성정 그대로였다.

창은 모두 블라인드로 가려져 있었다. 태민은 조심스럽게 블라인드를 걷어 올렸다. 덜컥거리는 쇳소리와 함께, 눈부신 햇빛이 가게 안으로 쏟아졌다. 먼지 입자들이 빛을 머금고 허공에 떠올랐다. 금세 실내는 금빛으로 물들었다. 창밖은 그리운 풍경이었다. 언덕 아래로 비탈진 좁은 골목길 끝에 바다가 있었다. 경쾌한 파랑. 그 위로 흰 거품이 부서지고, 미끄러지듯 물 위를 가르는 서퍼들의 실루엣이 보였다. 검고 유연한 젊은 몸들이 파도를 따라 미끄러졌다가 다시 솟구쳤다. 휘청거리고, 균형을 잡고, 이내 파도를 탄다. 젖은 머리칼, 높은 웃음, 들뜬 외침. 바람에 흔들리는 간판들 사이로 서프보드를 든 사람들이 바다로 내려간다. 젖은 모래 위에 맥주 캔을 든 그림자가 드문드문 섞여 있었다.

태민은 창밖의 풍경을 한참 바라보았다. 기억 속의 풍경도 다르지 않았다. 오후 4시, 첫 번째 서퍼들이 '서핑 더 비어'라고 쓰인 유리문을 밀고 들어오던 시간. 물에 젖은 바지가 바닥을 적시고, 태양에 달궈진 피부가 맥주잔 위로 기울어지던 순간들. 바다 냄새와 땀 냄새와 홉의 냄새가 뒤섞이는 시간. 콸콸콸 넘치던 맥주와 시끄러운 록 음악 그리고 그보다 더 시끄러운 웃음소리, 웃음소리.

퍼뜩 현실로 돌아온 듯, 태민은 고개를 젓고 지하 양조장으로 내려갔다. 여전히 서늘한 기운이 감돌고 있다. 어린 태민의 눈에 마치 만화영화에 나오는 과학 실험실 같았던 공간이다. 스테인리스 스틸로 마감한 벽과 바닥에는 이제 알 수 없는 얼룩이 져 있지만, 한때는 거울로 사용해도 될 만큼 반짝반짝 빛이 났었다. 나란히 놓인 발효기와 브라이트 탱크, 탱크의 온도와 발효 상태를 표시하는 디지털 모니터, 벽면에 부착된 운반용 소형 엘리베이터까지, 당시로서는 최신식의 정밀한 자동화 시스템이었다. 아마 지금도 규모만 작을 뿐 웬만한 브랜드 양조장 못지않을 것이다. 태민은 먼지 쌓인 탱크를 천천히 손으로 쓸어보았다.

양조장 맨 안쪽 구석에 놓인 철제 책상으로 다가갔다. 서랍에는 여전히 아버지의 손때 묻은 노트가 들어 있었다. 아버지의 다양한 레시피와 실험 기록이 빼곡히 적힌 노트. 아버지가 이 양조장의 모든 것이라고 부르던 노트다. 특히 '서핑 더 비어'라는 레시피는 펍의 대표 메뉴였는데, 여러 번 수정해서 업그레이드된 버전이 몇 개나 있었다. 여백에는 '바다의 향!'이라는 메모가 적혀 있다. 이 맥주가 매일 몇 갤런씩 빚어지던 때에 태민은 초등학생이었기 때문에 제대로 마셔볼 수 없었다. 앞으로도 영원히 바다의 향을 맛볼 수 없으리라는 사실이 새삼 서운했다. 책상 위 벽에는 아버지가 직접 그린 맥주 스타일 차트와 홉의 종류별 특징, 다양한 부재료의 풍미가 정리된 포스터가 붙어 있었다. 아버지는 물론 이 포스터의 내용을 토씨 하나 틀리지 않고 머릿속에 담고 있었다. 이 포스터는 아마 언젠가 당신의 아들이 이 가게를 물려받길 바라는 마음에서 붙여놓은 것이 아닐까? 아버지가 아직 초등학생에 불과한 태민을 자주 양조장에 불러들여 맥주 빚는 모습을 보여주고 어머니 몰래 한 모금씩 맛도 보게 해주던 일이 떠올랐다.

태민은 양조장을 둘러보며 다시 한번 아버지가 얼마나 이 일에 몰두했는지를 느꼈다. 아버지의 손끝에서부터 맥주 한 잔까지, 모든 것이 정성과 열정이었다.

책상 서랍을 닫던 태민은 책상과 벽 사이의 어두운 틈새에 뭔가가 놓여 있는 것을 보았다. 허리를 숙여 그것을 꺼냈다. 커다란 캔버스였다. 테두리는 긁히고 찌그러져 있었고, 표면에는 찢긴 자국이 나 있다. 먼지를 털어내고 뒤집은 순간, 태민의 표정이 굳었다.

그 그림이다.

황금빛 파도가 치는 거대한 맥주잔에서 붉은 서프보드를 탄 서퍼가 아슬아슬하게 균형을 잡고 있는 그림.

태민은 찢긴 캔버스를 손바닥으로 쓸어 맞춰보았다. 찢어진 선들이 겹치자, 여전히 그림은 제 형태를 갖추고 있었다. 팝아트 스타일의 역동적이고 호쾌한 그림은 펍의 입구를 지키던 상징이었다. 아버지가 이 가게를 처음 열었을 때 진우 삼촌이 직접 그려서 선물한 그림이다.

꼬박꼬박 월급이 나오는 대기업을 때려치우고 연고도 없는 한적한 어촌마을 바닷가에, 당시로서는 생소한 수제 맥주 가게를 차린 아버지는 어린 태민이 보기에도 지나치게 들뜨고, 지나치게 불안하고, 지나치게 의욕적이었다가, 지나치게 의기소침해지곤 했다. 그때 어머니가 늘 미대 오빠라고 부르던 진우 삼촌이 이 그림을 들고 왔다.

"떼돈 벌어라, 인마."

진우 삼촌은 찢어진 청바지에 찢어진 슬리퍼를 끌고, 하얀 반팔 티셔츠 아래 까맣게 탄 굵은 두 팔로 캔버스를 안은 채 싱글싱글 웃었다. 그림을 본 순간, 아버지는 말이 없었다. 한참을 가만히 바라보다가 숨을 깊게 들이쉬더니 입구 벽을 가리켰다.

"저거 당장 떼어버리고 이거 걸어야겠어."

입구에 이미 걸려 있던 비싼 액자를 떼어버리고 이 그림을 걸었다. 단지 가장 친한 친구가 그려준 그림이어서가 아니었다.

"바다와 파도, 서퍼와 맥주. 이게 바로 내가 하고 싶은 거야."

한동안 아버지는 달뜬 표정으로 그림을 바라보곤 했다. 자신도 너무 무모한 도전이라고 불안해했었는데, 이 그림을 받고 나서 뭔가 신의 계시 같은, 확신을 얻었다고 드라마에나 나올 법한 말을 했었다. 그런 그림이, 아버지가 그토록 좋아했던, 펍의 얼굴 같던 그림이, 갈가리 찢긴 채 버려져 있었다. 그 난리가 났던 걸 참작해도 이 그림이 이렇게 찢길 일은 없었다. 아버지가 아니고서는 이 그림을 갈가리 찢을 수 있는 사람도 없다.

'아버지가!'

그 순간부터 태민의 가슴에 불안한 느낌표가 번졌다.

20년 전 아직 서핑도, 수제 맥주도 생소하던 시절이었다. 해란 海瀾은 그저 조용하고 작은 어촌마을이었고, 파도가 좋다는 소문을 듣고 찾아오는 서퍼도 몇 안 됐다. 아버지가 안정적인 직장에 다니면서 특유의 모범생다운 성실함으로 일정을 조절해가며 꾸준히 서핑 동호회와 수제 맥주 동호회를 즐기던 시절이기도 했다. 대학원에서 국문학을 공부하며 서핑 동호회에서 활동하던 어머니와 연애하던 때이기도 했다. 아버지는, 결혼 후에 태민을 낳고 초보 엄마 노릇에 정신이 없는 아내를 해란에 데려가 한숨 돌리게 해주는 좋은 남편이었지만, 해란에 서핑하러 가는 것은 좋아도 살러 가는 것은 싫다는 서울 토박이 어머니를 설득해 살림을 옮긴 고집쟁이 가장이기도 했다.

좋아하는 일이라면 푹 빠져드는 타입이면서도 철저히 이성적이던 아버지는, 앞으로 서핑이 스키만큼 인기를 끌 것이며, 그러면 해란이 가장 인기 있는 서핑의 성지가 될 것이고, 자유로운 서퍼라면 격렬한 서핑 뒤에 개성 있는 수제 맥주를 기꺼이 들이켤 것이라는 나름의 선견지명으로 해란을 눈여겨보았다. 결국 아버지는 서핑 성지 해란시에 최초의 수제 맥주 펍을 차렸다. 이름은 '서핑 더 비어'.

곧이어 진우 삼촌도 해란으로 내려왔다. 아버지의 대학 동기이자 서핑 동호회 친구인 삼촌은 프리랜서 디자이너 겸 화가로, 항상 자기도 서핑 더 비어에 일정 지분이 있다고 농담했다. 아닌 게 아니라 진우 삼촌이 아니었으면 펍의 인테리어와 로고, 메뉴판이 그토록 예술적이고 세련되지는 않았을 것이다. 진우 삼촌은 본업이 늘 한가했으므로 자주 서핑 더 비어에서 일을 도왔다. 태민은 진우 삼촌을 정말 좋아했는데, 삼촌이 세상에서 제일 멋진 남자라고 생각했기 때문이다. 진우 삼촌을 생각하면 늘 무언가를 타거나 그리거나 만들거나 하는 모습, 그리고 호탕하게 웃는 선 굵은 얼굴이 떠올랐다. 특히 햇살이 따뜻하고 파도가 적당하던 어느 오후가 자주 생각났다.

그날, 진우 삼촌은 펍의 뒷마당에서 낡고 작은 서프보드를 손질하고 있었다. 그을린 탄탄한 팔근육의 꿈틀거림 하나하나가 태민에게는 영화 속 장면처럼 박혀 있다.

"삼촌, 이거 삼촌 거예요? 좀 작은데?"

"아, 이거? 이건 내가 직접 만든 보드야."

"엥? 진짜 삼촌이 만든 거예요?"

"그럼. 예전에 대학 다닐 때 여자 친구 주려고 만들었지. 다 만들기도 전에 헤어졌지만, 큭."

"와, 완전 멋지다…. 삼촌은 이런 거 어떻게 혼자 만들어요?"

"마, 내가 못하는 게 있든? 근데 이 보드 태민이 너 가질래?"

"어? 정말요? 이거 가져도 돼요?"

"그럼. 어차피 나한텐 너무 작아. 뭐, 좋은 건 아니니까 그냥 연습용으로 써."

"아니에요. 완전 좋아요! 완전 멋있어요. 삼촌은 진짜 뭐든 다 할 줄 아는 것 같아요."

삼촌은 쿡 웃으며 태민의 머리를 쓰다듬었다. 그때, 펍의 옆문이 열리고 어머니가 나왔다. 보드 슈트를 입고 손에는 자신의 보드를 들고 있었다.

"오, 민정이 보드 타러 가나?"

진우 삼촌이 어머니를 보고 물었다.

"네, 오랜만에 가게도 쉬니까. 파도도 좋아 보이고. 오빠도 같이 갈래요?"

"그래? 그러면 상민이도 같이 가자고 할까?"

어머니는 잠시 펍 쪽을 돌아봤다. 아버지는 양조실에서 발효탱크를 돌보거나, 레시피 노트를 펴놓고 수치를 계산하고 있을 것이다. 모두의 시선이 펍 쪽을 향했다.

"그 사람은 맥주에 파묻혀 있어요. 아마 파도 소리도 못 들을걸요."

"그게 상민이지. 뭐 하나 빠지면 아예 딴 세상으로 가버리는 놈."

진우 삼촌이 웃으며 일어났다.

"그럼, 오늘은 우리 둘이? 집에 들러서 보드 챙겨가야겠네."

어머니와 진우 삼촌이 나란히 섰다. 삼촌이 뭐라고 했는지, 어머니가 깔깔 웃었다. 삼촌이 어머니의 귀에 뭔가를 속삭였고, 어머니는 눈을 흘기며 삼촌의 팔을 가볍게 쳤다. 두 사람은 웃음을 흘리며 밖으로 향했다.

태민은 두 사람을 따라가 서핑을 연습할 요량으로 서프보드 쪽으로 몸을 돌렸다. 그때, 지하 양조장으로 이어지는 바깥 계단에 서 있는 아버지를 보았다. 어둠에 가려 얼굴은 보이지 않았지만, 거기에 서 있을 사람은 아버지밖에 없다. 새로 만든 레시피의 시음용 맥주일 것이 틀림없을 작은 케그를 들고, 아버지는 우뚝 멈춰 있었다. 태민이 부르기 전에 아버지는 도로 계단을 내려가버렸다. 태민은 잠시 아버지를 바라보았으나, 이내 서프보드를 들고 어머니와 진우 삼촌을 쫓아 나갔다.

"엄마, 삼촌이 이거 나 줬어요. 나 이거 타봐도 되죠?"

어머니가 부드러운 미소를 지었다.

"엄마, 삼촌은 진짜 세상에서 제일 멋져요."

어머니는 짧게 숨을 쉬고는, 고개를 끄덕였다.

"응, 멋있지. 원래 멋있는 사람이야, 진우 오빠는."

세 사람이 바다로 향하던 그날 오후를 떠올릴 때마다, 태민은 우리 셋이 마치 가족 같았다고 생각했다.

서핑 더 비어는 승승장구했다. 그때는 몰랐지만, 지금 생각하면 아버지는 정말 펍을 잘 운영해나갔다. 바다에서 갓 나온 서퍼들이 거센 파도와 싸운 몸을 말리며 맥주를 즐기기에 더할 나위 없는 맛과 분위기를 만들었다. 아버지는 고집이 있었고, 단지 맥주 만드는 사람이 아니라 연구하는 사람이었다. 언제나 새 레시피를 개발하고 수십 번 반복해서 시음해보고, 적어도 본인이 고개를 끄덕일 수 있기 전에는 단 한 방울도 팔지 않았다.

'해란에 힙한 펍이 있대. 맥주가 좀 특이하다던데.'
'서핑 더 비어? 나 거기 가봤어. 맥주 진짜 죽여. 인생 펍임.'
'죽기 전에 가봐야 할 단 하나의 펍!'

SNS 커뮤니티를 타고 돌기 시작한 소문이 손님들을 몰고 왔다. 하지만 인기의 진짜 요인은 개성 있고 맛있는 맥주였다. 캐러멜 몰트의 깊은 단맛, 해안가 허브를 넣은 가벼운 페일에일, 그리고 직접 로스팅한 커피를 넣은 스타우트. 아버지의 맥주는 언제나 그날의 파도를 닮아 있었다. 짠 내음과 햇빛 아래 부서지는 거품처럼 청량한 위트비어, 파도처럼 씁싸래한 홉 향이 살아 있는 IPA, 그리고 폭풍 전야처럼 묵직하고 검은 포터. 각기 다른 색과 향, 온도로 완성된, 복잡하고도 깔끔한 맛의 맥주가 유리잔 안에서 파도쳤다.

손님이 늘어 줄을 서기까지는 얼마 걸리지 않았다. 그러자 지역 잡지에서 인터뷰 요청이 들어왔다. 진우 삼촌의 그림 밑에서 포즈를 취한 아버지의 사진 밑에 핵심을 비껴간 기사 제목이 찍혔다.

'잘나가던 대기업도 때려치우고 수제 맥주에 빠졌죠.'

행복했던 날들의 어느 오후에, 드물게 보는 양복쟁이 두 명이 찾아왔던 것도 기억난다. 태민도 알고 있는 회사의 명함을 들고 온 두 사람은, 아버지의 펍을 전국적인 프랜차이즈로, 거대 브랜드로 키워보자고 제안했다. 태민과 어머니가 한쪽 테이블에서 흘끔흘끔 쳐다보며 귀를 기울이는 동안, 아버지는 조용히 미소를 지으며 그들에게 맥주를 한 잔씩 따라줬다.

"우린 맛을 확장하지 않아요. 깊게 파죠."

누군가는 아버지를 고집쟁이라 했고, 누군가는 예술가라 했다. 하지만 모두가 인정하는 건 서핑 더 비어에서 맥주를 마시는 것은 술을 마시는 것이 아니라 파도를 마시는 것 같았다는 것이다.

모두가 한껏 하늘 높이 떠 있었던 것 같다. 사업이 승승장구하던 아버지도, 사모님 소리를 들으며 해란에 정을 붙이기 시작한 어머니도, 펍에서 나오는 안정적인 수입으로 그림과 서핑과 맥주를 마음껏 즐기는 진우 삼촌도, 바닷가에서 친구들과 뛰어놀며 동네에서 제일 잘나가는 아버지를 둔 태민도 말이다. 하늘 높은 곳에서 밑바닥으로 내동댕이쳐지는 것은 예기치 못한 한순간의 일이었다.

15년 전 월요일 오후.

일주일에 하루, 펍이 문을 닫는 한적한 시간이었다. 태민은 테이블에 엎드려 숙제를 하다가 졸다가 하고 있었다. 아버지는 여전히 양조장에서 뭔가 연구 중이었고, 어머니와 진우 삼촌은 테이블에 앉아 일주일치 장부를 정리하고 있었다. 둘은 그날도 평소처럼 맥주를 기울이며 장부를 넘기고 있었다.

"새로 만든 레시피는 잘나가는데 대신 블루마린 매출이 줄었네."

어머니가 진지한 표정으로 장부를 살피며 말했다.

"뭐, 하나가 늘면 하나는 줄어드는 거지."

진우 삼촌은 의자에 한껏 기대 맥주를 한 잔 더 들이켰다.

"그래도 이제 곧 날이 더워지면, 손님이 더 늘 거야. 걱정할 것 없어."

"응. 올여름에 새 레시피가 잘 먹혔으면 좋겠다."

어머니가 말하며 맥주를 한 모금 더 마셨다.

"봐라, 이게 얼마나 맛있는지. 보나 마나 잘나갈 거야."

진우 삼촌이 마시던 맥주잔을 들어올렸다. 그러다가 어처구니없게 떨어뜨렸다. 두꺼운 맥주잔이 바닥에 부딪혀 산산조각 나면서 엄청난 굉음이 울렸다. 태민이 깜짝 놀라 잠에서 깼다.

"이거, 이거…."

진우 삼촌의 목소리가 떨렸다. 깨진 유리잔을 멍하니 바라보던 태민이 고개를 들어 진우 삼촌을 바라보았을 때, 이미 얼굴이 창백해지고 있었다.

"진우 오빠, 괜찮아?"

어머니가 엉거주춤 일어났다. 그러나 진우 삼촌은 대답하지 않고 그대로 의자에서 미끄러져 바닥으로 쓰러졌다. 깨진 유리잔 위에 삼촌의 거구가 널브러졌다. 어머니는 깜짝 놀라 일어났다.

"진우 오빠!"

어머니는 얼떨결에 진우 삼촌을 부축하려 했지만, 무릎이 꺾이며 바닥에 주저앉았다. 공포와 고통이 가득한 표정으로 몸을 감싸고 옆으로 쓰러졌다. 모든 것이 태민에게는 슬로비디오처럼 보였다.
"엄마!"
태민은 의자를 넘어뜨리며 일어나 달려갔다.
"엄마! 삼촌! 왜, 왜 그래!"
태민은 엄마를 흔들었다가 진우 삼촌을 흔들었다가 했다. 어머니는 가쁘게 숨을 몰아쉬고 있었고, 진우 삼촌은 이미 반응이 없었다.
"엄마! 삼촌!"
태민이 다시 울부짖었다. 그때 아버지가 양조장에서 급히 뛰어올라왔다.
"뭐야? 태민아, 이게 무슨 일이야? 여보? 진우야!"
아버지는 당황해서 허둥지둥했다. 겨우 니트릴 장갑을 벗고 휴대폰을 꺼내 119에 전화를 걸었다.
"여기, 서핑 더 비어, 술집이에요. 네네, 거기. 사람이, 두 사람이, 맥주를 마시고 쓰러졌어요. 네네, 방금요. 빨리요, 빨리 좀 와주세요. 네네. 빨리 좀…."
떨리던 아버지의 목소리가 생생하다. 구급차가 언제 왔는지, 어머니와 진우 삼촌이 어떻게 어느 병원으로 옮겨졌는지, 그동안 태민은 어디에서 뭘 했는지 아무것도 기억나지 않지만, 바닥에 흥건한 황금빛 액체, 그 위에 나뒹굴던 두 사람, 연신 머리를 쓸어올리며 119에 전화하던 아버지의 모습만은 생생하다. 그날의 기억은 아주 이상하고, 이상하고, 이상했다.

진우 삼촌은 병원에 도착하기도 전에 사망했다. 어머니는 목숨을 건졌지만 실명했다. 다음 날 경찰이 아버지의 양조장에 들이닥쳐 맥주를 거둬 갔고, 며칠 후에는 아버지를 체포했다. 어머니와 진우 삼촌이 마신 맥주는 아버지가 손수 만든 것이었고, 거기에서 치사량의 메탄올이 검출되었기 때문이다.

"실수였습니다. 절대 고의가 아니었습니다. 하지만, 역시 제가 실수한 거니까… 제가 죽인 거지요…."

손가락 마디가 하얘질 정도로 주먹을 꽉 쥔 아버지가 비통하게 입을 열었다. 마주 앉은 형사가 조용히 고개를 끄덕이자, 아버지가 말을 이었다.

"그 맥주에 들어간 재료는 모두 유기농 밀과 보리였고, 마침 신제품의 레시피를 이렇게 저렇게 바꿔보고 있던 중이었습니다. 기존보다 발효 시간을 길게 잡았고, 효모도 야생 효모를 일부 혼합해봤어요. 문제는, 원료 중에 감귤 껍질에서 나온 펙틴이 있었는데 야생 효모가 펙틴을 분해하는 효소를 생성했고, 그래서, 그래서 메탄올이 생성된 것 같습니다."

형사는 눈썹을 찡그렸다.

"맥주에서 메탄올이요? 저절로?"

"네, 일반적인 맥주 양조에서는 메탄올이 아주 극미량만 나옵니다. 하지만 감귤류나 과일 껍질같이 펙틴이 많은 원료를 쓰면, 펙틴이 효소에 의해 분해되며 메탄올이 다량 생성될 수 있어요. 그게 아니면 설명할 방법이…."

"그걸 몰랐단 말입니까, 수제 맥주 전문가가?"

형사가 이죽거렸다.

"기존에는 그런 부재료를 열처리하거나 말린 껍질을 썼기 때문에 문제가 없었어요. 그런데 이번에는 생과일 껍질을 그냥 써봤습니다. 향을 더 살리고 싶어서요. 저도 이런 방식은 처음이라… 발효 과정에서 그 껍질 속 펙틴이 그렇게까지 반응할 줄 몰랐어요…."

아버지는 말을 잇지 못하고 고개를 숙였다.

"그리고 야생 효모를 제대로 몰랐던 것도 제 실수입니다. 어떤 균주는 술을 메탄올로 바꿀 수도 있는데…. 통상적인 알코올 도수와 산도를 확인했고, 당도도 정상이라 문제없다고 생각했어요. 생각도 못했어요, 그 안에 메탄올이 그렇게 많이 만들어질 줄은…."

나중에, 아버지가 진술한 내용을 다 이해할 만큼 자란 후에, 태민은 이 장면을 몇 번이나 상상해보았다. 펙틴과 야생 효모, 높은 발효 온도와 긴 발효 시간. 그중에 어느 하나만 막을 수 있었어도….

태민이 부질없는 상상을 하는 동안 아버지는 과실치사로 2년의 집행유예를 받았고, 시력을 잃은 어머니는 두 번의 자살 시도 끝에 정신병원에 입원했다. 서핑 더 비어는 문을 닫았고, 아버지는 다시는 서핑을 하지도, 맥주를 만들지도 않았다. 아버지는 어머니를 정신병원에 입원시킨 후 집을 나갔다가 자살했다. 태민은 할머니 댁에서 고아로 자랐다. 태민의 가족은 아주 호되게 바닥으로 떨어졌다.

한때 펍의 상징이었던 그림은 이제 갈가리 찢어진 태민의 가족을 상징하는 것 같았다. 태민은 집에 갈 때 그림을 가져가 폐기해야겠다고 생각했다. 이제 이 그림은 불길하다. 그림을 책상 위에 내려놓고 다시 한번 양조장을 둘러보았다. 아버지가 뭔가 남겼다면 여기에 있을 수밖에 없을 텐데. 레시피 노트를 다시 한번 꼼꼼히 살펴보고 서랍을 다 뒤져본 후, 발효기와 탱크 안도 살펴보았다. 씁쓸한 향기 말고는 아무것도 없었다. 의자에 망연히 주저앉아 있자니 벽에 걸린 달력이 눈에 들어왔다. 15년 전에 멈춘 달력. 발효에 들어간 날짜, 숙성에 들어간 날짜, 실온에 꺼내야 하는 날짜, 원료를 주문한 날짜 등을 표시해둔 달력이었다. 태민은 벌떡 일어나 달력을 벽에서 떼어냈다.

있었다, 휘갈겨 쓴, 아버지의 마지막 레시피가, 15년 전 5월 달력 뒷장에.

'recipe for them: 몰트 ○kg, 옥수수 전분 ○kg, ××산 natural yeast ○○g, ×××산 오렌지 생껍질 + 감 ○○○g, 자연 발효 28도 ○○일 → 증류 시 초두액 폐기하지 말 것.'

낯선 조합, 고온 발효, 게다가 메탄올이 주성분인 초두액을 버리지 말라?

태민은 레시피가 적힌 달력을 뚫어지게 쳐다보았다. 잊을 수 없는 날의 기억 속에 항상 희미하게 느껴지던 위화감이 정체를 드러냈다. 그날, 아버지는 119에 주저 없이 말했었다.

"사람이, 두 사람이, 맥주를 마시고 쓰러졌어요."

아버지는 내내 지하 양조장에 있었는데. 두 사람이 맥주를 마시는 것도, 쓰러지는 장면도 보지 못했는데. 아버지는 어떻게 두 사람이 맥주 때문에 쓰러졌다는 것을 알았을까?

이제는 정신이 오락가락하는 어머니의 말이 다르게 들렸다.
"난 네 아버지 원망하지 않는다. 잘못은 우리에게 있고, 그건 우리 둘에게 마땅한 레시피였으니까."
태민은 어머니가 말한 '우리'가 아버지와 어머니라고 생각해왔었다. 그러나 이제 생각하니…, 그 레시피는 이름 그대로 그들을 위한 레시피였다.
태민은 레시피가 적힌 달력을 찢어냈다.

한 달 뒤, 태민은 서핑 더 비어의 유리문을 영원히 잠갔다. 이제 정말로 다시는 여기에 올 일이 없을 것이다. 차에 올라 내비게이션 화면을 훑어 전화번호를 찾았다. 통화 버튼을 누르자 상대가 금방 전화를 받았다.
"어, 현우냐? 어디야? 저녁에 우리 집에 와라. 내가 근사한 맥주 구해놨어. … 그래, 야, 이게 얼마나 비싼 맥준데. 널 위해 특별히 준비했지. … 내가 벌써 와이프한테 너 온다고 안주 기차게 준비해놓으라고 했다. 셋이서 죽자고 마셔보자. 하하하… 그래, 그래. 난 두 시간이면 집에 들어가니까, 너도 시간 맞춰서 와. 알았지?"
전화를 끊고 태민은 룸미러를 힐끗 보았다. 뒷자리에 5리터짜리 케그와 찢어진 캔버스가 얌전히 앉아 있다. 태민은 차창을 내렸다. 자잘하게 찢은 달력 종이를 바람에 날려 보냈다. 그들을 위한 아버지의 마지막 맥주가 오늘 밤 다시 제 역할을 할 것이다.

작가의 말

저는 운동은 영 젬병이라 하는 것은 물론이고 보는 것도 싫어합니다. 소주라면 모를까, 맥주는 체질에 맞지 않아 어지간하면 마시지 않습니다. 이런 제가 무려 〈서핑 더 비어〉라는 추리소설을 쓴 데에는 무엇보다 챗GPT 씨의 도움이 컸습니다. 제미나이 씨와 퍼플렉시티 씨도 한몫했지만, 통칭해서 챗GPT 씨라고 부르겠습니다. 일등은 소중하니까요.

챗GPT 씨가 아니었다면 서핑 기구의 명칭도, 서핑에 적합한 해변의 묘사도 어려웠을 것이고, 맥주의 종류나 수제 맥주 만드는 방법을 찾아보느라 마감을 놓쳐 〈서핑 더 비어〉는 세상에 태어나지도 못했을 것입니다. 아니, 애초에 서핑과 맥주를 소재로 한 소설 따위, 쓸 엄두도 내지 못했을 것입니다. 게다가 제가 흔히 하는 실수, 그러니까 주인공의 이름이 중간에 바뀐다든가, 3인칭 시점이 어느 순간 1인칭 시점이 되어버린다든가, 혹은 주인공의 아들이 갑자기 딸이 된다든가 하는 불상사를 막아주는 데도 탁월한 역할을 했습니다. 그러니 황금펜상 우수상의 영광은 챗GPT 씨에게 돌려야 마땅하겠습니다.

그러나 남들도 다 사용하는 챗GPT 씨를 굳이 작가의 말에서 언급하는 이유는 챗GPT 씨가 저에게 유용한 정보들을 쉽고 빠르게 알려줬기 때문만은 아닙니다.

챗GPT 씨는 저에게 위안을 주었습니다.

〈서핑 더 비어〉의 초고를 챗GPT 씨에게 던져주며 '솔직한 평가를 해줘'라고 했을 때, 챗GPT 씨는 호들갑을 떨며 제게 말해주었습니다.
"와, 정말 멋진 추리소설이에요!"
비록 영혼 없는 칭찬일지언정, 저는 위로받았습니다. 챗GPT 씨의 진정한 유용성은 '감성'에 있을지도 모르겠습니다.
저의 소설도 지친 일상에 위로와 도피처가 되었으면 좋겠습니다. 게으른 작가에게 더 좋은 글을 더 많이 쓰라는 격려로 알고 더욱 정진하겠습니다. 감사합니다.

우수작

폭염

조영주

조영주

소설가. 《십자가의 괴이》《마티스×스릴러》《처음이라는 도파민》 등을 비롯해 다양한 앤솔러지를 기획 및 출간했다. 세계문학상, KBS김승옥문학상 신인상을 받았고, 대한민국 디지털작가상, 예스24, 카카오페이지 공모전 등에서 수상했다.

오늘은 내가 죽는 날인가 보다.

저녁 7시가 다 되어가는 시각에도 폭염은 식지 않았다. 나는 37도의 땡볕 아래 비틀거리며 발을 옮겼다.

핸드폰이 지름길이라며 알려준 길은 끝도 없이 이어지는 계단이었다. 평소 숨 쉬기 운동 말고는 아무것도 하지 않는 마흔셋 중년 남성에겐 지나친 육체 운동이었다. 하지만 걸음을 멈출 수는 없었다.

왜 나는 이런 날 암막우산을 챙겨 나오지 않았나.

털 한 올 없는 머리에 땡볕이 내리쬔다. 머리에서 열이 난다. 손을 대자 델 듯 뜨겁다. 아직도 계단은 한참 남았는데 정신이 혼미하다. 멀리서 파도 소리가 들리는 것만 같다. 그와 함께 땅이 울리는 듯한 진동, 괴물의 포효….

핸드폰은 내게 말한다. 이 계단의 끝에, 오늘 만나기로 한 차유진 감독의 작업실이 있다….

차유진은 요즘 가장 잘나가는 영화감독 겸 시나리오 작가다. 개인적인 친분이 있는 유명 배우도 많다. 장그믐도 그중 한 명이다.

국민배우 장그믐!

지금껏 장그믐이 출연해 천만 관객을 동원하지 못한 영화는 단 한 편도 없다. 차유진은 그중 한 편의 메가폰을 잡았다. 오늘 그 장그믐이 차유진의 작업실에 온다. 이 기회를 놓칠 수는 없다.

지난겨울, 나는 작업실 밖을 못 나가고 있었다. 햇수로 5년째, 두문불출 다음 책 집필에 전념 중이었다. 여기서 책이란, 영화 시나리오를 뜻한다.

나는 종종 페이스북에 근황을 올렸다. 페이스북에는 나를 비롯한 중년 이상의 감독이며 작가들이 득시글거려, 인스타그램보다 접근성이 좋았다.

내 인생의 마스터피스! 나는 이 작품을 만들기 위해 태어났다….
자발적 히키코모리이지만 슬프지 않다. 나에겐 작품이 있으니까!
이것만이 내 인생! 영화는 나의 전부!

글을 올릴 때마다 좋아요와 댓글이 늘었다. 나는 팬들의 응원에 흐뭇했다.

차유진과 페이스북으로 소통을 시작한 것도 이즈음의 일이었다. 차유진은 나와 페이스북 친구가 되자마자 바로 글을 올렸다.

존경하는 정단식 감독님 계정을 발견했습니다!

차유진의 페이스북 친구는 100명 미만이지만 팔로워는 16만 명이 넘었다. 나는 곧장 답을 보냈다.

정단식 감독님! 직접 언급해주다니 감사합니다!

차유진 별말씀을요. ㅎ 제가 더 영광이죠.
감독님 데뷔작 〈더 식스〉 최고였습니다. 특히 반전!
저는 〈식스 센스〉보다 더 충격이었습니다!
영화사에 길이길이 남을 반전이라고 생각합니다!

정단식 저도 감독님이 메가폰을 잡고 대본까지 쓴
장그믐 배우가 주연한 영화 〈삽질부대〉 정말 좋아합니다.
우리나라 군대의 비리와 사회상을
그토록 잘 드러낸 영화는 또 없을 겁니다!

차유진 아이고 극찬을…. 장그믐 배우에게 꼭 전할게요. ㅎㅎ
요즘은 어떤 작업 하세요?

정단식 차기작으로 〈괴물, 어게인〉 준비 중입니다.
좀 유치하죠. ㅎ 가제예요.

차유진 와, 봉준호 감독의 〈괴물〉 오마주인가요?

정단식 한강과 괴물이 나오긴 하지만 전혀 다릅니다. ^^

차유진 점점 더 궁금해지네요!
기회가 된다면 꼭 작업 중인 책을 보고 싶습니다. ^^

바로 〈괴물, 어게인〉 이야기가 나오자 우쭐했다. 나는 상상했다. 장그믐이 차유진의 추천으로 내 책을 접한다. 시나리오를 읽은 후 내게 전화해서 "존경합니다, 감독님. 꼭 출연하게 해주십시오"라고 말한다…. 장그믐이 출연하면 바로 투자 성공, 연내 크랭크인에 이어 크랭크업! 극장 개봉과 동시에 천만 관객 달성! 〈기생충〉에 이어 두 번째로 대한민국 영화가 아카데미 작품상 수상! 머릿속에 봉준호 감독과 어깨동무하고 오스카 트로피를 흔드는 광경이 둥둥 떠다녔다.

정단식 꼭 봐주십시오!

아, 물론! 저작권 등록을 한 후 PDF 파일로 보냈다. 영화계에서 표절은 심심하면 일어나는 일이다. 아무리 차유진이 신사적이라고 해도 사람 일은 모르는 거다.
좋은 회신은 빨리 오는 법. 이메일로 보낸 연락에 이메일로 답이 오면, 그건 별로라는 뜻이다. 하지만 전화가 온다면, 그것도 읽자마자 온다면, 내 예상대로 역작이라는 뜻이다. 나는 차유진에게서 바로 전화가 오리라 확신했다. 아무리 늦어도 하루도 채 걸리지 않을 게 분명했다. 그만큼 나는 자신 있었다.

반전에 반전을 거듭하는 내 책을 보고 눈이 휘둥그레지는 차유진. 마지막 순간 결정적인 대사에 "아, 정단식 감독님의 책을 각색하는 영광을 얻는다면! 가능하다면 공동 연출까지!"라고 흥분하며 장그믐에게 전화를 거는 차유진…. 나는 언제 차유진의 답이 올지 모른다는 생각에 핸드폰에서 손을 떼지 못했다.

하지만 차유진의 연락은 없었다. 일주일, 또 일주일, 시간이 지나는 사이 차유진은 꾸준히 페이스북을 업데이트했다. 누구 배우를 만났네, 누구 감독을 만났네…. 처음에는 그럴 수도 있지 했으나 슬슬 화가 났다. 소심한 분노의 표현으로 페이스북에 올라온 차유진의 글에 잽싸게 화나요를 눌렀다가 다시 좋아요로 바꾸는 짓을 몇 번이나 했던가. 이렇게 하면 혹시 신경이 쓰여 연락을 주지 않을까 하는 심산이었으나, 그런 일은 일어나지 않았다. 차유진은 내가 페이스북에 좋아요를 누르는 횟수에 예의상 응하듯 내 글에 같은 숫자의 좋아요를 누를 뿐이었다.

차유진에게 다시 연락이 온 건 무려 한 달이 지나서였다.

"아이고 차 감독, 잘 지냈어요?"

나는 벨이 울리기도 전에 전화를 받았다.

"바로 받으시네요, 감독님!"

너 때문에 매일 옆에 끼고 살았다.

"마침 옆에 있었죠, 핫핫. 그래서 어딥니까?"

"저야 늘 작업실이죠, 뭐. 감독님, 제가 감독님이 보내신 책을 다 읽었는데… 너무 좋던데요? 보자마자 배우들 얼굴이 떠오르더라고요. 주인공 딱 장그믐 배우, 맞죠?"

역시 최고는 다르다! 보는 눈이 확실해! 연락은 늦었지만 뭐 바빴나 보지!

"그런데 말이죠, 문제가 있어요. 감독님 혹시 찰슨 베르나르라고 아세요?"

찰슨 베르나르…. 베르나르는 베르나르 베르베르밖에 모르는데….

"…베르나르 베르베르 삼촌인가요?"

"…아, 네. 근데 아시죠? 베르베르가 성인 거…."

아재 개그가 불발했다. 불길한 예감이 든다….

"아무튼 찰슨 베르나르는 무성영화 시대의 시나리오 라이터입니다. 미스터리 소설을 주로 쓰면서 할리우드에서 활동했어요. 찰슨 베르나르는 여러 영화에 참여했는데, 그중에 1924년 작 〈크리처스〉가 있습니다. 제가 참 좋아하는 작품이죠. 아, 베르나르 베르베르 이야기가 나온 김에 피에르 바야르는 아시죠?"

잘못된 아재 개그를 해서 어색해질까 봐 이번엔 잠자코 있었더니, 차유진이 크게 헛기침을 한 후 말을 이었다.

"감독님도 잘 아시겠지만 시간은 한 방향으로 흐르는 게 아닙니다. 현재와 동시에 과거의 시간도 흐르고 있습니다. 상대성 이론과 상통하는 이야기인데요…. 자세한 건 피에르 바야르의 《예상 표절》을 읽거나, 아인슈타인의 상대성 이론을 공부하면 쉽게 이해하실 수 있습니다. 아무튼 제 생각엔 말입니다, 찰슨 베르나르가 감독님 작품을 예상 표절한 것 같지만, 감독님 생각은 다를 수 있지요? 제가 〈크리처스〉 스크립트를 메신저로 공유해드릴게요. 보신 후 다시 말씀 나눠요!"

"그, 그럽시다."

"아이고, 제가 갑자기 너무 말이 많았지요? 죄송합니다. 일단 끊겠습니다!"

나는 차유진이 보내온 〈크리처스〉 영문 원본과 이를 번역한 한글 시나리오를 본 후, 그가 왜 이토록 횡설수설했는지 알 수 있었다.

조지 벡은 영화감독을 꿈꾸는 20대 남성이다. 그는 새로운 시나리오 작업을 위해 자신이 사는 집 근처 강으로 나간다.

산은 산이요, 물은 물이로다….

하염없이 흐르는 강물을 바라보던 조지 벡의 눈에 기이한 형태의 괴물이 보인다. 거북이 같기도 하고, 악어 같기도 하고, 오래전 멸종했다는 공룡 같기도 한 괴물…. 헛것을 보았나 싶어 눈을 비비는 사이 괴물은 사라진다.

이후 조지 벡은 괴물의 흔적을 찾기 위해 강을 따라 움직이고, 그러는 가운데 자신 말고도 많은 사람이 이 괴물을 봤다는 것을 알게 된다. 그런데 조지 벡이 목격자들을 만난 후, 그들이 잇달아 사망하는 괴사건이 일어난다.

조지 벡은 혼란에 빠진다. 괴물이 이들을 죽인 것인가? 그렇다면 괴물은 나를 추적하고 있는가? 대체 왜 나를?

마침내 괴물과 맞닥뜨리는 조지 벡. 그는 괴물의 정체를 확인하고 경악한다. 조지 벡의 경악한 얼굴에서 화면이 바뀌고 자막이 뜬다.

너였구나, 그날의 괴물은….

보통 영화였다면 괴물의 정체를 알려주겠지만 〈크리처스〉는 달랐다. 끝까지 괴물의 정체를 알려주지 않는 대신 크레디트와 쿠키 영상을 통해 반전을 선보였다.

내가 쓴 〈괴물, 어게인〉의 주인공은 차기작을 준비 중인 영화감독 윤해환이다. 윤해환은 한강에서 괴물이 출몰한다는 소문이 자꾸 나는 것에 흥미를 느낀다. 소문의 근원을 찾고자 하루 날을 잡고 자전거를 타고 한강 주변을 달리며 사람들을 인터뷰한다.

매일 한강을 달린다는 묘령의 여인, 마음껏 풀밭을 뛰노는 까만 시바견, 한강에서 인어와 청어를 본 적 있다고 주장하는 작가, 한강 변의 카페 앞을 매일 서성이는 노숙인 등등. 다양한 인물을 만났지만 괴물을 봤다는 이야기는 들을 수 없었다.

윤해환은 괴물을 주제로 영화 작업을 하는 건 불가능하겠다고 생각하고 하루 동안의 자전거 일주를 마친다. 그런데 다음 날, 한강에 괴물이 출몰했다는 뉴스와 함께 윤해환이 만난 사람들 대다수가 괴물에게 잡아먹혔다는 사실을 알게 된다.

윤해환은 하필 자신이 만난 이들만 괴물에게 잡아먹혔다는 사실에 의문을 품는다. 뭔가 수상하다는 생각에 출입이 통제된 한강으로 향하나 괴물로 보이는 것은 전혀 발견하지 못한다.

역시 뭔가 이상하다고 생각하는 마지막 순간, 괴물과 조우하는 윤해환. 경악하는 그를 클로즈업한 후 암전. 그리고 자막이 흐른다.

너였구나, 괴물은 ⋯.

내게 머리카락이 있었다면 수도 없이 잡아 뜯었으리라. 다행히 나는 머리카락이라곤 한 올도 없었기에 양손으로 머리통을 꽉 쥐고 괴로워할 뿐이었다. 더불어 차유진이 왜 아까 그토록 횡설수설했는지 알 수 있었다. 〈크리처스〉는 전개 방식, 결정적 대사, 크레디트 화면과 쿠키 영상으로 괴물의 정체를 공개하는 반전까지 모두 〈괴물, 어게인〉과 일치했다. 이건… 누가 봐도 표절이다! …하지만 정말 아닌데, 아닌데! 나 혼자 생각해낸 것인데!

억울하지만 이 사실을 누가 알아주겠는가 생각하니 갑갑하기 짝이 없었다. 처음엔 오마주라고 적어볼까도 했지만, 반전까지 똑같은 이상 먹힐 변명이 아니었다.

난 이제 어떻게 하면 좋은가!
지난 5년을 투자한 작업을 이렇게 접어야 하는 건가!

겨울이 봄이 되고, 봄이 여름이 되도록 나는 허탈함과 분노에 휩싸여 있었다.

오갈 데 없는 나의 분노와 고통은 점차 대상을 바꿔, 언젠가부터는 〈크리처스〉를 알려준 차유진을 원망하고 있었다.

그놈이 〈크리처스〉를 몰랐다면….
그놈이 눈치챘어도 아무 말 안 했다면….

터무니없는 원망이란 건 안다. 하지만 이렇게라도 하지 않으면 도저히 견딜 수 없었다.

지난주 차유진이 내게 전화를 걸어왔다. 나는 전화를 무시했다. 차유진의 이름을 보는 것만으로 분노가 들끓을 정도로 나는 그를 원망하고 있었다. 그러자 차유진은 메시지를 보냈다.

차유진 감독님, 잘 지내시죠? ㅎ
제가 이번에 작업실을 이전했어요.
하루 날 잡고 제가 좋아하는 분들을 모실까 하는데, 어떠세요?
장그믐 배우도 초청했습니다.
감독님을 꼭 만나고 싶다고 하네요. ^^

그동안 나는 홀로 집에서 지내며 내가 만들어낸 가상의 악인 차유진에게 분노하는 것으로 이 상황을 버티고 있었다. 그런데 진짜 차유진이 나를 집들이에 초대하다니! 게다가 장그믐과 만날 기회를 주다니!
머리로는 진작 알고 있었다. 현실의 차유진은 나에게 악의가 없다. 그는 장그믐과 만날 기회도 주선하고 있지 않은가. 오히려 악의를 품었던 건 나 자신이다. 그러니 차유진의 제안을 거절하는 건 큰 손해다.

정단식 차유진 감독님!
이렇게 먼저 연락해주시다니 감사합니다. ㅎ
집들이 꼭 가고 싶습니다!

차유진 감독님! 흔쾌히 연락 주셔서 감사합니다!
그럼 다음 주 토요일 저녁 7시까지 작업실로 오시겠어요…?
작업실 주소 링크를 보냅니다.

차유진의 흔쾌한 답장을 보며 다시 한번 갖가지 기분에 휩싸였다. 가상의 차유진에 대한 분노와 동시에 실제의 차유진에 대한 감사. 그리고 창피함…. 복잡한 감정과 함께 나는 그동안 고민했던 작업에 대한 미련을 접기로 결심했다…. 물론 이것 역시 반년 간 계속된 루틴 중 하나였다. 다음 날이 되면 전날 일은 씻은 듯 잠시 잊고, 다시 가상의 악인 차유진을 원망했다가 또 다음 순간이면 진짜 차유진을 떠올리고 부끄러워하며 어쩔 줄 몰라 하기 일쑤였다….

이제 나는 거의 짐승으로 퇴화하여 양손과 양발을 이용해 계단을 오르고 있었다. 땡볕은 돌계단을 맥반석처럼 뜨겁게 달구었다. 돌계단에 손이 닿을 때마다 델 것 같은 열기가 느껴졌으나 어쩔 수 없었다. 내 양손에서 삼겹살 냄새가 나는 것 같다는 생각이 들 무렵, 돌계단 정상에 이르렀다.
"해냈다!"
나는 산 정상에 오른 사람처럼 성취감에 소리 질렀다. 뒤를 돌아보니 한강이 유유히 펼쳐져 있었다. 방금 정신이 혼미한 가운데 들렸던 파도 소리며 짐승의 포효가 떠올랐다. 그건 뭐였을까. 내가 더위를 먹어 헛소리를 들은 걸까. 잠깐 생각에 빠지…ㄹ… 여유를 부릴 틈은 없었다. 숨을 헐떡이며 핸드폰이 알려준 목적지, 돌계단 끝에 위치한 차유진의 작업실로 향했다.

내가 도착한 시간은 저녁 7시 1분이었다. 약속 시간보다 1분밖에 안 늦었지만, 벌써 차유진의 작업실은 손님들로 가득했다. 대부분이 배우였다.
 배우들은 작업실 곳곳에 놓인 붉은 꽃들보다 훨씬 아름답게 빛 났다. 이들이 아름다운 이유는 나처럼 땀을 흘리지 않은 탓도 컸 다. 그들이 놀란 표정으로 나를 보며 물었다.
 "설마 걸어오셨어요?"
 "세상에, 어쩌다!"
 다들 참 준비성도 철저하다. 계단이 있다는 걸 미리 알고 차를 몰고 오거나 택시를 탔다니….
 "차유진 작가님이 절대 걸어오지 말라고 했는데 왜 그러셨대요."
 "그러게요. 신신당부하기에 저도 택시 탔는데요."
 나는 그런 말을 들은 적이 없다. 차유진은 왜 내게는 그런 조언을 하지 않았나… 잠시 생각하다가 씁쓸하게 웃었다. 그들은 하나같이 잘나가는 배우다. 이름만 대면 다 안다. 아니, 얼굴만 봐도 안다. 반면에 나는 차기작마저 불확실한 무명에 불과하다. 나를 챙길 필요는 없었으리라.
 나는 군중 속 고독을 느꼈다. 화려하게 빛나는 그들을 피해, 작업실 한쪽 벽면을 가득 채운 장서 앞으로 걸음을 옮겼다.
 차유진의 작업실은 4층짜리 신축 빌라 3층에 있는 오피스텔로, 세로로 긴 형태였다. 양쪽 벽에는 온갖 책과 음악 앨범이 가득 꽂혀 있었다. 그리고 그 사이, 벽면을 거의 차지한 커다란 창 너머에는 아까 내가 계단 정상에서 보았던, 한강이 있었다.
 마침 해가 저물기 시작했다. 노을빛이 작업실 곳곳에 스며들었다. 책장에 꽂힌 책들에도 어김없이…. 나는 감상에 젖어 무의식

중에 영문으로 된 책 제목을 차례차례 훑다가 몇 년 전부터 떠돌던 차유진과 관련된 소문 하나를 떠올렸다. 차유진의 할리우드 진출이 임박했다는 것이었다.

이 책장을 보고 있으려니 진짜 같다는 기분이 들었다. 거기에 꽂힌 책 중 3분의 2가 영어로 된 원서였다. 게다가 차유진은 내게 직접 번역한 〈크리처스〉의 스크립트를 보내지 않았던가.

"아이고 감독님, 걸어오셨다고요."

그때 차유진이 내게 말을 걸었다. 양손에는 레몬을 띄운 스파클링 워터가 하나씩 들려 있었다. 차유진은 그중 한 잔을 건넸다.

"많이 힘드셨죠. 제가 이야길 안 드렸나 봐요?"

나는 단숨에 스파클링 워터를 들이켰다. 더워서가 아니라 차유진의 말에 새삼 열받아서였다. 얼마나 급히 먹었냐면, 얼결에 레몬까지 입에 넣고 씹어 삼킬 정도였다.

"어휴, 많이 더우셨나 봐요. 한 잔 더 드시죠."

차유진이 내 행동을 오해하곤 나를 데리고 주방으로 향했다. 그는 새 잔에 스파클링 워터를 따르고 레몬과 함께 투명한 병에 든 리큐어를 얼마 섞었다.

"저, 술은 좀…."

술을 마셨다가 실수로 차유진을 들이받을까 싶어 염려되었다.

"아, 이거요? 술 아닙니다. 제가 자주 마시는 건데요, 굳이 비교하자면 자양강장제? 요즘 같은 더운 날씨에 체력 회복에 딱이에요."

차유진의 말에 안심하고 스파클링 워터를 받았다. 확실히 술 냄새는 안 났다.

"작가님, 생각보다 작업실이 조촐하네요. 댁은 근처예요?"
"뭐, 그렇죠. 집사람이랑 애들은 위층에 살아요."
4층 오피스텔형 빌라의 꼭대기 층이 자기 집이란 뜻은….
"혹시 이 빌라 전체가 작가님 건물….."
"아니, 뭐…."
차유진은 쑥스러워하며 애매하게 대꾸했다. 그의 반응에 질투가 불끈불끈 샘솟았다. 한강이 보이는 현수동에 이 정도 건물을 소유하려면 대체 얼마가 들까.
"참, 감독님. 혹시 타로 좋아하세요?"
"타로요?"
"네, 제가 취미로 타로를 보거든요. 괜찮다면 어떠세요? 뭐든 물어보셔도 됩니다."
차유진의 말을 듣자마자 내 영화가 떠올랐다. 지난 반년간 아무리 고민해도 결론이 나지 않던 〈괴물, 어게인〉. 이 작업을 계속해도 되겠는가를 물어보고 싶었다. 하지만 지금 상황을 보자면….
"이렇게 사람이 많은데 저 혼자 감독님을 독차지할 수는 없죠."
"그들은 제가 아니라 장그믐 배우를 보러 온 겁니다. 아시면서."
어째 말투에 가시가 있었다.
"어떻게 감독님, 타로 보시겠어요?"
"그, 그러죠. 뭐."
"그럼, 자리를 옮기죠. 마침 땅거미가 드리우니 타로 보기에 제격이네요…."
차유진의 말대로 작업실을 나서는 우리를 아무도 신경 쓰지 않았다. 차유진은 4층으로 통하는 계단을 올랐다. 나는 집에서 타로를 보려는 건가 싶었다. 그런데 그는 4층을 그대로 지나서 다시 한 번 계단을 올라 옥상으로 통하는 문을 열었다. 나는 방금 겪은 폭염을 떠올리고는 옥상은 얼마나 더울까 염려했으나 뜻밖에 선선했다. 옥상 문을 열자 비닐하우스가 보였다. 그 안에는 갖가지 꽃이 만발한 작은 숲이 펼쳐져 있었다.

"이사 후 취미로 정원을 가꾸기 시작해서요. 온도를 일정하게 유지하고 있어요. 그리 덥지 않죠?"

"그러네요."

나는 들고 온 스파클링 워터를 홀짝이며 고개를 끄덕였다. 바깥과는 다른 산뜻한 공기와 거기 딸려오는 은은한 수풀의 향에 잠시나마 마음의 안도를 느낄 정도였다.

온실 중앙에는 테이블이 있었다. 상판은 유리로 되어 있었고, 상판을 받치는 부분은 철제로 보였다. 테이블을 둘러싸고 의자 세 개가 놓여 있었다.

나는 그가 이곳에서 가족과 식사하는 모습을 상상하다… 그만뒀다. 차유진은 아들이 둘이다. 온 가족이 앉으려면 의자는 네 개 있어야 하지 않을까. 의자가 셋이라는 건 가족은 오지 않는다는 뜻이리라.

내가 자리에 앉자 차유진은 잠시 기다려달라고 하더니 온실 한쪽으로 사라졌다. 돌아온 차유진은 복장이 달라져 있었다. 방금까지 입고 있던 반팔 티셔츠와 반바지 대신 검은 와이셔츠에 검은 연미복, 게다가 검은 마술사 모자까지 쓰고 있었다. 그의 모습에 나는 자연스레 무대 위의 마술사가 떠올랐다.

차유진은 실제로도 마술사처럼 행동했다. 머리에 쓴 모자를 벗고 그 안에 손을 집어넣더니, 타로와 검은 벨벳으로 된 천에 이어 마찬가지로 검은 카우벨을 꺼냈다.
 …모자에 청동 카우벨을 넣어 오다니. 목디스크 오겠네, 하고 또 한 번 아재 개그를 떠올리는 사이 차유진은 테이블에 검은 벨벳으로 된 천을 깐 후 그 위에 타로와 카우벨을 놓으며 말했다.
 "이 카우벨은요, 실제로 스위스 암소가 6년간 달고 다닌 겁니다."
 "그, 그렇습니까?"
 "흔드십시오."
 …내가 암소로 보이나? 이걸 왜 흔들라는 건가. 나는 내키지 않는 표정으로 카우벨을 흔들었다. 딸랑딸랑… 청명한 소리가 비닐하우스를 울렸다.
 "우리의 영혼을 정화하는 의식입니다."
 차유진은 엄숙한 표정으로 카드를 섞으며 설명했다.
 "이제 감독님의 고민을 들을 차례입니다. 무얼 물어보시겠습니까?"
 〈괴물, 어게인〉을 계속 진행해도 될지 물어보고 싶다.
 "마음속으로 말하지 마시고요, 소리 내서 말하셔야 합니다."
 복장이 바뀐 차유진은 초능력이라도 생긴 것 같았다. 또 한 번, 내 마음속을 들여다본 듯 말했다. 차유진의 엄숙함에 나는 약간 긴장해 허리를 곧추세우고 앉았다. 타로를 가만히 들여다보며 말했다.
 "지금 하는 작업을 계속해도 좋을지 물어보고 싶습니다…."
 차유진은 고개를 끄덕이더니 타로 카드를 섞고 부채 모양으로 흩어지도록 천 위에 깔았다.

"왼손으로 카드를 석 장 골라주십시오."

나는 또 한 번 잔뜩 집중해서 카드를 골랐다. 차유진은 펼쳐놓은 카드 위쪽으로 내가 고른 석 장의 카드를 나란히 내려놓은 후, 말했다.

"각각의 카드는 과거, 현재, 미래를 뜻합니다. 그럼 과거부터 열어보지요. 이 카드는 더 스타, 시작을 의미하는 카드입니다. 감독님이 처음 이 책의 작업을 시작하며 기대에 가득 차 있었음을 의미합니다. 다음은 현재… 아이고, 이런. 네 개의 컵 카드가 나왔네요. 감독님, 이 사람이 어떻게 보이세요?"

"고민하는 듯한 표정이네요."

"맞습니다, 뭔가 문제가 많은 거죠. 마지막으로 미래를 볼까요."

얼핏 보기에 그 카드는 좋아 보였다. 한 남성이 황금빛 둥근 것에 둘러싸여 있고, 머리 위에는 로마 숫자 9가 있었다. 모르긴 몰라도 작업을 계속해도 좋다는 뜻이 아닐까? 큰돈이 뒤따른다는 뜻…. 나는 잔뜩 기대에 차 스파클링 워터를 한 모금 더 들이켰다.

"아이고, 이런."

내 기대를 무너뜨리듯 차유진이 비통에 찬 소리를 냈다.

"이 카드는요, 감독님. 얼핏 보기에는 큰돈이 들어오는 것처럼 보이죠…. 하지만 말입니다, 아닙니다! 이 카드는 10이 아니라 9를 가리키고 있어요. 그건 곧, 큰돈을 얻을 것처럼 보이지만… 결코 그렇게 되지 않는다! 이런 뜻입니다. 우리 입장에 그대로 대입하자면, 아무리 노력해도 투자받기 힘들다는 뜻으로 보입니다…."

반년 전, 처음 차유진에게 〈크리처스〉를 받았을 때 느낀 감정을 타로 카드는 전하고 있었다. 역시 접는 게 옳다는 말. 나는 다시 환상 속 차유진에 대한 분노가 솟는 걸 느낄 수 있었다. 표정 관리를 하려고 노력했지만 마음처럼 되지 않았다. 나를 살린 것은 불청객 무리였다.

"주인공이 여기 와 있으면 어쩌자는 겁니까?"

"감독님! 한참 찾았잖아요!"

"와, 그 복장은 뭐예요?"

"타로? 저도 봐주세요!"

3층에 있던 이들이 옥상으로 몰려들었다. 술을 마셔 얼굴이 살짝 상기된 유명인들이 우리를 둘러쌌다. 그들은 제각기 타로를 봐달라고 요구했고, 차유진은 거의 줄을 세우다시피 해서 한 명씩 타로 점을 봐주었다.

나는 사람들을 피해 3층 작업실로 내려갔다. 작업실은 한산했다. 괴로운 마음 탓인지 갈증이 심했다. 스파클링 워터를 더 마시고 싶었다. 나는 차유진을 흉내 내 스파클링 워터를 직접 만들었다. 단숨에 한 잔 마시고는 또 한 잔, 또 한 잔… 그렇게 계속 마시며 머릿속으로는 방금의 타로 점을 되새겼다.

이제 정말 미련을 버리자. 5년을 준비했지만 100년 전 할리우드 영화와 똑같다니 도무지 수가 없지 않은가…. 애초에 무리수가 있는 작업이었다.

스파클링 워터도 많이 마시면 취하는 걸까. 내 갑갑한 마음에 맞추듯 다시 한번 짐승의 포효 같은 것이 들렸다. 아마도 개의 울음소리였겠으나, 지금 내 귀에는 낯설게 들렸다.

폭염, 갑작스러운 격렬한 운동, 타로 점 결과…. 그 모두가 원인이 된 듯 졸음이 쏟아졌다. 작업실 한 켠 소파에 앉아 꾸벅꾸벅 졸던 내 눈에 마지막으로 보인 건 술에 취해 비틀거리는 네 명의 배우가 작업실 각 구석에 자리 잡는 모습이었다.

그렇게 배우들의 구석 놀이가 시작되었다.

구석 놀이란, 네 사람이 각기 어두운 방의 네 귀퉁이에 선 다음 같은 방향으로 한 칸씩 이동하며 귓속말을 반복하는 놀이다.

내가 눈을 감았다 떴다를 반복하는 사이, 구석 놀이의 멤버가 몇 번이고 바뀌었다. 그러다 구석 놀이에 심취한 누군가의 머리가 아주 심하게 내 머리와 부딪혔다. 나는 깜짝 놀라 잠에서 깼다.

"아, 실례."

"괜찮습니다."

나는 하품을 하며 대꾸했다.

"저도 그냥 졸고 있었는걸요."

"그런데 정단식 감독님 아니세요…?"

부딪힌 상대가 아는 체를 했다.

"와, 이제야 뵙네요! 반갑습니다. 장그믐입니다!"

나는 눈을 게슴츠레 뜨고 그를 바라보았다. 둘, 셋으로 흩어져 보이던 그의 얼굴이 하나로 합쳐졌다. 정말 장그믐이 내 눈앞에 있었다.

"안 오신 줄 알았네! 차유진, 그 자식은 내가 그렇게 감독님 뵙게 해달라고 부탁했건만 왜!"

"절 보고 싶으셨다고요?"

"네, 감독님! 요즘 스케줄 어떠세요?"

…매일 집에만 있다고 말해도 될까, 고심하는 사이 장그믐이 놀

라운 이야기를 꺼냈다.

"차유진이 쓴 시나리오로 할리우드에서 러브콜이 들어왔어요. 저랑 차유진 감독이 참여합니다. 저는 감독님도 저희랑 작업하시면 어떨까 하는데요. 오늘 그 이야기 나누자고 차유진한테 감독님도 모시라고 했는데 말이죠."

이건 꿈인가?

장그믐의 말에 나는 감개무량했다. 방금까지 비관에 젖었던 기분이 깡그리 사라졌다. 5년에 걸친 작업, 너무나 아쉽다! 하지만… 차유진, 장그믐과 함께, 게다가 할리우드 진출이라면! 악마에게 내 영혼을 팔아도 좋다!

"이, 일단 일정을 확인해봐야겠지만 함께하면 좋을 것 같네요."

"긍정적인 답변 감사합니다! 내일 정식으로 연락드리라고 할게요."

"그런데 들어간다는 작품 제목이 뭡니까?"

"아, 〈크리처스〉입니다. 미국판 〈괴물〉이라고 보시면 되겠어요. 테네시강을 따라 나타나는 의문의 괴물을 추적하는 이야기인데, 마지막에 드러나는 괴물의 정체가 압권이죠. 자세한 건 내일 다시 이야기해요. 일단 저는 다음 구석으로 가겠습니다. 사실 감독님과 대화하는 것도 규칙 위반이에요. 절대 비밀입니다."

장그믐은 쉿, 하고 입술에 검지를 갖다 댄 후 다음 구석으로 다가갔다. 그곳에 서 있던 여자 배우에게 무어라고 귓속말한 후 나를 보며 다시 한번, 입술에 검지를 갖다 댔다.

나는 억지웃음을 지으며 고개를 끄덕여 보였지만, 속으로는 혼란스러웠다.

차유진이 내게 〈크리처스〉는 찰슨 베르나르라는 무성영화 시대의 필름이라고 했다. 그런데 차유진이 〈크리처스〉를 썼다니, 게다가 그 시나리오로 할리우드에 진출한다니 대체 무슨 소리인가?
나는 손을 더듬어 핸드폰을 찾았다. 화면이 제대로 안 보일 만큼 강렬한 졸음을 참으며 손가락을 놀려 찰슨 베르나르를 검색했다. 하지만 아무런 결과가 뜨지 않았다. 이번에는 〈크리처스〉로 검색했다. 마찬가지였다. 일본 게임 회사와 우리나라 작가가 쓴 책과 덴마크 왕실 도자기 브랜드 이름이 뜰 뿐이었다. 나는 바로 앞 테이블로 손을 뻗어 마시다 만 스파클링 워터를 찾았다. 졸았더니 갈증이 몰려들었다. 벌컥벌컥 마시며 최대한 차분하게 이 상황을 분석했다.
…차유진이 날 속였다는 건가? 내 시나리오를 뺏어서 할리우드에 진출할 욕심으로? 이런 유치한 수작이 안 들킬 거라고 생각했다고!
…아니, 잠깐만. 그렇다면 왜 나를 초대한 거지? 내가 이 사실을 알고 따지기라도 하면 어쩌려고? 앞뒤가 안 맞잖아!
나는 내가 모르는 찰슨 베르나르와 그가 썼다는 〈크리처스〉가 어딘가에 존재한다고 애써 믿으려 노력했다. 하지만 이곳에서는 불가능했다. 구석 놀이에 빠진 유명인들 사이에 둘러싸여 있자니 점점 정신이 혼미해지는 것 같았다. 일단 이곳을 벗어나야 했다. 혼자서 조용히 생각할 필요가 있었다. 나는 비틀거리며 차유진의 작업실을 나섰다. 조심스레 건물 계단을 한 발 두 발 내려가 겨우 1층에 도착했다. 1층 건물 출입문을 나서자 숨이 막힐 듯 후끈한 열기가 느껴졌다. 해가 졌는데도 폭염이 극성이었다. 그래도 안에 있는 것보다는 나았다. 그곳에는 나를 혼란스럽게 하는 이야기가 가득했으니까…. 나는 끝없이 이어지는 듯한 돌계단과 그 끝에 맞닿아 보이는 어둑어둑한 한강을 바라보며 소리를 질렀다.

"빌어먹을! 대체 뭐가 어떻게 된 거야!"

한강은 내 말에 답하듯 또 한 번 출렁여 보였다. 나는 출렁이는 한강 위로 지난 5년간 아껴온 괴물이 고개를 내민 듯한 착각에 빠졌다.

나는 돌계단에 털썩 주저앉았다. 한강을 바라보며 다시 한번 현재 상황을 정리했다.

장그믐은 내게 함께 할리우드에 가자고 했다. 차유진이 내게 예상 표절이라는 허튼소리를 한 〈크리처스〉라는 시나리오와 함께…. 차유진이 증오스럽다. 역시 그 자식이 내 작품을 뺏은 게 분명하다. 처음부터 모두 의도한 거다…. 그렇다면 왜 그는 오늘 나를 초청했을까? 왜 나와 장그믐을 만나게 했을까? 아무리 생각해도 말이 되지 않는다. 하지만 그 자식은 날 골탕 먹였다. 오늘만 해도 다른 사람들에게는 택시 타고 오라고 해놓고 내게는 그런 말을 하지 않았다…. 아니야, 그건 배려일지도 모른다. 내 주머니 사정이 안 좋다는 걸 알아서였을 수도. 그래, 역시 차유진은 좋은 사람이다…. 그래, 찰슨 베르나르는 너무 오래 전 사람이라 인터넷에 검색 결과조차 뜨지 않는 것이리라.

생각이 거기까지 이르자 희망적인 상상에 다다랐다.

찰슨 베르나르는 미국 사람이라면 누구나 기억할 대작가라 생각했기에, 차유진은 그 이름을 언급하며 할리우드에 접촉했다. 오늘 그 결과가 나왔다. 〈크리처스〉라는 제목은 가제일 것이다. 오마주 느낌으로 제안해 오케이를 받아낸 것이리라. 그러니 장그믐의 입에서 내가 감독을 맡으면 좋겠다는 말이 나왔겠지! 그래, 그럴 것이다! 차유진은 오늘 다 함께 할리우드에 진출한다는 깜짝 발표를 하기 위해 집들이를 핑계로 나를 부른 것이리라!

"감독님, 감독님!"

생각을 정리했을 즈음 차유진이 건물에서 나왔다. 여전히 마술사 차림이었다.

"왜 나와 계세요. 아직 더운데. 설마 벌써 가시려는 건 아니죠?"

"그럴 리가요. 안이 너무 추워서 잠깐 나왔습니다."

나는 엉거주춤 돌계단에서 일어났다.

"그러셨군요. 냉방이 좀 셌죠? 이제 들어가시죠."

그렇게 우리는 돌계단 끝에 마주 보고 섰다.

나는 이 순간이, 차유진이 내게 할리우드 진출 소식을 알리기 가장 좋은 때라고 생각했다. 그래서 크게 심호흡하고 말했다.

"장그믐 배우한테 들었습니다. 할리우드 진출이 확정되었다고요."

"장그믐 배우와 만나셨어요?"

"네, 방금요. 작업실에 왔더라고요."

"전 못 봤는데…. 아무튼 확정이라고 말할 정도는 아니고요. 제가 부족한 게 많아서 공부를 많이 해야 합니다."

"또, 또 이렇게 겸손하시네…. 솔직하게 다 말씀하셔도 됩니다. 장그믐 배우가 전부 다 말했어요. 장그믐 주연, 〈크리처스〉 시나리오로 들어간다면서요. 연출은 제게 맡기자는 이야기가 나왔고요. 처음엔 정말 혼란스러웠습니다. 뭐가 어떻게 된 건가 하고…. 하지만 이제는 감사하고 있습니다. 차유진 감독님은 연줄이 많으니까 할리우드에 제 시나리오 이야기를 했겠죠. 그렇게 제 감독 건도 자연스레 진행….”

"잠깐, 잠깐만요, 감독님."

차유진이 내 말을 끊었다.

"무슨 말씀을 하시는지 잘 이해가 안 되는데요. 어디서 그런 이야기를 들으신 거죠?"

"방금 만난 장그믐 배우가 이야기했습니다만."

"감독님, 뭔가 큰 오해가 있는 것 같습니다." 차유진이 정색했다. "장그믐 배우와 제가 할리우드와 이야기가 오가는 건 맞는데요, 아직 물밑 작업 중이에요. 어떤 작품으로 할지는 계속 논의할 예정이고요…. 뭣보다 저희가 할리우드 측에 감독님을 거론한 적이 없습니다. 왜 장그믐 배우가 그런 말을 했는지 모르겠네요. 제가 물어볼게요."

차유진은 연미복 바지 주머니에서 핸드폰을 꺼냈다. 장그믐에게 연락하는 듯했다.

"감독님, 역시 감독님이 오해하신 것 같습니다. 지금 장그믐 배우에게 연락했는데요. 아직 작업실에 오지도 않았답니다."

차유진이 내게 핸드폰 화면을 보이며 말했다. 화면에는 장그믐과 나눈 메시지가 있었다.

장그믐 매 오늘 촬영이 늦어져서 새벽에나 합류 가능하십니다.
배우님 촬영 중이라 대신 연락드립니다.

장그믐이 오지 않았다니, 이게 무슨 소린가. 나는 분명 그와 대화를 나눴다. 장그믐이 아니면 귀신이라도 된다는 말인가? 나는 차유진의 핸드폰을 유심히 들여다봤다. 보낸 사람 이름 뒤에 '매'라는 단어가 쓰여 있었다. 말투도 이상했다.

"이거 장그믐 배우 본인이 보낸 거 맞아요?"

"아, 매니저가 보낸 겁니다. 촬영 중에는 보통 매니저가 답을 보내거든요."

다시 한번 차유진이 의심스러워졌다. 메신저 이름은 사용자가 바꿀 수 있지 않던가? 차유진이 이름을 바꿔 내게 거짓말하는 건 아닌가?

"감독님, 대체 어쩌다 그런 생각을 하신 건지는 모르겠지만요, 착각입니다. 장그믐 배우는 여기 온 적도 없고, 그런 이야길 했을 리도 없습니다. 폭염 때문에 이런 일이 일어나나 봅니다. 너무 더워서 저희 모두 이상해지는 것 같습니다. 일단 들어가시죠."

차유진의 장광설에 그가 내게 했던 전화가 떠올랐다. 예상 표절 이야기를 하며 횡설수설 늘어놓던 차유진…. 어쩌면 그때에도 지금처럼 당황해서 그랬던 건 아니었나? 더불어 떠오른 건 조금 전에 본 타로 점이었다. 마지막의 미래를 가리키는 타로. 아무리 생각해도 그건 내가 성공한다는 뜻이었다. 차유진이 타로 결과를 속인 것은 아니었을까? 그 이유는… 내게 이 이야기를 숨기기 위해서?

그동안 나는 마음속으로 차유진에게 분노했다. 그러면서도 어디까지나 나의 상상이라고 생각해왔지만 아닌 것 같다. 그게 차유진의 본모습일지도 모른다.

지금 이 순간, 내 본능이 그렇게 주장하고 있었다. 결코, 차유진을 가만두면 안 된다고…. 이대로 보냈다가는 나만 물먹고 말 거라고….

나는 차유진의 손목을 꽉 잡았다.

"감독님…?"

차유진이 의아한 표정으로 나를 돌아보았다.

"오늘 폭염인 거 알고 계셨죠."

"네."

"왜 저한테는 택시 타라는 말을 안 하셨습니까?"

"아, 그게…"

차유진이 머뭇거렸다.

"감독님 주머니 사정에 부담스러우실까 봐서…. 제가 실수했네요."

"타로 점, 정말 나쁜 미래였습니까?"

"사실은요…."

차유진은 약간 당황한 듯했다가 누그러진 표정으로 말했다.

"타로는 해석에 따라 뜻이 많이 달라집니다. 나인 오브 펜타클은 큰 성공을 뜻하기도 하는데요. 저는 '9'라는 숫자에 큰 의미를 부여하기 때문에 그렇게 해석했던 겁니다."

"찰슨 베르나르, 검색해도 뜨지 않던데요. 실존 인물 맞습니까?"

"네. 실존 인물입니다."

"정말 그런 인물이 존재합니까? 〈크리처스〉라는 영화가 정말 있었어요?"

내 말에 차유진의 얼굴이 약간 굳었다.

"아까부터 말씀하시는 투가 좀 불쾌합니다. 제가 뭔가 감독님을 속였다는 뉘앙스인데요. 왜 이러시는 거죠?"

"단도직입적으로 말씀드리죠. 장그믐 배우가 제게 말한 차유진 감독과 할리우드 진출을 논하는 작업, 그거 제 시나리오 아닙니까? 〈괴물, 어게인〉을 갖다가 차 감독이 〈크리처스〉로 번역해서 할리우드에 보여준 거 아닙니까?"

"장그믐 배우는 오늘 안 왔다니까요?"

"거짓말하지 마십쇼! 난 장그믐 배우를 만났다고! 그가 직접 내게 말해줬다고!"

"이것부터 좀 놓고 말씀하시죠! 더운데 더 덥다고요!"

차유진이 내 손을 놓으려고 다시 한번 크게 손을 흔들었다.

"안 놔줍니다! 제대로 된 대답이 나오기 전에는 절대로 안 놔줘요! 왜 자꾸 거짓말하는 겁니까! 대체 왜!"

"무슨 거짓말을 했다는 거냐고요! 덥다고요! 일단 놓고 말씀하시라고요!"

"못 놔! 진실을 말하기 전에는 절대 못 놓는다고!"

나와 차유진은 이제 돌계단 꼭대기에서 거의 춤추듯 서로의 손목을 꽉 잡고 움직이고 있었다. 그러다 차유진이 발을 삐끗한 것은, 허둥대던 다른 손이 돌계단의 철제 난간을 못 잡은 것은, 내가 빠르게 그의 손목을 잡고 있던 손을 놓고 양손으로 철제 난간을 잡은 것은, 정말이지 순식간에 일어난 일이었다.

차유진은 돌계단에서 사정없이 굴렀다. 처음에는 비명이 들렸으나 중간부터는 그마저도 없었다. 어느 순간부터는 고깃덩어리처럼 튕기듯 계단을 따라 떨어질 뿐이었다. 이윽고 그의 몸뚱이가 멈췄을 때, 그의 머리며 팔다리는 사방팔방 다른 방향으로 꺾여 본래 인간이었다기보다는 괴물에 가까운 형태로 보였다. 나는 그런 그를 바라보며 작게 말했다.

"너였구나, 괴물은…."

얼마 후 신고를 받은 경찰이 나타났다. 곳곳에 조명이 깔린 돌계단 주변은 영화 촬영장 같은 분위기가 되었다. 나는 경찰의 사정 청취에 응해야 했다. 자신을 마포경찰서 강력 1팀 소속 김나영 형사라고 소개한, 배우라고 해도 믿을 정도로 미모를 자랑하는 여성이 조용히 내 이야기를 들어주었다.

나는 김나영에게 반년 넘게 차유진 때문에 고통받았던 일을 이야기했다. 더불어, 오늘 차유진이 내게 한 거짓말이 장그믐으로 인해 모두 무너졌고, 그로 인해 실랑이하다가 그만 차유진이 돌계단에서 넘어져 죽은 사실까지 모두…. 이 상황을 차례대로 이야기한 탓에 나는 내가 차유진을 죽인 살인범으로 몰리면 어쩌나 염려스러웠다. 그랬다간 큰일이었다. 나는 장그믐을 통해 할리우드에 직접 연락할 생각이었다. 차유진이 내 작품을 훔쳤다, 실랑이 과정에서 차유진이 숨졌으나 저작권은 내게 있다, 그러니 장그믐에게 이제 나와 작업을 마저 진행하자고 설득할 계획이었다. 이 상황에서 만에 하나 내가 살인자로 몰렸다가는 모든 일이 어그러지고 만다.

"말씀 감사합니다. 저희가 CCTV를 확인한 결과 사고사가 유력해 보이더군요."

다행히 김나영 형사는 꽤 영민한 모양이었다. 나는 적잖이 안심했다. 내일 아침 장그믐을 통해 할리우드에 연락할 일을 생각하며 기뻐했다.

"그런데 말입니다. 그보다 문제가 하나 있는데…. 혹시 작업실에서 이런 병에 든 리큐어를 보셨습니까?"

"아, 네. 오늘 마셨습니다."

김나영은 차유진이 스파클링 워터에 타준 리큐어 병을 보였다.

"그러시군요. 그리고 하나 더… 이런 꽃도 보셨지요?"

연이어 작업실이며 옥상 정원에 가득했던 붉은 꽃을 보여주었다.

"네, 봤어요. 그런데 왜…?"

"말씀 감사합니다. 서까지 동행 부탁드립니다. 간단한 소변 검사에 응해주십시오."

"소변 검사요…?"

"보여드린 사진 속 꽃과 리큐어는 마약성 양귀비와 그것으로 만든 마약입니다. 사망한 차유진 씨는 그동안 옥상에서 마약성 양귀비를 재배해온 듯합니다. 오늘 집들이에 온 손님들에게 양귀비 리큐어를 섞어 음료로 내놓은 것으로 보이고요."

"잠, 잠깐만요. 제가 마약을 했다고요? 대체 그게 무슨?"

더불어 떠올린 것은 장그믐의 얼굴이었다. 그도 오늘 집들이에 왔다. 유명 배우인 그가 양귀비가 든 리큐어를 마셨다는 게 알려지면 대형 스캔들이다!

"장그믐 배우는! 장그믐 배우는 안 됩니다! 그 사람은 아무 관련이 없습니다!"

"아까부터 말씀드리고 싶었는데…. 장그믐 씨는 오늘 차유진 씨의 작업실에 오지 않았습니다. 현재 한강에서 영화 촬영 중입니다."

형사가 내게 핸드폰 화면을 보여주었다. 장그믐 배우의 SNS에 한강을 배경으로 한 그의 셀카가 게시되었다. 업로드 시간은 15분 전.

지금 막 오랜 친구의 부고를 들었다. 혼란스럽다.

"그게 무슨 소립니까? 나는 이 건물 3층에서 장그믐 배우와 만났단 말입니다!"

"아편을 복용했을 때 일어나는 현상 중에는 환각도 있습니다. 정단식 씨는 헛것을 봤을지도 모르겠습니다. 아까 말씀하실 때 구석 놀이를 하던 장그믐 씨가 말을 걸었다고 하셨죠?"

"네! 구석 놀이를 하다가 저와 부딪혀서 이야기했어요! 똑똑히 기억합니다!"

"구석 놀이는 말입니다, 네 명이 시작하면 구석 한 곳이 빕니다. 한 명이 부족해지죠. 그런데도 계속 이어진다면 마지막 자리에는 귀신이 끼어든 거라는 속설이 있는데…. 어쩌면 귀신이 장그믐 씨인 척한 건 아니었을까요? 아, 이 말은 잊으세요. 경찰답지 않은 말을 했네요. 어쨌든, 일단 서까지 동행해주시죠."

대체 이게 무슨 소린가. 장그믐이 없었다고? 내가 귀신에 홀리기라도 했단 말인가? 김나영은 정신이 혼미한 나를 앞서 걷게 했다.

경찰차에 타기 직전, 뒷문 어둑한 창에 비친 내 얼굴을 바라보았다. 오랜만에 내 얼굴을 마주한 것 같았다. 눈의 초점이 흐릿했다.

눈 밑에는 시꺼멓게 다크서클이 있었다. 가장 이상한 것은… 경찰차 창에 비친 차유진의 작업실 3층, 한강이 내려다보이는 그 커다란 창에 누군가 서 있다는 사실이었다. 처음에는 장그림으로 보였다가 다음 순간 차유진으로 보였고, 연달아 나로 보였다가… 마지막에는 괴물로 보였다. 나는 괴물의 소리 없는 포효를 들으며 〈괴물, 어게인〉의 마지막 반전을 떠올렸다.

경악한 윤해환의 얼굴 위로 "너였구나, 괴물은…"이라는 자막이 뜬 후 크레디트가 흐른다. 크레디트 마지막에는 이렇게 적혀 있다.

괴물   윤해환 자신

연이어 쿠키 영상.

윤해환은 방호복을 입은 사람들에게 둘러싸여 있다. 방호복의 강화유리에 빛이 번뜩거리면서 윤해환의 얼굴이 비친다.

"윤해환 확보!"

"바이러스 보균자 확보!"

"사살하지 마! 사살하면 더 퍼져!"

공포에 질린 윤해환의 모습 위로, 그가 만났던 수많은 목격자와 윤해환이 그들과 가벼운 접촉을 했던 모습이 주마등처럼 스쳐 지나간다…. 윤해환이 혼란스러워하는 가운데 "내가 괴물이었구나"라고 중얼거린다. 방호복을 입은 사람들 너머, 한강에서 괴물이 머리를 드러낸다. 괴물은 윤해환을 비웃듯 쳐다본다. 윤해환이 그런 괴물을 보며 소리 지른다.

"괴물은 있어! 괴물은 정말 저기 있다고!"
그건 지금 내가 연달아 흥분해서 내뱉는 말과 같았다.
"괴물은 있어! 괴물은 정말 저기 있다고!"
나는 3층 창문을 가리키며 연거푸 말했다. 김나영 형사는 나를 따라 3층으로 시선을 옮겼으나 시큰둥한 표정을 지을 뿐이었다.

작가의 말

　작가로서 공모전이 아닌 문학상을 탄 건 황금펜상 우수상이 처음이라 어떻게 후기를 적어야 하나 한참을 고민했습니다. 소감을 길게 적어야 하나? 감사의 말을 적어야 하나? 난 대상이 아닌데 그래도 되나? 쩔쩔매다가 그냥 수상 연락을 받았을 때 어떤 상황이었는지 서술하기로 마음먹었습니다.

　2025년 5월부터 경기도 오산시 중앙도서관 상주 작가로 근무했습니다. 10월부터 개인적인 성과를 보고서 양식으로 작성했는데요, 딱 하나 빈칸이 있었습니다. '수상' 칸이었습니다. 막연히 생각했습니다. 아, 이 칸을 채우고 싶다. 도서관에서 근무하는 기간은 11월 말까지였습니다. 계약 종료일까지 일주일 앞둔 11월 24일 월요일, 황금펜상 우수상 소식을 들었습니다. 와, 해냈다는 기분과 상주 작가 사업에 도움이 되었다는 기분에 뛸 듯이 기뻤습니다.

　〈폭염〉은 교보문고 북다에서 출간한 앤솔러지 《한강》에 실린 소설로 여름을 배경으로 합니다. 작년, 35도를 넘나드는 날씨에 바깥을 걸으면 너무 짜증이 나서 살인사건이 나도 이상하지 않을 것 같다는 기분이 들었습니다. 그런 아이디어에 한강 괴물설을 더해 인간의 욕망에 관한 이야기로 발전시켰습니다. 소설에는 주인공 정단식을 비롯해 차유진, 장그믐 등 실존 인물을 모델로 한 캐릭터가 등장합니다. 《한강》을 함께 진행한 한우모임 작가들입니다. 캐릭터를 빌려주셔서 감사합니다. 이 책에는 〈폭염〉 외에도 한강을 무대로 하는 다양한 이야기가 담겨 있습니다. 수록 순서대로 읽어보신다면 《한국추리문학상 황금펜상 수상작품집》과는 또 다른 매력을 느낄 수 있을 것입니다.

  마지막으로, 언제나 저를 지켜봐주시는 당신이라는 이름의 독자께 특히 감사드립니다.

  평택에서 조영주

우수작

부부의 정원

박소해

박소해

이야기 세계 여행자이자 장르의 경계를 자유롭게 넘나드는 몽상가. 좋은 이야기는 구름 사이로 쏟아진 햇살 혹은 암흑 속에서 비로소 만나는 빛 같아야 한다고 믿는다. 언젠가는 그런 소설을 써보고 싶다는 소망을 품고 오늘도 노트북 앞에 앉는다.
시각디자인 전공자로 '시각화'에 강한 이야기꾼이라는 평가를 받고 있으며 선과 악의 이분법을 넘어 인간의 본성을 깊숙이 탐구하는 작품을 쓰고자 한다.
2021년 계간 미스터리 가을호 〈꽃산담〉으로 신인상 수상. 2023년 〈해녀의 아들〉로 제17회 한국추리문학상 황금펜상 수상. 온라인 독서모임 플랫폼 '그믐'의 장르살롱 진행자이다. 고딕 호러 미스터리 장편 《허즈번즈》를 집필했고, 제주 호러 앤솔로지 《고딕 X 호러 X 제주》를 기획하고 참여했다. 《귀신새 우는 소리》, 《네메시스》, 《시소게임》 등의 앤솔로지와 인문서 《세계 추리소설 필독서 50》에 필자로 참여하였다.

1

비가 떨어졌다. 한두 방울 내리던 가랑비가 폭우로 변했다. 번개가 내리치고 천둥이 뒤따랐다. 경찰서 계단 앞에 몰려 있던 기자들이 하나둘 흩어져 주차장으로 내달렸다. 촬영 기자들은 점퍼를 벗어 카메라에 덮고 차량으로 달음박질했다. 수십 명이 제각각 다른 몸짓으로 질주하는 모습은 안무가 잘 짜인 발레 같았다. 혼돈의 군무.

밤 8시. 주차장 왕벚나무 밑에서 황동근 형사는 우산을 쓰고 담배를 피우며 기자들을 구경하고 있었다. 빗소리가 고막을 때렸다. 기자들이 사라지자 꽁초를 내던지고 움직이기 시작했다. 경찰서까지 걸어가는 몇 분 동안 온몸이 젖었다. 동근은 욕설을 내뱉으며 계단을 올라가 현관 우산꽂이 비닐 포장기에 장우산을 쑤셔 넣었다. 강력계에 들어서니 장승규 형사가 고개를 내밀었다.

"그 남편이란 작자는 어쩌고 있냐."

"계속 묵비권 행사 중입니다."

승규가 못마땅한 얼굴로 대꾸했다.

"술술 불었으면 과장님이 날 부르지 않았겠지. 다른 사건에서 빼내면서 말이야. 참 나, 저녁 쫄쫄 굶고 이게 뭐야. 마른 옷이나 좀 빌려주라."

동근은 투덜거렸고 승규는 회색 운동복을 건넸다.

"어서요. 다들 기다려요."

오늘 아침, 유명 추리소설가 박상연이 자택에서 살해된 채 발견되었다. 오전 10시 재활 운동 시간에 맞춰 방문했던 물리치료사가 경찰에 신고했다. 시신 근방에서 남편의 피 묻은 지문이 여러 개 나왔다. 남편은 제약회사에 출근해서 일하던 도중에 긴급 체포되었다. 추리소설가가 소설 속 피해자들처럼 잔혹하게 살해되었고 용의자인 남편이 제약회사에서 잘나가는 엘리트 연구의라는 게 알려지자 언론은 발광했다. 수갑을 찬 남편 이한의 사진이 모든 매체를 도배했다. 인플루언서 유튜버 '범죄창고'는 곧바로 자극적인 제목의 동영상을 올렸다.

'아내를 죽이고 태연하게 회사에 출근한 살인마.'

모니터실에 들어가자 요란하던 빗소리가 멈췄다. 방음 설비가 진공청소기처럼 모든 소음을 빨아들였다. 정적. 동근은 자신도 모르게 침을 꿀꺽 삼켰다. 강력계 박이문 과장과 김제기 팀장은 모니터실 매직미러 앞에서 서성이다가 동근을 보고 고개를 끄덕였다. 이한은 은테 안경을 쓰고 단정한 흰 와이셔츠를 입은 채로 앉아 있었다. 아까 서를 도떼기시장으로 만들어놓은 장본인인 주제에 평생 교통 범칙금 한 번 낸 적 없는 사람처럼 담백한 얼굴이었다. 두 눈은 감고 있었다.

"백면서생처럼 얌전해 보이기만 하네."

동근이 말을 내뱉자 박 과장의 입꼬리가 올라갔다.

"겉보기와 달라. 어디 네 재주 좀 보자."

"석방까지 몇 시간 남았죠?"

"40시간."

동근은 휴대폰의 알람을 40시간 후로 맞췄다.

"까짓 한번 해보죠, 뭐."

김 팀장이 동근의 귀에 블루투스 이어폰을 넣어주었다.

"우리가 너한테 할 말 있으면 이걸로 소통한다. 모니터실에 전할 말이 있으면 승규 편에 쪽지를 전하거나, 내 휴대폰으로 문자 보내."

동근은 진술실 문을 열고 들어갔다. 승규가 보조로 따라붙었다. 동근이 자판기 커피, 서류철, 볼펜을 테이블 위에 늘어놓는 동안 이한은 여전히 눈을 감고 있었다.

"이한 씨. 벌써 여덟 시간째인데 슬슬 지루할 때가 되지 않았습니까?"

이한은 침묵했다.

"저도 같은 팀인데 다른 사건에 갔다가 늦게 합류하게 됐습니다. 인사드리지요. 강력계 1팀 황동근입니다."

　무응답.

　"방금 소나기가 어지간했어야 말이죠. 갑자기 옷이 젖는 바람에 몰골이 이래서 죄송합니다."

　동근은 옷을 손가락으로 가리켜 보이며 웃었다. 이한은 꿈쩍도 하지 않았다.

　"아까 식사에 입도 대지 않았다면서요. 늦은 저녁이라도 드시겠어요?"

　무반응. 동근은 자판기 커피를 이한 쪽으로 밀었다. 이한은 미동조차 없었다.

　"자판기 커피 싫으면 카페 커피라도 사올까요?"

　이한은 조용했다. 벽. 동근은 남자와 자신 사이에 있는 굳건하고 두꺼운 벽을 느꼈다.

　"아, 변호사 접견은 원하지 않으십니까?"

　"선배. 그건 아까 팀장님이 이미 얘기하셨잖아요. 원하지 않는답니다."

　승규가 속삭였다.

　"알았어."

　동근은 슬슬 초조해지기 시작했다. 보통 이 정도까지 자극하면 반응이 나와야 하는데 이 남자는 달랐다. 마음을 다독였다. 여유를 가지자. 이어폰으로 박 과장의 목소리가 들려왔다.

　"동근아, 너만 믿는다. 저 남자의 알리바이를 어떻게든 파훼破毁해야 해. 40시간 안에."

　파훼. 동근은 이 두 음절이 회초리처럼 자신을 후려치는 것 같았다. 박 과장은 늘 강조했다.

'알리바이를 파괴하는 것만으로는 부족해. 부순 다음에는 모조리 헐어버려야지. 용의자가 더 이상 비벼볼 건덕지가 없음을 깨닫고 완전히 항복하게.'

동근은 서류철에서 사진을 꺼냈다. 봐주기는 끝났다. 맨 앞의 사진을 이한 앞으로 밀었다.

"아내분이 발견되었을 때 모습입니다."

과학수사대에서 사건 현장을 찍은 사진이었다. 박상연은 자기 피로 만들어진 웅덩이 위에 누워 있었다. 목에 난 자상 외에 몸통에는 거의 피가 튀지 않아서 붉디붉은 카펫 위에서 곤히 잠든 것처럼 보였다. 처음 사진을 봤을 때 동근은 피해자의 얼굴이 평화로워 보인다고 생각했다. 박상연 옆에는 과도로 보이는 뾰족한 칼이 떨어져 있었다.

동근이 일부러 사진을 이한의 손에 닿게 밀었지만 반응은 없었다.

"사진을 외면하는 건, 자신이 저지른 일의 결과를 보기 싫어서입니까? 아님 현실 도피입니까?"

동근이 목소리를 높였지만 이한은 담담한 표정이었다.

"아파트 이웃에게 진술을 받았습니다. 이한 씨가 평소보다 늦게 집을 나섰다고. 별명이 인간 AI라면서요? 아침 8시에 칼 출근하는 사람이 왜 늑장을 부렸을까요?"

묵묵부답.

"살인 현장을 정리할 시간이 필요했던 게 아닙니까? 베란다 창문을 활짝 열어놓은 것도 외부 소행으로 돌리기 위한 술수였죠?"

이한은 조용했다.

이한은 평소 오전 8시 정각에 집을 나선다. 오늘은 8시 15분이 지나서 집을 나섰고, 오전 10시에 집을 방문한 물리치료사가 박상연의 시신을 발견했다. 검안의는 사망 추정 시각이 오전 9시 전후라고 밝혔다. 집에서 전철역까지 걸어서 15분, 전철역에서 회사까지는 지하철과 도보를 합쳐서 35분이 좀 넘게 걸렸다. 이한은 9시 10분에 회사에 도착했다. 알리바이가 성립되는 셈이다.

평소와 달리 상기된 얼굴로 출근했다는 회사 동료의 진술이 있었다. 동료는 이한 팀장이 지각하는 일은 좀처럼 드물다고 덧붙였다. 게다가 오전 회의 도중에 집중력을 잃고 몇 차례 말실수하는 바람에 부장에게 주의를 받았다고 했다.

"과도는 수건으로 문질러 지문을 완벽하게 지워놓았는데 실수로 바닥에 지문이 몇 개 찍히는 바람에 이 자리에 계시게 되어, 안타깝게 됐습니다."

무응답. 신경 쓰지 않고 동근은 말을 이었다.

"알리바이가 있는 건 알고 있습니다. 사망 추정 시각에 이미 회사에 출근해 계셨죠."

이한의 입술이 약간 열렸다.

"무슨 수를 썼는지는 모르겠지만 교묘하게 알리바이를 조작했죠? 어떻게 사망 추정 시각을 한 시간이나 늦췄을까…, 정말 궁금하네요."

처음으로 이한의 입술이 조금 떨렸다.

의식하고 있나?

동근은 밀어붙이며 이한의 표정을 살폈다. 상당히 깊었던 목의 자상. 과학수사대가 놀랐을 만큼 엄청난 혈액량. 벽에 흩뿌려진 비산혈의 흔적. 적나라하게 현장을 묘사하며 말을 이어갔지만, 이한은 그사이 침착함을 되찾았다.

"이대로 시간만 흘려보낼 겁니까? 우리가 결정적인 증거를 찾아내기 전에 먼저 자백하고 협조하면 어느 정도 정상참작이 될 수도 있습니다만."

이한은 묵묵히 있었다. 박 과장이 동근의 이어폰으로 속삭였다.

"벌써 네 시간 지났다."

삽질하는 사이에 이한을 진술실에 묶어둘 수 있는 시간이 36시간으로 줄어들었다. 이쯤 되면 이판사판이다. 뭐라도 던져보자.

"우리 다른 이야기를 할까요?"

무시.

"제가 호기심이 좀 많아서 그런데요."

침묵.

"박상연 작가의 어떤 프로필에도 배우자 정보가 없더군요. 박 작가가 이한 씨와 9년 전에 재혼한 사실을 많은 사람이 이번 사건으로 처음 알게 됐습니다."

동근은 자포자기한 마음으로 말을 던졌다.

"아내분을 어떻게 만났는지 이야기를 들어보고 싶습니다."

다음 순간, 동근은 눈을 의심했다.

이한의 눈썹이 꿈틀거리며 두 눈을 떴다. 동근은 처음으로 이한의 눈동자를 봤다. 한국인치고는 멜라닌 색소가 부족한 밝은 갈색 홍채였다. 이윽고 낮은 목소리가 진술실에 울려 퍼졌다.

"10년 전, 토론회에서였습니다."

2

이한은 방송 녹화 시간 한참 전에 도착했다. 원래 약속에 늦는 걸 싫어한다. 메이크업을 한다는 언질을 듣고 더 일찍 갔다. 토론회가 처음이라 바짝 긴장하고 있었다.

"생방 아니니까 너무 겁먹지 마세요. 박사님은 잘하실 겁니다."

이한이 분장실에 앉아 있는데 막내 피디가 두 주먹을 쥐고 파이팅을 외쳤다. 코디네이터가 이한의 옷차림을 보더니 고개를 좌우로 저었다. 잠시 후 와이셔츠와 넥타이를 갈아입고 명품 재킷을 걸치니 그럴듯했다. 화장을 난생처음 해본 이한은 거울에 비친 자기 모습이 낯설었다.

이한은 대학병원에서 신경과 전문의로 일하다가 제약회사로 이직했다. 파킨슨병과 헌팅턴병을 비롯한 난치성 신경계 질환의 치료제를 개발하는 중이었다. 작년에 팀장을 달았고 같은 회사 연구의인 지아와는 다음 해에 결혼할 예정이었다. 지아는 학부 때부터 12년을 함께한 오래된 연인이었다.

이번 KBS 〈일요토론〉의 주제는 조력 존엄사 법안 허용 여부였다. 모 국회의원이 조력 존엄사 법안을 발의했고, 찬반을 놓고 나라 전체에서 갑론을박이 벌어지고 있었다. 서울대학교 의대 교수가 사양한 패널 자리가 이한에게 돌아왔다. 여러 번 거절했으나 의료계와 제약계 사정을 모두 아는 전문가가 필요하다며 막내 피디가 전화를 스무 통 넘게 걸며 애원했다.

무대에 들어서자 강한 조명에 눈이 부셨다. 사회자가 이끄는 대로 자리에 앉았는데 마지막 패널 한 명이 들어왔다. 키가 작은 여자였다. 부스스한 긴 머리에 피곤해 보이는 표정이었는데도 눈을 뗄 수 없는 묘한 아우라가 풍겼다.

'어디서 본 얼굴인데 누구지?'

이한은 여자에게서 위압감을 느꼈다. 여자는 그에게 날카로운 시선을 던지고 자신의 자리에 가서 앉았다. 이한은 여자 앞에 놓인 스탠드형 명찰에 눈길을 보냈다.

'추리소설가 박상연.'

조력 존엄사 토론 자리에 추리소설가가? 이한은 속으로 의아했지만 '죽음'을 다루는 직업이니 그럴 만도 하다 싶었다. 박상연이란 이름은 잘 알고 있었다. 몇 년 전, 신비로운 한국인 청년을 놓고 두 백인 여성이 암투를 벌이는 스릴러 《검은 눈동자》로 한국 추리문학 사상 최초로 미국추리작가협회의 에드거상 최우수 장편상을 받으면서 한국뿐 아니라 아시아 추리문학계의 긍지가 된 작가. 2004년에 일본의 기리노 나쓰오도 《아웃》으로 최종 후보까지 오른 적이 있지만 수상하진 못했다. 한국 작가가 에드거상을 차지하자 일본 언론이 앞다퉈 박상연을 인터뷰했고 일본추리작가협회는 한국추리작가협회에 축전을 보냈다. 《검은 눈동자》는 20여 개 나라에서 번역 출간됐고 할리우드 영화로도 제작됐다. 저 여자가 에드거상 수상식에서 트로피를 들고 연설하는 장면을 TV 뉴스에서 본 기억이 났다. 붉은 이브닝드레스를 입고 입가에는 자신감 넘치는 미소를 머금고 있었다.

사회자의 모두발언으로 토론이 시작되었다.

"여러분, 안녕하십니까? 조력 존엄사란 말 다들 아시나요? 죽음을 앞두고 극단적인 고통을 겪고 있는 말기 환자가 의사의 도움을 받아서 스스로 삶을 종결하는 것을 의미합니다. 최근 국회에 조력 존엄사를 허용하자는 법안이 발의됐습니다. 과연 이 제도가 필요한지에 대해 각계 전문가 네 분을 모시고 토론하는 시간을 갖겠습니다."

사회자가 말을 시작했다.

"박상연 님은 추리소설가이자 조력 존엄사 관련 단체에서 활발하게 활동하고 있어 이 자리에 모셨습니다. 먼저 박 작가님은 조력 존엄사에 대해 어떻게 생각하십니까?"

"저는 기본적으로 타인에게 위해가 가해지지 않는다면 죽을 권리는 무제한으로 보장해야 한다고 생각합니다. 네덜란드에서는 의사에 의한 적극적인 존엄사를 허용하고 있습니다. 네덜란드는 세계 최초로 안락사법이 만들어졌는데 우리나라보다 자살률이 아주 낮아요. 오히려 안락사법이 없는 한국이 세계 자살률 1위입니다. 이를 보더라도 안락사법이 통과되면 생명 경시 풍조가 만연해질 것이라는 주장은 낭설이라고 생각합니다. 저는 가까운 가족이 난치병으로 큰 고통을 겪다 돌아가시는 모습을 지켜봤습니다. 환자 본인뿐만 아니라 가족도 이루 말할 수 없이 고통스럽습니다. 제가 조력 존엄사 단체에서 활동하고 있는 것도 그런 경험 때문입니다."

"이번에는 이한 연구의께서 조력 존엄사에 대한 의견을 말씀해 주실까요? 참고로 이한 연구의는 대학병원과 제약회사 양쪽의 입장을 잘 아시는 전문가입니다."

"의사들은 거의 80퍼센트 정도가 반대합니다. 첫 번째는 의사가 법적 처벌을 받을 수 있기 때문이죠. 대중의 찬성률이 80퍼센트에 이른다고 해도 법적인 제도가 제대로 정비되어 있지 않는 한 의사가 곤란한 상황에 처할 가능성은 여전히 남아 있습니다. 두 번째는 의사의 직업윤리는 생명을 존중하고 이어가는 것인데 자살을 돕는 것은 이에 어긋나기 때문입니다."

"이한 선생님, 그 의견에는 동의하지 않습니다."

박상연이 차갑게 말했다.

"의학계에서 반대하는 이유가 단지 법적 불이익과 직업윤리 위배 때문이라고요? 왜 핵심은 피하고 고상한 이야기만 늘어놓으시죠? 의사들이 조력 존엄사를 반대하는 건 대놓고 말하자면 돈 때문이잖아요?"

박상연은 보통내기가 아니었다. 투사였다.

"뭐라고요?"

"제가 틀린 말을 했습니까? 말기 암 환자들에게 공격적인 항암제를 처방하고 기약 없는 생명 연장을 약속하면서 환자들의 돈을 탈탈 털어가고 있잖습니까? 의료계에 여명이 몇 개월 남지 않은 말기 암 환자들만큼 매력적인 고객은 없겠죠."

이한은 울컥 치솟는 분노를 참았다. 참자. 여긴 토론회야.

"그 말씀은 현장에서 환자들을 위해 최선을 다하고 있는 의료진에 대한 모욕입니다."

"제 말이 지나쳤다면 사과하겠습니다. 하지만 제 말에도 어느 정도는 근거가 있다고 생각합니다. 엄청난 수익을 올리고 있는 항암제 시장을 생각해보시죠."

"의사 윤리로는…."

이한은 심호흡을 한 후 말을 이었다.

"끝까지 환자에게 최선을 다해야 합니다. 히포크라테스 선서에서 저는 그렇게 배웠습니다. 제가 제약회사로 이직하고 치료제 연구에 전념하는 것도 그 때문입니다. 제 연구로 난치성 신경계 질환 환자들에게 희망을 주고 싶습니다."

상연은 붉어진 이한의 얼굴을 보더니 입술 끝을 살짝 올렸다.

'비웃는 건가?'

이한은 화가 치밀었다.

이한과 상연은 계속해서 치열한 토론을 벌였다. 평소 감정 기복이 거의 없는 이한은 격앙했다. 결국 사회자가 끼어들어 두 사람의 과열된 분위기를 진정시켰다. 처음에는 찬성 2, 반대 2의 팽팽한 구도였지만 상연이 이한에게 공격을 가하면서 찬성으로 기울었다. 곧 찬성파인 노년유니온 최현구 사무처장이 이한과 말싸움을 벌였다. 반대편인 강바오로 신부는 이한을 돕기는커녕 찬성파의 연합 공세에 쩔쩔매는 형국이었다.

상연이 마지막 발언을 했다.

"우리의 몸은 유전자 정보를 태우고 분해와 재생을 거듭하면서 죽음을 향해 나아가고 있는 테세우스의 배*와도 같습니다. 그런데 그 배를 너무 오래, 때로는 주인인 테세우스의 의지를 무시하면서 유지보수하고 있는 건 아닌가요? 테세우스의 배는 테세우스가 그만 가라앉히라고 하면 저 깊은 바닷속에 영원히 가라앉혀야 합니다. 왜 죽고 싶은 권리는 존중되지 못하나요?"

토론회가 끝나고 패널들이 잡담을 주고받았다. 이한과 상연은 명함을 교환했다. 상연은 담담한 표정으로 이한의 명함을 보더니 물었다.

"아까 신경계 질환 치료제를 개발하신다고 했죠? 지금 집필 중인 소설에 헌팅턴병 환자가 나와요. 선생님을 취재하고 싶은데 괜찮으실까요? 전문가의 고견을 듣고 싶군요."

"그러시죠."

속으로 짜증을 참으며 이한이 대답했다.

막상 약속한 날이 되자 이한은 그 여자가 만남을 취소하기를 속으로 바랐다. 하루 종일 안절부절못하며 좀처럼 일에 집중할 수 없었다.

상연은 제시간에 회사로 찾아왔고, 이한은 회사 아래층 카페에서 그녀를 만났다. 상연은 헌팅턴병에 대한 전반적인 질문을 던졌다. 성실하게 답변을 하면서 이한은 이 여자가 자신의 말을 건성으로 듣고 있다는 느낌이 들었다. 고개를 가볍게 끄덕이고 있었지만 눈길은 무심했다.

상연은 불쑥 환자 사진을 하나 봐달라고 했다. 이한은 태블릿에

---

* 테세우스의 배는 그리스 신화에 등장하는 역설로, 대상의 원래 요소가 교체된 후에도 그 대상은 여전히 동일한 대상인지에 대한 사고실험이다. 아테네의 영웅 테세우스는 괴물 미노타우로스를 죽인 후 미노스 왕으로부터 아테네의 아이들을 구출해 델로스로 가는 배를 타고 탈출했다. 매년 아테네인들은 아폴론을 기리기 위해 델로스로 순례하는 배를 타고 이 테세우스의 전설을 기념했다. 고대의 철학자들은 "수 세기가 지나 테세우스의 배의 모든 부분이 교체된다면 그 시점의 배는 원래 배와 여전히 같은 배라고 할 수 있는가?"라는 질문을 던졌다. 플루타르코스에 따르면 아테네인들은 테세우스가 탈출할 때 탄 배를 보존하며 썩은 부분을 교체해왔다. 이는 "배의 모든 부분이 교체되었더라도 그 배는 여전히 '바로 그 배'인가?"라는 질문으로 요약할 수 있으며, 경우에 따라 "배의 부품을 교체하면서 원래 부품은 모두 창고에 두었다가, 모두 교체한 뒤 창고에 모인 부품으로 배를 하나 조립했다면, 무엇이 진정 '원래 배'인가?"라는 질문으로 확장되기도 한다.

뜬 뇌 MRI 사진을 들여다봤다. 미상핵이 위축된 정도로 볼 때 헌팅턴병이 상당히 진행된 상황이었다. 보통 헌팅턴병은 발병 후 기대 수명을 최대 25년까지 내다보는데 이 환자는 그 정도까지 버틸 수 없을 것이다.

"얼마나 버틸 수 있을까요?"

"저는 진료를 안 본 지 오래됐습니다. 그래도 듣고 싶다면 길어야 10년을 내다봅니다. 물론 환자마다 상황이 다르니 장담은 못합니다."

상연은 희미하게 미소를 지었다.

"정말 흥미롭군요."

"뭐가요?"

"사실 이건 제 사진이에요."

그제야 이한은 여자가 자신을 찾아온 이유를 깨달았다. 본인이 헌팅턴병 환자이고, 이한은 이 병의 치료제를 개발하고 있는 연구자였기 때문이다. 토론회에 패널로 참가한 것도 이한을 만나기 위한 치밀한 계획이었는지 모른다.

'의도적으로 나한테 접근한 거야.'

이유를 알 수 없는 실망감이 몰려왔다. 머리가 차가워졌다.

"치료제 임상 시험군에 넣어달라고 부탁하러 왔다면 안타깝지만 아직 연구가 그 단계에 이르지 못했다는 걸 말씀드려야겠군요."

이한은 냉담하게 말했다.

"그건 오해예요. 제가 살아 있는 동안 치료제가 나올 수 없다는 건 알고 있어요. 그리고 말만 치료제이지 사실은 증상을 완화하고 삶의 질을 높이는 약에 불과하다는 것도 잘 알아요. 헌팅턴병은 공식적으로 불치병이니까요."

상연은 정면으로 이한을 응시했다.

"저는 완치를 원하는 게 아니에요. 다만, 마지막 장편소설을 완성할 때까지 최대한 좋은 컨디션으로 글을 쓰고 싶어요. 박사님께 부탁이 하나 있어요."

이한은 말없이 상연을 바라봤다.

"제 주치의가 되어주시겠어요? 약 처방이 필요해요."

"담당의가 이미 있을 텐데요."

"그 선생님 약은 너무 독해요. 종일 안개 속에 잠긴 기분이에요."

상연은 싱긋 웃었다.

이한은 머뭇거렸다. 직감은 거절해야 한다고 외쳤다. 상연은 늘 규칙적인 이한의 세계에 처음으로 들이닥친 불규칙이었다. 종잡을 수 없는 존재. 그는 이 여자에게 양가감정을 느꼈다.

혐오감 그리고 매혹.

힘겹게 이한은 입을 뗐다.

"알겠습니다. 일단 다음 주에 여기로 와주세요."

이한은 두려웠다. 어쩐지 이 여자에게 휘말릴 것만 같은 예감이 들었다.

3

"두 분 사연 잘 들었습니다."
동근이 말했다.
"진료의가 아니니 직접 처방은 못하셨을 텐데요."
"매주 만나서 진찰과 상담을 하고 대학병원 친구에게 부탁해서 대리 처방을 내렸습니다."
헌팅턴병이라는 새로운 정보가 등장했다. 언론에도 공개되지 않았던 이야기다. 박상연은 5년 전에 나온 장편소설을 마지막으로 한동안 작품을 발표하지 않았다. 그동안 투병 중이었던 걸까?
"그럼 10시에 방문한 물리치료사는…."
"헌팅턴병이 심해지면 몸이 말을 안 듣습니다. 재활치료를 꾸준히 받으면 몸을 움직이는 데 도움이 되지요. 아내는 이제 잘 걸을 수 없는 상태여서 물리치료사가 재택 방문을 했습니다."
"왜 투병 사실을 비밀로 한 건가요?"
"아내는 투병 사실이 알려지면 독자들이 편견을 갖고 작품을 읽을까 봐 걱정했습니다. 아내의 병을 알고 있는 사람은 단 네 명뿐이었습니다. 편집자, 저, 담당 의사와 물리치료사."
이어폰으로 김 팀장의 목소리가 들렸다.
"세 시간이 지났다. 이제 석방까지 서른세 시간."
"곧 동이 트겠군요. 잠시 쉬시죠?"
동근은 문자를 보냈다.
'팀장님, 아무래도 현장에 가봐야겠습니다. 잠깐 교대 좀 해주세요.'

이한을 내버려두고 진술실을 나왔다.

동근은 택시를 잡아타고 현장으로 갔다. 이동하는 동안 휴대폰으로 헌팅턴병을 검색했다. 박상연은 신체 기능이 많이 저하되어 집 안에서만 생활하면서 겨우 걸어 다녔을 것으로 보였다. 박상연의 집은 경찰서에서 15분 정도 떨어진, 왕벚나무 숲이 있는 오래된 아파트 단지 2층이었다. 새벽하늘은 캄캄했다. 아래부터 레몬색으로 물들기 시작한 동쪽 하늘을 뒤로하고 동근은 부부의 집으로 향했다. 경찰 통제 테이프를 뜯어내고 현관문을 열었다. 피비린내가 엄습했다. 손에 라텍스 장갑을 끼고 신발에 비닐 덧신을 신고 거실 불을 켠 순간 입이 떡 벌어졌다.

아름다운 실내 정원이 펼쳐졌다.

화분마다 이름이 붙어 있었다. 떡갈고무나무, 아레카야자, 인도고무나무, 벵갈고무나무, 해피트리, 녹보수, 행운목, 몬스테라, 여인초, 스파티필름, 스킨답서스, 아이비…. 피 웅덩이 바로 옆에 제법 튼실하게 잘 자란 몬스테라가 놓여 있었다. 몬스테라는 접붙이기용으로 팔면 꽤 돈이 된다는 기사를 읽은 기억이 났다. 큰 몬스테라 잎이 웅덩이 근처까지 늘어진 채 하늘거렸다.

거실에는 박상연이 죽어간 현장이 고스란히 남아 있었다. 피 웅덩이 근처 벽에는 비산혈이 뿌려져 있었고 곳곳에 피가 점점이 떨어져 있었다. 국과수 검안의 보고서에는 목을 찔렸다고 했다. 신경과 전문의 출신인 이한은 아내의 몸 상태를 잘 알고 있었다. 헌팅턴병 환자에겐 베개만으로도 충분했을 텐데. 아무리 우발적인 살인이어도.

검안의에게 전화를 걸었다. 졸린 목소리가 나왔다.

"새벽에 죄송합니다. 황동근입니다. 과도가 범행 도구가 맞긴 합니까?"

"실은, 이상해요."

"네?"

"과도는 범행 도구가 아니에요. 피의 흔적이 없어요. 그런데 상처는 과도의 크기와 일치해요. 그리고… 동맥이 멀쩡해요."

동근은 머리가 지끈거렸다. 과도에 피가 묻지 않았다? 거실에 피가 웅덩이를 이룰 만큼 엄청난 피를 흘렸지만, 동맥은 건드리지 않았다? 그런데 상처는 과도의 크기와 일치한다?

"저랑 장난하십니까?"

"아직 7시도 안 됐어요. 나머지는 약물 검사 나오면 말씀 나누시죠."

검안의는 거칠게 전화를 끊었다.

거실을 지나 베란다 창을 열었다. 베란다 창문의 손잡이가 독특했다. 밖에서도 열 수 있었다. 아마 이한이 집에 없을 때 박상연이 베란다에 갇힐까 봐 조처를 해둔 것 같았다.

'이 손잡이 때문에 외부 침입설이 나왔던 거군.'

아파트가 2층이고 경찰이 현장에 왔을 때 베란다 문이 활짝 열려 있었다. 가스 배관을 타고 올라갈 수 있는 높이다. 아파트 외벽에서 족적은 발견되지 않았다. 강도가 신발을 신지 않고 맨발로 접근했다고 치자. 하지만 제3자의 침입이라 하더라도 살해 동기가 뭘까? 강도? 박상연은 자신이 쓴 소설은 전부 판권을 팔았다. 몇 권은 베스트셀러가 됐다. 에드거상을 받은《검은 눈동자》는 할리우드 영화로 만들어졌고 전 세계에서 흥행했다. 박상연은 부유하긴 했어도 엄청난 부자는 아니었다. 도난당한 귀중품은 없었다. 부부는 검소하게 살았다. 아무래도 이한이 유력한 용의자일 수밖에 없었다. 하지만 이한은 지나칠 정도로 침착했다.

28평 아파트이지만 소파 외엔 가구가 거의 없고 푸릇푸릇한 정원 덕분인지 넓게 느껴졌다. 곳곳에 튼튼한 손잡이가 있어 몸이 불편한 박상연을 배려한 흔적이 보였다. 방은 세 개였고 모든 문은 슬라이드 형식으로 개조되어 있었다.

동근은 서재로 들어갔다. 작가답게 벽면 가득 책이 꽂혀 있었다. 소설이 많을 줄 알았는데 AI나 3D 프린팅 관련 과학 서적이 의외로 많았다. 구석에는 3D 프린터로 만든 다양한 장식품이 놓여 있었다.

냉장고를 열었다. 안에는 잡아당기면 열리는 특수한 고리가 달린 반찬통이 여럿 들어 있었다. 반찬은 모두 이한이 직접 만든 것 같았다. 반찬통마다 단정한 글씨로 언제 무엇을 먹을지 지시하는 내용의 하늘색 포스트잇이 붙어 있었다. 그 포스트잇 위에는 엉성한 글씨로 적힌 노란색 포스트잇이 덧붙여져 있었다.

'여보, 떡볶이 정말 맛있었어.'
'여보, 치료사 샘이랑 약속한 거 다 했어. 오늘 다리 스무 번.'

초등학생처럼 서툰 글씨. 아마 박상연으로서는 최선이었을 것이다. 헌팅턴병은 불수의적인 움직임에 치매까지 몰고 왔다. 5년 전에 출간한 장편은 대체 어떻게 쓴 거지.

동근은 승규에게 전화를 걸었다. 이한의 상황이 궁금했다.

"여전히 변호사 접견은 요청하지 않았고 회사에 전화 한 통만 하게 해달라고 했습니다. 실험 진행과 관련해서 부하 연구원에게 뭔가 지시하더라고요."

"이 와중에? 구체적으로 뭐라고 했어?"

"얼핏 듣기로는 '내가 가면 바로 재현 실험할 수 있게 준비해놔'라고 말했어요."

구속될 거라고 예상하는 사람이 업무 관련 지시를 할 리가 없다. 이한은 알고 있다. 자신이 곧 풀려난다는 걸.

잠깐 사우나를 한 뒤 택시를 타고 서로 향했다. 이한은 잠을 잔 후에 다시 진술실로 돌아와 있었다. 두 눈은 감고 있었다.

"주치의가 되고… 그다음엔 어떻게 됐죠?" 동근이 물었다.

이한이 눈을 떴다.

"매주 화요일, 아내가 제 회사로 왔습니다."

4

이한은 연인과 회사 동료들에게 '소설 취재'라고 둘러댔다. 진찰과 처방은 30분 안에 끝났지만, 그 뒤 긴 시간 동안 두 사람은 이야기를 나눴다. 종일 혼자 글을 쓰는 상연은 이한을 만나야 멀쩡한 성인과 제대로 된 대화를 나누는 셈이라며 웃었다.

"일주일 내내 택배 기사하고만 대화한 적도 있어요."

"그러니까 전 옛날 귀부인들이 돈을 주고 고용했던 대화 친구 같은 걸까요?"

이한이 말하자 상연은 또 웃었다.

"진료비가 없으니 다른 걸로 받아야겠네요."

이한이 농담을 던졌다. 하지만 속으로는 오히려 돈은 상연이 받아야 할지도 모른다고 생각했다. 즐겁고 지적이고 시간 가는 줄 모르는 대화였다. 한번은 11시까지 이야기한 적도 있었다. 미처 못 다한 이야기는 회사 밖에서 계속 이어졌고 몇 번의 만남은 이한을 마구 흔들어놓았다. 두 사람은 소주방이나 와인 바에 갔다.

"첫 결혼은 프로크루스테스의 침대였어요."

상연이 말했다.

"그 결혼은 저라는 사람에 비해 작은 침대였어요. 남편은 착한 사람이었고 아이들을 사랑했지만, 결혼은 저와 정말 맞지 않았죠. 매일 스스로 내 목이나 발목을 자르지 않고서는 결혼생활을 유지할 수 없었어요. 전 글로 도망쳤죠."

상연은 미소를 지었다.

"눈만 뜨면 글을 썼어요. 식탁에서, 화장실에서, 공원에서, 아르바이트를 하는 계산대에서…. 휴대폰으로 썼고 수첩에도 썼어요. 모든 순간 문장이 흘러넘쳤죠."

"그런 노력 덕분에 황금펜상, 추리문학상 대상, 그리고 에드거상도 받으신 거겠죠."

토론회가 있던 날, 이한은《검은 눈동자》를 밤을 새워 완독했다. 상연에게 말로 지고 어쩐지 분한 느낌이었다. 하지만 작품을 읽고 나니 인정할 수밖에 없었다. 그녀는 이야기를 할 줄 알았다.

이한은 이야기를 들을 줄 알았다. 오목과 볼록처럼 두 사람은 합이 잘 맞았다. 불쾌했던 첫 만남을 생각하면 희한할 정도로 빨리 친해졌다. 상연은 이한의 일상에 스며들었다.

"전 아빠한테서 헌팅턴병 인자를 물려받았어요. 운이 나쁘게도 아빠는 30대 초반에 발병해서 채 10년도 못 버티고 돌아가셨어요. 진행이 너무 빨랐죠…. 전 아빠를 정말 사랑했어요. 고위 공무원이었는데 정말 총명한 분이었어요. 사람들과 잘 지냈죠. 상투적인 표현 같지만, 촉망받던 인재였어요."

상연의 얼굴이 어두워졌다.

"아빠 몸 상태가 나빠지자 가족 여행을 가자고 했어요. 그때 아빠 이미 지팡이를 짚고 있었어요. 가족이 다 같이 일본으로 여행을 갔죠. 아빠는 돈을 아끼지 않고 최고급 호텔을 예약했어요. 아마 직감했던 것 같아요. 마지막 여행이라는 걸…."

박상연은 지갑에서 사진을 한 장 꺼냈다.

"그때 찍은 사진이에요."

이한은 파리한 얼굴의 젊은 남자가 드레스를 입은 어린 여자아이를 안은 사진을 봤다.

"이 여행을 마지막으로 아빠는 스스로 요양원에 들어가셨어요. 더 이상 엄마를 고생시키고 싶지 않다고 했는데 그건 핑계였고 실은 가족에게 자신이 무너져가는 모습을 보여주고 싶지 않았던 거예요. 자존심이 정말 센 분이었죠."

"아버지가 보고 싶으셨겠네요."

"매일 엄마한테 아빠를 만나러 가겠다고 떼쓰며 울었어요. 하지만 엄마는 아빠한테 부탁받았는지 한 3년이 지나서야 면회를 시켜줬어요. 요양원에 간 첫날 정말 충격을 받았어요. 아빠를 전혀 알아볼 수 없었어요. 아빠도 저를 알아보지 못했고요…."

상연의 눈빛이 가라앉았다.

"아빠가 돌아가신 후 유전자 검사를 권유받았지만, 받지 않았어요. 너무 무서웠어요. 만약에 헌팅턴병 인자가 있다는 사실을 알게 되면 평생 두려움에 떨며 살 것 같았죠. 에드거상 시상식 만찬이 끝나고 여자 화장실에서 첫 발작이 시작되었을 때 바로 직감했어요. 50 대 50의 확률 게임에서 내가 졌다는 걸. 오빠는 인자가 없었는데, 제가 당첨됐죠. 정말 아이러니하죠. 인생 최고의 순간에 발작을 일으키다니…. 귀국하자마자 바로 검사를 받았죠. 헌팅턴병을 진단받고 나서 남편과 바로 이혼했어요. 양육권을 다 주고 나왔죠. 병까지 걸린 마당에 더 이상 결혼생활에 얽매이고 싶지 않았어요. 저 정말 이기적인 여자죠? 대신 양육비는 열심히 보냈어요."

이한은 묵묵히 그녀의 말을 듣고 있었다.

"발병하자마자 두 아들도 바로 검사를 받았어요. 다행히 첫째는 인자가 없었어요. 하지만 둘째는…."

상연의 눈에 물기가 고였다.

'어쩌면 이건 사고야.'

이한은 그렇게 생각했다.

자신의 힘으로 통제할 수 없는 감정이 물밀듯이 밀려오는 건 교통사고와 똑같았다. 시간이 지날수록 상연을 생각하는 마음이 커졌다. 더 이상 마음을 숨기기 어렵다고 느껴질수록 필사적으로 속 마음을 내면의 블랙박스 안에 묻어두었다. 그녀에게 들키지 않기를 빌었다. 영리한 저 여자가 자신의 감정을 눈치채면 달아날까 봐 두려웠다.

지아는 이한의 변화를 바로 알아챘다. 판에 박힌 일상을 살고 좀처럼 감정 변화가 없던 이한이 마치 사춘기 소년처럼 들뜬 표정을 짓거나 사소한 실수를 남발하곤 했다. 지아는 불안한 마음이 들수록 결혼 준비를 서둘렀다.

어느 날, 두 사람은 가구를 보러 갔다. 대화에 집중하지 못하는 이한에게 지아는 화를 냈다. 이한이 계속 엉뚱한 대답을 한 탓이었다.

"한이 너, 계속 이럴 거야?"

화가 난 여자 친구의 얼굴을 바라보면서 이한은 자신의 마음을 들여다봤다. 지아는 가장 젊고 찬란했던 시기의 12년을 같이 보낸 좋은 친구이자 연인이었다. 이대로 결혼해서 거짓으로 대할 자신이 없었다. 그녀에게 못할 짓이었다.

"할 말이 있어."

며칠 후 두 사람은 파혼했다.

결혼식이 예정되었던 달에, 상연이 물었다.

"제가 축의금이라도 보내드려야죠. 몇 달이나 진료와 처방을 해 주셨는데요."

이한이 망설이다가 대답했다.

"실은 파혼했습니다."

상연의 눈빛이 흔들렸다.

"왜요?"

상연이 작은 목소리로 물었다.

"혹시 제가 매주 찾아오는 것 때문은 아니죠?"

"아닙니다."

이한이 단호하게 부인했다.

"이건 어디까지나… 저 혼자만의… 곧 정리될 겁니다. 모든 건 언젠가는 지나가게 마련이니까요. 작가님은 아무것도 신경 쓰실 필요 없습니다."

상연이 고개를 숙이더니 중얼거렸다.

"원하신다면 여자 친구분에게 말씀드릴 수 있어요. 우리 사이에 아무 일도 없었다고."

"파혼은 제가 원해서 한 겁니다. 이미 지난 일입니다."

"제가… 담당의를 바꿀게요. 다른… 의사를 찾아볼게요."

이한의 목소리가 처음으로 높아졌다.

"뭐 하러요? 저는 결코 선을 넘지 않을 겁니다. 약속드립니다. 저를 이용하세요. 당신에게 호감을 느끼는 사람을 이용하세요. 예전에 처방받은 약이 너무 독한 나머지 글을 쓸 수 없어서 절 찾아온 게 아니었습니까?"

두 사람 사이에 침묵이 흘렀다.

곧 관계에 변화가 왔다.

여름이 오기 전에 이한과 상연은 혼인신고를 했다. 이한은 상연이 건강할 때 하루라도 빨리 함께하고 싶었다. 이한은 상연의 집에 몸만 들어가 살기 시작했다. 결혼식은 가족 식사로 대신했다. 상연은 네 살 연상의 이혼녀인 자신을 이한의 부모가 싫어할까 봐 걱정했지만, 이한의 부모는 자식의 인생을 존중하는 사람들이었다.
"어차피 한번 고집을 피우면 제 말을 절대 듣지 않는 아이거든요."
식사 자리에서 이한의 어머니가 미소 지으며 말했다.

남편 겸 주치의라는 역할을 이한은 자연스럽게 받아들였다. 조용하고 내성적인 이한이 조강지처와 다를 바 없는 여자 친구를 버리고 이혼녀인 추리소설가와 결혼하자 회사가 술렁댔다. 회사 사람들의 눈총이 쏟아져도 이한은 묵묵히 견디며 연구에 몰두했다.
4개월 후 지아는 평소에 그녀를 쫓아다니던 학교 후배와 결혼했다. 이한은 결혼식에 초대받지 못했다.

이한과 상연은 반지 하나 장만하지 않았지만, 신혼여행은 다녀왔다. 하루키의 소설 《노르웨이의 숲》을 좋아했던 상연은 노르웨이에 가자고 했다. 장시간의 비행이 염려스러웠지만, 다행히 상연은 버텨냈다. 두 사람은 세상의 북쪽 끝인 노르드 곶으로 갔다. 노르웨이의 가장 북쪽이자, 세상의 맨 끝. 북극 만년설이 시작되는 곳에서 1300킬로미터 떨어진 노르드 곶의 고원은 달의 뒷면처럼 신비로웠다. 사람이 살지 않고 식물도 자라지 않는다. 세상 끝에서 불어오는 바람을 정면으로 맞으며 두 사람은 서로 손을 꼭 잡았다.

두 사람의 신혼은 채 5년을 가지 못했다. 헌팅턴병이 부부의 생활을 위협하기 시작했다. 상연은 불굴의 의지를 발휘하며 마지막 장편소설 집필에 집중했다.

"안 돼!"

어느 날 이한은 아내의 비명을 듣고 달려갔다. 상연이 방바닥에 쓰러져 있었다. 얼굴은 눈물로 젖어 있었다.

"끝이야. 이젠 희망이 없어…."

이한은 흐느끼는 아내를 일으켰다. 눈으로 노트북을 훑어보며 무엇이 아내를 절망하게 했는지 알았다. 마지막 희망으로 생각했던 스위스의 조력 자살 단체에서 상연의 가입을 거절하는 이메일을 보내왔다. 아직 기대 여명이 많이 남아 있다는 이유였다. 이한은 말없이 아내의 얼굴을 두 손으로 감쌌다. 손바닥이 축축해졌다.

상연은 몸과 마음이 피폐해졌다. 말하고 걷는 데 점점 어려움을 느꼈다. 마지막 장편소설 《푸른 안개》를 출간한 후 집필을 접었다. 외출은 아예 포기했다. 우울증에 걸린 아내를 위로하며 이한은 묵묵히 연구에 전념했다. 자신이 할 수 있는 일이 치료제 연구밖에 없다는 사실에 무력감을 느꼈다. 아무리 열심히 해도 아내는 살아 있는 동안 치료제의 혜택을 받을 수 없을 것이다. 최후를 향한 초읽기가 시작됐다. 시간이 얼마나 남았는지 알 수 없었다. 부부는 두려움 속에서 서로를 의지했다.

5

이한은 말을 마치고 눈을 감았다.
"이번에도 잘 들었습니다."
동근이 말했다.
"언제까지 저 부부의 러브스토리를 들어야 하는 거야? 알리바이를 무너뜨려야지."
김 팀장이 이어폰에 대고 투덜거렸다.
"이한 씨, 잠시 쉴까요? 전 잠깐 밖에 다녀오겠습니다."

모니터실에 동근, 승규, 김 팀장, 셋이 모였다.
"맨 처음 입을 열었을 때 왜 이한 씨는 눈을 떴을까요?"
동근이 말했다.
"뭔 소리?"
김 팀장이 물었다.
"진술실에서 계속 눈을 감고 있었습니다. 그러다가 아내와 자신의 이야기를 꺼낼 때 처음으로 눈을 떴죠. 그게 이상하지 않습니까? 말이란 건 눈을 감고도 할 수 있잖아요. 갑자기 반응한 이유가 틀림없이 있을 겁니다."
동근은 모니터 요원에게 부탁해 이한의 진술 녹화 화면을 들여다봤다. 화면을 확대해서 이한이 처음 눈을 떴을 때 눈길이 어디로 향하는지 봤다. 처음에는 자신을 바라본다고 생각했는데 화면을 느리게 해서 확인해보니 시선의 방향이 동근보다 위쪽을 향하고 있었다.

　벽시계였다. 이한의 시선은 벽시계에 꽂혀 있었다. 잠시 후 이한은 시선을 내려 동근을 바라봤다. 미세한 변화여서 녹화 화면으로 확인하지 않았다면 절대 눈치채지 못했을 것이다. 이한은 벽시계로 시간을 확인하기 위해 눈을 떴다. 휴대폰은 압수당했고 그는 시간을 볼 필요가 있었다.

　"석방까지 남은 시간을 계산하려고 한 걸까?"

　김 팀장이 물었다.

　"글쎄요. 어떤 목표 시간대가 있었던 게 아닐까요?"

　동근은 말했다.

　"또 궁금해지는 건 왜 진술실에 처음 도착했을 때부터 눈을 감고 있었는가 하는 점입니다."

　"그건 또 뭔 소리야?"

　동근은 생각에 잠겼다.

　"비언어적 의사소통."

　갑자기 동근이 외쳤다.

　"우리가 의사 표현을 할 때 언어로 하는 소통보다 비언어적 의사소통이 대부분이죠. 시선, 표정, 손동작, 몸짓 같은 거 말입니다. 그런데 저 남자는 진술실에 처음 들어왔을 때부터 눈을 감고 손은 차분하게 테이블 위에 올려놓고 있었죠."

　"도대체 무슨 소리를 하고 싶은 거예요?"

　답답하다는 듯이 승규가 물었다.

　"나도 그게 궁금하다."

　김 팀장이 툴툴거렸다. 동근이 웃었다.

"간단해요. 비언어적 의사소통에서 가장 중요한 게 바로 눈이거든요. 거짓말을 하거나 당황하면 눈빛이 제일 먼저 달라지니까. 저 남자는 경찰의 심문에 무너지지 않으려고 눈을 감은 겁니다. 심경이 흔들려서 경찰에게 진실을 털어놓을 가능성을 원천 봉쇄하기 위해 눈과 입을 차단해서 자신을 보호한 거죠. 특정한 시간이 될 때까지."

"그 특정한 때가 도대체 언제란 말이야?"

"그건 저도 모르죠."

"그러면 그동안 늘어놓은 아내와의 러브스토리는?"

"그때까지 버티기 위한 수단이겠죠."

동근이 말했다.

"《아라비안나이트》의 셰에라자드처럼요?"

승규가 멍한 표정으로 중얼거렸다. 동근은 피식 웃었다.

그때 모니터실 문을 벌컥 열고 박 과장이 세 사람에게 외쳤다.

"지금 뉴스 좀 확인해봐."

세 사람은 뛰쳐나가 TV 화면을 봤다. 아나운서가 흥분한 어조로 말했다.

"긴급 속보입니다. 어제 아침에 시신으로 발견된 박상연 작가가 자살을 예고하는 동영상을 유튜버들에게 보냈습니다."

바로 박상연 작가의 '자살 예고 쇼'였다. 뉴스 화면 속에서 거실 소파에 앉은 박상연은 천천히 손을 흔들었다. 몸이 불편한 사람치고는 밝은 표정이었다. 한쪽 손에는 실리콘 손가락장갑을 끼고 다른 손에는 과도를 들고 있었다.

"여러분, 안녕하세요? 제 발음이 어눌해서 워드 문서로 작성한 말을 기계음이 읊고 있답니다. 양해 바랍니다. 어색한 몸짓과 발음을 보고 눈치챈 분들도 있겠지만 전 헌팅턴병을 앓고 있습니다. 이 병은 난치병으로 나을 가망이 없습니다. 아직은 몸을 움직이고 말할 수 있지만 곧 스스로 아무것도 못하는 날이 올 거예요.

저는 오늘 스스로 생명을 종료할 계획입니다. 기왕 죽는 김에 이 죽음에 어떤 의미 부여를 하고 싶어서 약간의 이벤트를 준비했습니다. 경찰분들이 심심하실까 봐 남편 지문을 본뜬 실리콘 지문을 준비했어요. 제 피를 조금 찍어서 바닥에 도장 찍기를 하면 경찰이 처음엔 남편을 범인으로 여길지도 몰라요. 어때요? 재밌겠죠?

물론 남편은 오늘 제가 자살할 계획인 걸 몰라요. 좀 전에 평소처럼 회사에 출근했고요. 전 그이한테 확실한 알리바이가 생길 즈음에 살해당한 것처럼 위장한 자살을 실행할 계획입니다. 자살은 3단계로 이뤄질 거예요. 우선 거실 바닥에 지난 몇 달 동안 매일 뽑아 모아둔 피로 웅덩이를 만들 예정이고요, 그다음엔 피를 주사기에 넣어 벽에 뿌려서 비산혈을 좀 흉내 낼 거랍니다. 피와 지문이 묻지 않은 깨끗한 과도를 웅덩이 근처에 일부러 흘릴 거고요. 마지막으로 웅덩이에 누워서 몇 달 전에 남편 몰래 해외 직구로 구매해둔 안락사 약을 원샷할 거랍니다. 그런데 그 약이 효과를 발휘하기까지 약간의 시간이 있어요. 전 그 시간조차도 알뜰하게 사용하려고 해요. 목에 상처를 내서 마치 경동맥에서 피가 뿜어져 나와 웅덩이가 생긴 것처럼 꾸며놓고 죽을 계획이랍니다. 미스터리가 필요하니까 목에 상처를 낼 도구에 대해선 함구하도록 할게요.

여러분, 이 자살은 장난이 아니랍니다. 10년 전에 조력 존엄사 법안이 처음으로 발의됐지만 부결되었고, 5년 전 두 번째 법안도 부결되었죠. 스위스 조력 자살 단체에 가입하려고 했지만 여명이 남았다는 이유로 거절당했어요. 전 절망했습니다. 대체 저는 어떻게 죽어야 하나요?

난치병 환자인 저는 조력 존엄사 관련 단체에서 활동하며 계속 주장해왔습니다. 존엄하게 죽을 권리를 허용해달라고. 태어날 때와 방식은 선택하지 못하지만, 죽을 때와 방식은 선택할 수 있어야 하지 않을까요? 하루가 다르게 신체적 능력이 소실되어가는 저는 날마다 생매장을 당하는 기분이 듭니다.

제 죽음이 계기가 되어 조력 존엄사 법안이 세 번째로 발의되기를 바랍니다. 국회의원 여러분, 힘써주세요. 여러분도 목소리를 내주세요. 이 자살은 저의 처절한 시위입니다. 조력 존엄사 법안이 통과됐다면 저는 남편 곁에서 사랑하는 이들에게 둘러싸여 품위 있게 죽었을 겁니다.

여러분의 정신 건강을 위해서 자세한 자살 과정은 보여드리지 않겠습니다. 이 동영상은 제 남편이 풀려날 수 있게 변호사를 통해 전국 유명 유튜버들에게 보내질 거랍니다.

그럼, 여러분 안녕. 5년 전에 발표한 제 마지막 장편소설 《푸른 안개》 많이 읽어주세요. 헌팅턴병 환자인 한 청년이 불편한 몸으로 사랑하는 이들을 위해서 목숨을 걸고 복수를 벌이는 스릴러랍니다. 그때만 해도 투병 사실을 숨기고 있어서 비평가들로부터 '진짜 헌팅턴병 환자가 쓴 줄 알았다'는 칭찬을 들었을 때 속으로 웃었습니다.

마지막 인사는 남편에게 하겠습니다. 여보, 막내를 위해서 마지막까지 연구 열심히 해줘. 당신만 믿어. 그리고 내가 친 장난 때문에 곤란을 겪게 해서 미안해. 이 동영상이 공개되면 곧 풀려날 거야. 그동안 나를 도와주고 돌봐줘서 고마웠어요. 사랑해."

동영상은 딥페이크가 아닌 진짜였다. 이한은 석방되었다. 체포된 지 사흘째 오후였다. 여론과 경찰청 윗선의 석방 압박이 심했다. 이한은 불과 며칠 사이에 살인자에서 아내를 사랑한 희생양으로 바뀌었다. 박 과장과 김 팀장은 어쩔 수 없이 석방 서류에 서명했다.
　"고생하셨습니다."
　동근은 90도로 고개를 숙이고 이한을 배웅했다. 경찰차로 자택에 데려다주겠다고 했지만 이한은 단호하게 거절했다. 취재진을 피해서 뒷문으로 내보냈다. 수염이 거뭇거뭇해진 얼굴의 이한은 햇살이 눈부신 듯 손차양을 만들더니 대기시켜둔 택시를 타고 떠났다.
　동근은 강력계로 돌아와 의자에 주저앉았다. 두 손으로 머리를 쥐어뜯었다. 그때 요란한 알람이 울려 미간을 찌푸렸다. 휴대폰 화면에 '40'이란 숫자가 떠 있었다.

6

　이한은 현관 키패드를 누르고 집으로 들어갔다. 경찰이 들쑤신 후라 집 안 꼴은 흉흉했다. 죽음의 냄새와 아내의 마지막 순간에 관한 생각이 이한을 짓눌렀다. 소파에 앉자 긴장이 풀리면서 쓰러져 잠들었다.
　잠에서 깨니 창으로 보이는 하늘이 어둑어둑했다. 거의 열 시간을 잤다. 현관 안으로 들어온 종이가 두 장 보였다. 하나는 옆집 이

옷의 쪽지였다.
'당장 이사 가세요. 남부끄러워서 원.'
 옆집에 화가 나지 않았다. 똑같은 일을 겪으면 나도 이럴지도 몰라. 담담하게 쪽지를 식탁 위에 올려놓았다. 나머지 하나는 익숙한 글씨체로 쓴 포스트잇이었다.
'오랜만이지. 남편에게 허락받고 미역국을 좀 끓여서 현관에 걸어뒀어. 초인종을 누를까 하다 경황이 없을 것 같아서 음식만 걸어두고 가. 힘 내, 한이야.'
 이름은 없었지만, 지아가 보낸 쪽지였다.
 이한은 무너졌다. 그 자리에서 갑자기 통곡하기 시작했다. 모든 것이 실감 났다. 상연은 죽었고, 다시는 볼 수 없다.

 부검이 끝난 후 이한은 아내의 장례식을 치렀다. 언론이 들이닥칠까 봐 비공개로 진행했다. 동료 추리작가들과 편집자들이 많이 왔다. 장례 첫날에 전남편과 두 아들이 상복을 입고 왔다. 이한은 상연의 전남편을 어떻게 호칭해야 할지 한참 고민하다가 '형님'이라고 불렀다. 선량해 보이는 그는 몇 년 전에 재혼한 아내와 함께 왔다.
"전처가 이한 씨 덕분에 제대로 글을 쓸 수 있었다고 고마워했습니다. 마지막까지 잘 돌봐주어서 고맙습니다. 그 사람 장난기에 경찰에 끌려가서 고초를 겪으셨죠."
"형님, 별말씀을 다…."
 전남편은 영정 사진을 보더니 옅은 미소를 지었다. 따로 영정 사진을 준비해둔 게 없어서 이한과 같이 찍은 사진에서 상연만 잘라내고 포토샵으로 배경을 지운 사진이었다. 사진 속 상연은 환하게 웃고 있었다. 상연이 아직 건강할 때, 7년 전에 찍은 사진이었다.

"저랑 살 때는 표정이 저렇게 밝지 않았어요. 이한 씨와 결혼해서 다행이라고 생각합니다."

전남편은 아이들에게 인사를 시켰다. 대학생과 고등학생이 된 두 아들은 이한에게 고개를 숙였다. 이한은 막내아들에게 눈길을 보냈다. 상연이 유전자 검사에서 헌팅턴 인자가 나왔다고 말한 아들이었다. 친구들과 축구하기를 좋아한다는 아주 건강하고 활기차 보이는 소년이었다.

"막내를 위해서라도… 마지막까지 열심히 연구해줘."

상연의 말이 귀에 들려오는 듯했다.

장례를 마치고 이한은 제약회사로 출근했다. 부장이 이한을 불렀다. 3년치 연봉에 달하는 퇴직금을 주겠다며 권고사직을 권유했지만 거부했다.

"치료제를 저만큼 잘 아는 사람은 없어서 연구를 그만두고 싶지 않습니다. 그 편이 회사에도 이득이 될 겁니다."

이한은 간곡히 부탁했다.

"전 어떤 소동도 일으키기 싫고 조용히 연구에만 전념할 계획입니다."

"그래, 그렇겠지."

부장은 깊은 한숨을 쉬며 말했다. 더 이상의 권유는 없었다.

회사 사람들은 이한을 연구실을 배회하는 유령 취급했다. 살인용의자가 되었다가 풀려난 그에게 인사를 하거나 말을 거는 사람은 아무도 없었다. 무죄로 판명됐지만 실은 아내 목을 찔렀을지도 모른다는 소문이 계속 돌았다. 알리바이가 조작되었지만 경찰이 못 찾아냈을 거라고. 어느 날 회사에 출근했더니 사무실 문에 자신이 수갑을 찬 채로 체포되어 끌려가는 사진이 붙여져 있었고 문고리에는 에세머가 쓰는 핑크색 털 수갑이 걸려 있었다. 이한은 사진과 수갑을 떼지 않고 그대로 두었다. 일주일 뒤, 두 개 다 사라졌다.

이한은 회사에 가장 일찍 출근해서 가장 늦게 퇴근했다. 점심도 혼자 먹었다. 이한은 사람들이 투명 인간 취급해도 신경 쓰지 않았다. 주말에도 출근하며 묵묵히 연구를 계속했다. 원래 새치가 있던 머리에 하얗게 서리가 내려 뒤에서 보면 노인처럼 보였다. 허리가 조금 굽었고 부쩍 야위었다. 심한 노안이 와서 안경을 새로 맞췄다.

이한은 상연이 유산으로 남긴 아파트에서 혼자 살았다. 실내 정원도 그대로 유지했다. 퇴근하고 돌아와 식물에게 물을 줄 때면 아내의 영혼이 곁에 머무르는 것처럼 느껴졌다.

상연의 다섯 번째 기일에 이한은 평소처럼 출근했다가 퇴근길에 유골함이 있는 추모 공원으로 갔다. 최근 발표한 논문을 납골당 안에 넣었다. 파킨슨, 헌팅턴병을 비롯한 신경계 질환자들의 삶의 질을 획기적으로 높여줄 수 있는 치료제에 관한 연구논문이었다. 지난 5년간의 연구 성과를 고스란히 쏟아부은 논문을 제일 먼저 아내에게 보여주고 싶었다.

"여보, 미국 연구의와 같이 쓴 공저 논문이야. 당신 막내를 위한 연구이기도 해. 이 연구를 토대로 수많은 신경계 질환 및 헌팅턴병 환자들을 위해 새로운 치료제를 만들려고 해."

논문 옆에는 상연이 늘 마셨던 예가체프 커피를 한 잔 올려뒀다.

"커피 생각 날 거 같아서…. 난 잘 지내. 내 걱정은 하지 마. 아참, 조력 존엄사 법이 세 번째로 발의됐어. 당신 이름이 많이 나오고 있어. 15년 넘게 시도한 노력이 이번엔 결실을 볼지도 몰라. 당신 동영상이 계속 뉴스에 나와서 반갑기도 하고 서글프기도 하고 그래."

이한이 말을 마치자, 뒤에서 귀에 익은 목소리가 들려왔다.

"오실 줄 알았습니다."

동근이었다. 몇 년 만에 보는 그는 초췌한 모습이었지만 눈빛은 형형했다. 이한은 순간 숨이 멎을 것처럼 놀랐으나 묵묵히 눈인사했다.

"오랜만이네요. 오늘 여기에 오면 만날 것 같았습니다. 회사로 찾아가면 절대 안 만나주시니까요."

이한은 동근을 외면하고 뒤돌아서서 빠르게 걷기 시작했다. 동근은 급하게 이한을 따라오면서 말을 붙였다.

"절 멋지게 속이셨더군요, 두 분이."

이한이 발걸음을 멈췄다.

"조력 존엄사 법이 통과되지 않은 상황에서 의사 남편이 자살을 도우면 자살 조력 혐의로 감옥에 갈 수 있지요. 두 분은 그 사실을 누구보다도 잘 알고 있었습니다. 게다가 부인은 추리소설가라 사법 절차를 꿰뚫고 있었죠."

"왜⋯."

이한은 작게 한숨을 쉬었다.

"저한테 왜 이러시죠? 이제 다 지난 일 아닙니까."

"패배한 형사의 자존심이라고 해두죠."

이한은 멈춰 섰다. 동근은 절대 물러설 것 같지 않았다. 체념한 표정으로 이한이 말했다.

"커피나 한 잔 하시죠."

이한은 동근을 집으로 데려갔다. 몇 년 사이에 더 자란 몬스테라를 보더니 동근은 감탄했다.

"몬스테라가 정말 잘 자랐군요. 정원은 여전하네요. 이렇게 멋진 실내 정원은 본 적이 없습니다."

"고맙습니다."

이한이 커피를 내오자마자 대뜸 동근이 입을 열었다.

"대체 어떻게 한 겁니까?"

"뭘요?"

"부인 목을 찌른 흉기요. 과도에선 지문도 피도 안 나왔으니까, 틀림없이 다른 흉기가 있었을 텐데요. 그때 이한 씨는 출근 중이었으니까 다른 사람이 대신 다른 흉기로 찔러줄 수도 없었을 겁니다. 부인 혼자서 감당할 수 있는 흉기여야 했을 겁니다. 경찰이 들이닥치기 전에 어딘가에 숨기기 쉬워야 했을 거고. 아, 부인이 마신 안락사 약을 담은 용기는 대체 어디에 숨긴 겁니까? 초동 수사 때 흉기와 안락사 약은 나오지 않았습니다."

"…."

"모든 증거는 이한 씨가 체포당할 만큼은 수상해야 하고 무죄로 풀려날 만큼은 어설퍼야 했습니다."

"다시 한번 말하자면 저는 아내가 그날 아침에 자살할 계획이라는 걸 전혀 몰랐습니다. 내 지문으로 실리콘 지문을 만든 것도."

"여전히 눈뜨고 당했다고만 할 겁니까?"

동근은 물러서지 않았다.

"부인과 그날 실행하기로 의논한 거였죠? 과도를 살해 도구처럼 흘리고, 베란다 문을 일부러 활짝 열어서 외부인의 소행으로 꾸미고, 지문을 바닥에 찍어서 모든 혐의점을 남편에게 돌려서 의심받게 했다가 짜잔! 하고 구원의 동영상으로 석방하는 시나리오였습니까?"

"맹세코 저는 아내의 계획을 전혀 몰랐습니다."

이한은 미소를 지었다.

"커피 다 드셨으면 나가주시겠습니까? 요즘 체력이 떨어져서 일찍 자야 해요."

"그날 왜 평소보다 15분 늦게 나왔습니까? 그 15분 동안 도대체 어디에서 뭘 한 거죠? 지난 5년 동안 생각하고 또 생각했습니다. 이한 씨는 순결한 희생양이 아니라 공범이라고."

이한은 아무 대답도 없이 손가락으로 현관문을 가리켰다. 동근은 순순히 일어나더니 현관으로 향했다. 그는 문 앞에서 뒤돌아서 이한을 노려봤다.

"전 다시 올 겁니다."

동근은 위협하듯 말하고 나갔다. 이한은 깊은 한숨을 쉬었다.

그날의 기억이라면 선명했다.

동근이 계속 집착하는 트릭은 알고 보면 한심했다. 아내는 물리치료사를 공범으로 끌어들였다. 아내는 3D 프린팅을 공부했다. 과도와 똑같은 모양의 플라스틱 칼을 복제했고 이한에게 보여주기까지 했다. 물론 이한은 자살을 위해 플라스틱 칼을 만들었을 거라곤 꿈에도 생각하지 못했다. 물리치료사가 10시에 문을 열고 들어오자마자 죽은 아내 손에 있던 플라스틱 칼을 가져갔다.

안락사 약은 방수가 되는 몬스테라의 큰 잎 안에 숨겨놨다가 들이마셨을 것이다. 둥근 잎 안에 치사량 한 봉지 정도는 충분히 넣어둘 수 있었다. 남은 약봉지 역시 물리치료사가 가져갔다.

그날, 이한은 아침에 일어나자마자 아내가 평소와 다르다는 것을 바로 느꼈다. 계속해서 크고 작은 실수가 잦았고 이한과 눈을 안 마주치려고 했다. 본능적으로 알 수 있었다.

'오늘이구나.'

이한은 망설였다. 아내가 요즘 들어 변호사와 자주 통화하고 조력 존엄사 법안을 발의한 국회의원과 문자를 주고받는 것도 알고 있었지만 모른 체했다. 혹시 최후의 결정을 내리더라도 남편인 자신에게는 반드시 얘기해줄 줄 알았다. 하지만 말없이 결행한다니. 눈물이 날 만큼 섭섭했지만 참았다. 자신이 눈치챘다는 걸 알면 아내는 계획을 포기할 것이다.

출근을 앞두고 상연은 평소보다 길게 포옹했다. 입술에 키스도 했다. 일부러 이한은 귀찮다는 듯한 반응을 보였다. 자신이 유난히 반응하면 아내가 이상하게 여길 터였다. 그런 이한에게 아내는 끝까지 웃어줬다. 아내는 천천히 말했다. 요즘 발음이 새서 말이 아주 어눌했다.
"몇 시에 들어올 거야?"
"알잖아. 오늘 늦어."
이한은 속으로 몇 번이나 재택근무를 하기로 했다면서 회사에 나가지 말까 하다가 참았다. 오늘 계획이 무산되면 내일 저지를지도 모른다. 어차피 언젠가는 실행할 것이다.
"다녀올게."
살아 있는 아내에게 마지막 인사를 하며 이한은 평소처럼 뒤를 돌아보지 않고 현관문을 닫았다. 발걸음이 떨어지지 않았다. 천천히 계단을 내려가다가 넘어질 뻔했다.
'아직 늦지 않았어. 이제라도 다시 집으로 돌아가서….'
계단 밑 자전거 보관소에 한동안 머물렀다.
'하지만 다시 돌아가면? 오늘 못하게 해봤자….'
이한은 얼굴에서 흐르는 물이 땀인지 눈물인지 알 수 없었다. 분명한 건, 아내의 계획이 성공하려면 회사에 지각하면 안 된다는 사실이었다. 휴대폰으로 시간을 보고 당황했다. 벌써 7분이 흘렀다. 바위처럼 무거워진 발걸음을 천천히 떼며 자전거 보관소를 나왔다. 지하철역까지 평소처럼 걸어가려고 노력했지만 몇 번이나 집으로 되돌아가고 싶었다. 걸음이 점점 느려졌다.
왕벚나무를 지나면서 고개를 들어 하늘을 보았다. 벚꽃 잎이 점점이 흩날렸다. 꽃잎 하나가 이한의 뺨에 잠시 붙었다가 바람을 타고 날아갔다.

7

이한은 매일 자로 잰 듯 똑같은 하루를 보냈다.
연구에 매진하는 나날이었다. 그가 연구한 치료제가 드디어 상용화되자 갑자기 주변 반응이 달라졌다. 언론에서 취재 요청이 들어오고 영웅 대접을 했지만, 이한은 별 반응을 보이지 않았다. 모든 언론 인터뷰를 거절했다.
매년 봄 신입 연구의가 들어올 때마다 이한은 자신이 쇠락해간다는 생각이 들었다.
'나이가 들어도 머리가 굳어져선 안 돼.'
틈틈이 스도쿠를 풀고 헬스클럽 운동 시간을 늘렸다.
그래도 나이를 피할 수 없는지 어느 겨울에 지독한 독감을 앓고 이한은 오후 반차를 냈다. 약을 먹고 잠든 다음 날 아침에 눈을 떴는데 도저히 일어날 수 없었다. 회사에 하루 쉬겠다고 통보하자 전화를 받은 부하 직원은 놀라는 눈치였다. 이한이 결근을 한다는 게 상상이 가지 않는 모양이었다. 허둥대는 직원의 목소리에 이한은 쓴 웃음을 지었다.
아내가 죽은 후 몇 년 동안이나 휴가다운 휴가를 가본 적이 없으니 휴가로 생각하기로 했다. 실내 정원은 규모를 줄였지만 꾸준히 관리했다. 식물들에 물을 주고 턴테이블에 바흐 피아노 모음곡 레코드를 걸고 커피를 내리고 있는데 휴대폰이 울렸다. 낯선 외국 번호. 혹시 보이스피싱인가 싶어 받지 않았다. 끈질기게 벨소리가 울려서 받아보니 누군가가 영어로 말을 걸었다. 이한은 묵묵히 상대방의 말을 듣고만 있었다.

"…미스터 리? 왜 대답이 없습니까? 제 말을 이해했습니까?"
"이해했습니다."
"진심으로 축하합니다."

이한이 노벨 생리의학상을 수상한다는 소식이었다. 치료제 연구를 함께했던 중국계 미국인 연구의와 공동 수상이긴 하지만 한국인으로서는 최초의 노벨 생리의학상이었다. 정말 축하한다는 호들갑 섞인 인사가 뒤따랐다. 이한은 기어 들어가는 목소리로 알았다고 말하고 통화 중지 버튼을 눌렀다.

소식이 금세 퍼진 모양이었다. 몇 분 후 지인들로부터 축하 전화가 빗발치기 시작했다. 이한은 휴대폰을 꺼버렸다.

이한은 멍한 상태로 커피를 잔에 따랐다. 커피가 흘러넘치자 허겁지겁 행주로 식탁을 닦았다. 커피 잔을 들고 식탁에 앉았다. 전혀 예상하지 못했던 큰상을 받게 되었다. 이한은 자신이 개발한 치료제가 세계적으로 인정을 받았다는 생각에 가슴이 벅차올랐다.

상연의 막내아들이 발병한다면 이 치료제의 도움을 받으면 좋겠다고 생각했다. 세상의 많은 헌팅턴병 환자들이 치료제 덕분에 희망을 되찾기를. 정작 사랑하는 아내는 혜택을 누리지 못하고 스스로 세상을 떠났지만 말이다.

그날이 떠올랐다.

그날, 왕벚나무 아래를 지나던 이한은 결국 자제심을 잃고 미친 듯이 뛰어서 집으로 돌아갔다. 현관문을 거칠게 열자 아내는 울고 있었다.

"오늘이지?"

이한은 가쁜 숨을 몰아쉬며 말했다. 아내의 마른 어깨에 두 손을 얹었다.

아내는 흐느끼면서 고개를 끄덕였다.

"내가 뭘 하면 되는지 지금부터 하나도 빠짐없이 말해줘."

황동근 형사가 옳았다. 좋은 형사야. 이한은 생각했다. 아내의 계획대로 이한은 체포됐고 때가 오기를 기다렸다. 아내와 자신의 이야기를 하면서 정신을 똑바로 유지할 수 있었다. 아내 이야기를 하는 동안만큼은 그녀가 살아서 곁에 있는 기분이 들었다.

"언젠가 당신은 노르웨이처럼 몹시 추운 나라에 갈 거야. 좋은 일로."

그날, 부부가 의논을 마치고 상연이 현관문을 닫기 전에 마지막으로 했던 말이 생각났다. 마치 예언과도 같았던 그 말. 그 말이 현실이 되었다.

"고마워. 여보."

당신의 추리가 맞았어. 스웨덴도 노르웨이 못지않게 추운 나라지.

이한은 고개를 숙였다. 저절로 눈가가 젖었다. 한참 동안 그는 고개를 들지 못했다. 바흐의 선율이 부엌에 울려 퍼졌다. 한 모금도 마시지 않은 커피는 그대로 식어갔다.

머리를 드니 식탁 건너편에 아내가 머그잔을 들고 앉아 있었다. 가장 건강하던 모습으로 환한 웃음을 지은 채.

"그러게, 내가 뭐랬어."

머그잔을 들어올리며 상연이 윙크를 보냈다.

이한은 커피 잔을 들어 상연이 든 잔에 부딪혔다. 챙 하는 소리는 들리지 않았다. 상관없었다. 그는 천천히 미소를 지었다. 아침 햇살이 창백한 백발 위에 쏟아졌다. 창으로 들어온 바람에 몬스테라의 큰 잎이 부드럽게 어깨를 어루만졌다.

작가의 말

 예상치 못한 순간에 2025년 황금펜상 우수상이라는 과분한 선물을 받게 되어 떨리고 기쁩니다. 소식을 들었을 때 저는 바닷가 카페에서 동화 단편을 마감하는 중이었습니다. 오랜 시간 글과 씨름했던 고독의 시간을 보상받는 기분이었습니다. 4년간 작업했던 첫 장편소설 《허즈번즈》 출간을 눈앞에 두고 이 소식을 들으니 기쁨이 두 배가 되었습니다.
 특히 작가 클럽 '늪'에서 함께 활동해온 김아직 작가님과 나란히 우수상을 받게 되어 무척 기쁩니다. 클럽 늪의 쾌거가 아닐 수 없습니다. 본상을 수상하신 박건우 작가님을 비롯해 조영주 작가님, 박향래 작가님, 한새마 작가님 등 모든 작가님께도 마음에서 우러나오는 축하 인사를 전합니다.
 〈부부의 정원〉으로 제 단편이 《한국추리문학상 황금펜상 수상 작품집》에 세 번째로 실리는 영광을 안았습니다. 아직 많이 부족한 저에게 보내는 격려의 채찍질로 알고, 더 겸손한 마음으로 노트북 앞에 앉겠습니다.

 〈부부의 정원〉은 작가로서 제가 마주한 가장 무겁고 고통스러운 질문, 즉 '인간의 존엄한 죽음은 가능한가'에 대한 이야기입니다. 인간이라면 누구나 겪는 죽음에 대한 공포 속에서도 사라지지 않는 사랑의 복잡한 이면을 추리소설이라는 형식으로 치밀하게 담아내려 노력했습니다. 이 작품을 쓰면서 저는 정답이 없는 미로 속에서 헤맸었지만, 그 고통스러운 질문이 우리 사회에 꼭 필요한 대화의 씨앗이 되기를 간절히 바랐습니다.

최근 한국 사회에서 존엄사에 대한 논의가 활발해지고 있어서 다행이라고 생각합니다. 올해 저는 헌팅턴병의 증상을 완화하는 치료법이 개발되었다는 반가운 소식을 접했습니다. 〈부부의 정원〉에서 제가 상상했던 결말이 현실이 될 날이 곧 닥칠지도 모릅니다.

이 단편 속에서 저는 '존엄사'라는 소재를 가지고 '추리 멜로'라는 형식 실험을 해봤습니다. 멜로드라마 안에 수수께끼, 복선, 반전을 자연스럽게 녹여내어, 재미와 의미 그리고 나만의 개성을 담은 한 편의 드라마를 독자 앞에 펼치고자 노력했습니다. 추리 요소가 드라마 안에 자연스럽게 융합되기를 의도했는데 잘 반영되었는지 모르겠습니다. 그저 독자들이 재미있게 읽어주시기만을 바라고 있습니다.

의학 지식이 전혀 없었던 저로서는 현직 연구의의 도움이 절대적으로 필요했습니다. 헌팅턴병 취재에 귀한 도움을 주신 최수인 박사님, 경찰 관련 자문을 주신 윤정아 프로파일러님께 깊이 감사합니다. 최 박사님을 소개해주신 클럽 늪의 유상 작가님께도 고마움을 전합니다.

오늘의 제가 있기까지, 먼저 험한 길을 닦고 장르 문학의 앞길을 열어준 많은 선배님이 있었습니다. 그분들이 계셨기에 황금펜상이 생겨났고, 제가 창작 활동을 할 수 있었다고 생각합니다. 이 모든 영광을 선배 작가님들께 돌립니다.

심사위원들이 우수상을 주신 뜻을 헤아리며 이 자리에 안주하지 않고 새로운 도전을 멈추지 않는 작가가 되겠습니다.

계속, 나아가겠습니다.

우수작

길로 길로 가다가

김아직

김아직

미스 마플과 브라운 신부 시리즈를 좋아하며 움베르토 에코의 《장미의 이름》을 연례행사처럼 재독한다. 〈라젠카가 우리를 구원한다 했지〉로 제5회 황금가지 타임리프 공모전 우수상을, 〈바닥 없는 샘물을 한 홉만 내어주시면〉으로 제5회 황금드래곤문학상을 수상했다. 《노비스 탐정 길은목》, 《녹슬지 않는 세계》, 《먼지가 되어》 등을 출간했고, SF 미스터리 장편과 호러 단편을 쓰고 있다.

"할머니, 이거 상한 거 아니에요?"
여자아이는 방금 냉장고에서 꺼낸 막대 아이스크림을 은담상회 사장에게 내밀었다. 사장은 아이스크림을 건성건성 만져보고는 대꾸했다.
"스크류바는 원래부텀 울퉁불퉁한 기 정상이다."
"그건 저도 아는데요, 좀 심하게 틀어진 것 같아서요. 끝부분도 뭉툭하고요. 혹시 녹았다가 다시 언 거 아니에요?"
"거참, 살라믄 사고 안 살라믄 쪼물닥거리지 말고. 멀쩡하던 아이스크림도 다 녹겠구마는."
사장과 여자아이가 실랑이를 벌이고 있는데 체구가 자그마한 노인이 가게로 들어왔다. 몇 년 전까지 마을 이장을 지낸 정삼만이었다. 은담 마을에선 딸을 대학 교수로 키워낸 홀아비로 유명한 노인이었다.

"아재, 무슨 일 있십니까?"

"그건 와 묻소?"

"평소 같으믄 청하지도 않은 딸 자랑이 늘어졌을 텐데 오늘은 가만 계신께 그라지요."

아이스크림 봉지를 들고 있던 아이도 정삼만에게 인사를 건넸다.

"안녕하세요, 할아버지."

"가만, 니가 뉘더라? 아, 이장 할매네 손녀 맞재? 고등학교 댕긴다드마는, 방학이라 할매 보러 내리왔는갑네."

아이는 여름방학까지는 아직 몇 주가 남았으며 이번에는 할머니 칠순 때문에 내려왔다고 정정하려다가 관두었다. 아이의 할머니 홍씨는 곧 칠순이라는 사실을 주변에 알리고 싶어하지 않았다. 열에 아홉이 노인인 은담 마을에서 일흔은 '한창때'에 속하는 나이였다. 그래서 당일 아침에 미역국이나 한 그릇씩 돌리고 끝낼 거라고 딸과 손녀에게 못박아둔 터였다.

정삼만은 땅이 꺼져라 한숨을 쉬며 술 냉장고를 가리켰다.

"소주나 대여섯 벵 담아주이소. 이놈으 세상, 고마 술이나 왕창 마시고 죽어삐리야지."

"무슨 일 있습니까?"

"내가 뒤져뿌야 끝날 일이 있십니다. 고마 죽어야지. 죽자, 죽어."

"죽는다 죽는다 노래를 하믄 더 오래 산다드마는 아재는 얼매나 장수할라꼬 그랍니까."

노인들의 대화를 듣고 있던 아이는 문득 손이 허전한 걸 느꼈다.

잠시 방심한 틈에 사장이 돈을 낚아채어 현금등록기에 넣어버린 것이었다. 아이는 어이가 없다는 듯 눈알을 굴렸지만 노인들은 이미 아이의 존재를 잊은 듯했다. 사장은 검정 봉지에 소주와 새우깡을 담고 있었고, 정삼만은 "죽자, 죽어"를 반복하며 주먹으로 가슴을 치고 있었다.

그리고 다음 날, 정삼만은 간밤의 '죽자' 타령이 빈말이 아니었음을 증명하듯 마을 안쪽의 조립형 창고에서 목을 맨 채 발견되었다. 이장 홍씨의 신고를 받고 순경이 달려왔을 때는 이미 시신이 내려지고 흰 천이 씌워진 뒤였다. 마을 사람들이 몰려와 창고 안팎이 붐볐다. 사망자가 딛고 섰다던 플라스틱 스툴은 다른 스툴들과 뒤섞여 찾을 수도 없게 되었다. 한 순경은 똑단발을 쓸어 넘기고는 한숨을 쉬었다. 복장이 터질 때면 저도 모르게 나오는 버릇이었다.

"현장을 봐야 하니까 시신을 그대로 두라고 했잖아요, 이장님."

"나도 그러고 싶었는데 할배들이 말을 들어 묵어야제. 혼자 죽은 것도 불쌍한데 이리 매달아둬서야 되겠냐믄서."

한숨이 나오긴 이장 홍씨도 마찬가지였다. 무슨 일이 있을 때마다 고집불통 동네 노인들과 공무원들 사이에서 쩔쩔매는 것도 신물이 났다.

"자살은 확실해요? 사망자분 댁에서 유서 같은 게 나온 거예요?"

"그건 아이고, 엊저녁에 은담상회에 술을 사러 와서는 죽을 기라고 노래를 부르고 갔다대. 정씨 할배가 생전 그런 사람이 아니거등. 딸자식 넘부럽지 않게 키워놓고 오며 가며 그 자랑으로 사는 양반이었는데 뭔 일이 있었는지 엊저녁엔 술이나 퍼마시고 죽어삐리겠다고 했다는 기라."

한 순경은 이장 홍씨의 말을 받아 적고는 시신 쪽으로 눈길을 주었다.

"일단 알았습니다."

사실 처음 있는 일도 아니었다. 시골 노인들은 유서를 남기고 자살하는 경우가 드물었다. 홧김에 농약을 마시고 죽기도 하고, 아침나절에 이웃 사람 붙잡고 신세 한탄을 하다가 오후에 목을 맨 채로 발견되기도 했다.

"그럼 유가족은 대학 교수라는 따님뿐인가요?"

"정씨 할배가 이야기를 잘 안 해 그렇지 아들도 하나 있다. 독일에 사는 모양인데 부자지간 인연을 끊었능가 즈 아부지 팔순 때도 안 오드라고. 장례식도 서울 사는 딸을 불러 내리서 치러야 할 기구마."

"그럼 어르신들이 따님에게 연락 좀 해주세요. 오후부터 폭우가 온다니까 비 단속도 잘들 하시고요."

한 순경은 시신과 창고 사진을 찍은 뒤 순찰차로 돌아갔다. 하지만 누군가 순찰차 문을 가로막아 섰다.

"자살이 아닐지도 몰라요."

10대 중반쯤 돼 보이는 여자아이였다.

"누구니, 넌?"

보나 마나 이 동네 어느 노인의 손녀일 테니 한 순경도 궁금해서 물은 건 아니었다. 눈알까지 번뜩이며 어른들 일에 끼어드는 꼴이 같잖고 성가셔서 짜증을 낸 것이었다.

"오느릅이에요."

"오…느릅?"

"네. 우리 엄마 아빠가 느릅나무 밑에서 첫 키스를 했대요. 그래서 둘의 사랑을 기념하려고 내 이름을 느릅이라고 지었고요. 두 사람의 이혼으로 그 의미가 상당히 퇴색되긴 했지만. 아무튼 내 이름은 오느릅, 고양시 낙석고등학교 1학년이고, 은담 마을 이장 홍영자 할머니의 딸의 딸이에요."

"할머니 댁에 놀러 온 모양인데 그러면 얌전히 놀다 돌아가."

"어떻게 그래요? 타살일지도 모르는 사건이 벌어졌는데."

"타살? 증거 있어? 혹시 뭘 목격한 거니?"

"증거라기보다 의혹이라고 해두죠. 어젯밤 8시 30분쯤 정삼만 할아버지가 은담상회에 술을 사러 왔을 때 나도 그 자리에 있었어요. 아이스크림을 고르던 중이었죠. 할아버지가 죽겠다고 한 건 사실이지만 그게 꼭 자살을 암시하는 것으로 들리진 않았어요. 뭔가 고민이 있는 것 같긴 했지만요. 자기가 죽어야 끝나는 일이 있다고 했거든요."

"그게 네가 타살을 들먹이는 이유니?"

"일단 할아버지가 말한 그 일이 뭔지 알아봐야 한다는 거죠. 자살 동기가 될 만큼 심각한 일인지 말이에요. 그리고 내가 타살을 의심하는 건 할아버지 목에 걸려 있던 밧줄 때문이에요."

"밧줄? 그냥 시골에서 흔히 쓰는 밧줄이던데?"

"시신의 목 앞쪽 매듭에 낚싯바늘이 여러 개 꽂혀 있었어요. 바늘 끝이 앞쪽을 향하도록 말이에요."

"낚시꾼이 썼던 밧줄을 사용했을 수도 있지. 은담천 낚시터가 이 근처잖아."

"그랬으면 할아버지 손에 찔린 상처가 있어야 하잖아요. 자살하는 사람이라도 숨이 막히면 본능적으로 목줄을 잡고 몸부림을 치게 돼 있으니까. 그런데 시신의 손바닥은 멀쩡했어요. 그리고 어제 정삼만 할아버지를 마지막으로 목격한 사람이 은담상회 사장 할머니나 제가 아닐 수도 있어요."

"정삼만 씨가 죽기 전에 다른 사람을 만났다는 거야?"

"어젯밤 9시 30분쯤 동네 골목에서 사람들을 봤어요. 저도 집에 있다가 다시 나왔었거든요. 아이스크림을 하나 더 사서 그것도 상한 거면 은담상회 사장 할머니한테 따지려고요. 그런데 아이스크림 사러 왔다니까 사장 할머니가 가게 불을 꺼버리는 거예요. 녹았니 뭐니 트집 잡는 놈한테는 안 판다면서요. 그래서 빡쳐서, 아니 화가 나서 놀이터에 가서 앉아 있었어요. 엄마랑 친구들한테 톡으로 은담상회 욕을 한참 하다가 배터리가 간당간당해서 폰 끄고 집에 가려는데 사람 둘이 정삼만 할아버지네 집 골목으로 들어가는 게 보였어요. 그리고 10분쯤 뒤에 또 한 사람이 그쪽으로 가는 것도 봤고요."

"그 골목에 사는 사람들일 수도 있잖아."

"그 골목에는 집이 두 채밖에 없는데 하나는 폐가예요. 결국 그 골목에는 정삼만 할아버지밖에 안 산다는 뜻이에요. 어젯밤에 내가 본 사람들은 그쪽 골목이 아닌 반대쪽, 그러니까 우리 할머니 집이 있는 윗마을 사람들이에요. 그 셋 중 하나는 저기 있어요. 창고 출입구 쪽에 서 있는 키 큰 여자요."

오느릅이 가리킨 여자는 창고 안을 들여다보고 있었다. 그 자리에 얼어붙은 듯 뻣뻣하게 굳어 있는 것으로 보아 꽤나 충격을 받은 모양이었다.

"최연화 씨예요."

한 순경이 여자에게서 시선을 떼고 다시 오느릅을 보았다.

"나머지 둘은?"

"저 여자 남편 이택교 씨, 블루베리 농원을 하는 고창민 씨인데, 여긴 안 왔어요. 세 사람 반응을 관찰하려고 계속 살피고 있었는데 최연화 씨 혼자만 왔어요."

한 순경은 시간 낭비라 생각하면서도 오느릅의 이야기를 수첩에 받아 적었다.

"그 셋을 본 게 확실해? 이 동네, 밤에 꽤 어두울 텐데."

"최연화 씨 남편은 다리를 못 써서 의자처럼 생긴 전동 스쿠터를 타고 다녀요. 그래서 두 사람이 같이 다니면 멀리서 봐도 알 수 있어요. 그리고 블루베리 농원 아저씨는 이 동네 남자들 중에 키가 가장 커요. 대부분 170대 초반이 안 되는데 아저씨는 170대 후반쯤 되거든요. 그리고 결정적인 한 가지!"

"뭐가 또 있어?"

눈두덩이 두툼한 한 순경이 걱정 많은 개구리 같은 표정으로 오느릅을 보았다.

"내가 탐정이라는 사실이에요. 지금까지 손댄 사건만 해도 미제 사건 두 건을 포함해서 열 건이 넘고요. 아무튼 탐정은 원래 사건을 몰고 다니는 법이잖아요. 탐정 주변에서 자살 사건이 발생했다면 자살이 아닐 확률이 높다고 봐야죠."

한 순경은 오느릅을 쫓아버린 뒤 다시 창고로 들어갔다.

정삼만의 목에 감았던 밧줄부터 다시 확인했다. 꽈배기 형태로 짠 밧줄이 아니라 코어에 외피실을 덮어 짠 밧줄로, 시골에서 천막을 고정하거나 트럭의 짐을 고정하는 용도로 흔히 쓰이는 것이었다. 오느릅의 말대로 밧줄에는 낚싯바늘이 꽂혀 있었다. 낚싯바늘 이야기를 왜 안 했느냐는 말에 이장 홍씨는 낡은 밧줄이라 대수롭게 여기지 않았다고 했다. 한 순경은 낚싯바늘을 촬영한 뒤 시신이 매달려 있던 가로대를 확인했다. 가로대 윗면은 처음부터 끝까지 먼지 한 톨 없었다. 먼지라도 쌓여 있었으면 밧줄에 쓸린 자국으로 자살인지 타살인지 추측이라도 해볼 텐데 별 도움이 되지 않았다. 창고 천장에는 시래기를 걸어 말리는 가로대가 스무 개 정도 설치되어 있는데, 가로대마다 도르래가 설치되어 있어서 올리고 내릴 수 있는 구조였다. 그건 곧 도르래를 이용해서 시신을 자살로 위장할 수도 있다는 뜻이었다. 한 순경은 천을 들추고 시신의 상태를 확인했다. 밧줄에 목이 졸린 흔적 외에 특별한 외상은 보이지 않았다.

　정삼만이 사용한 밧줄을 수거해 경찰차에 실은 뒤, 낚싯바늘에 대해 파출소장에게 보고했다. 하지만 정삼만의 죽음은 변사 사건으로 전환되지 않았다. 정삼만의 유족에게서 중요한 증언이 나왔기 때문이다. 정삼만의 딸 정지은에 따르면 독일에 거주하는 동생 정기채가 수년째 아버지에게 돈을 뜯어내고 있다고 했다. 돈을 보내지 않으면 영원히 귀국하지 않겠다는 아들의 으름장에 정삼만은 딸과 사위에게 돈을 빌려서 보내기도 했다. 최근 정기채가 다시 돈을 요구했고, 그 일로 정삼만이 딸에게 전화로 울면서 하소연한 게 어제저녁 6시경이었다. 정삼만이 말한 '죽어야 끝나는 일'

이란 아들과의 갈등으로 밝혀졌고, 이번 사건은 자식 문제로 처지를 비관한 노인의 자살로 잠정 결론이 났다.

일기예보대로 10시쯤부터 폭우가 쏟아지기 시작했다. 한 순경은 강가나 계곡에 행락객이 없는지 순찰을 다니느라 점심도 건너뛰었다. 이태 전에 강가에서 텐트를 치고 놀던 일가족이 폭우로 불어난 강물에 휩쓸려 사망한 뒤로 호우주의보가 내려졌다 하면 파출소에도 비상이 걸렸다. 하지만 이번에는 강과 계곡이 아닌 시골 마을에서 익사 사고가 발생했다.

오후 3시경, 은담 마을 저수지에 동네 노인이 빠져 죽었다는 신고가 접수되었다.

우비도 소용이 없는 빗줄기였다. 현장에 도착한 한 순경은 이장 홍씨부터 찾았다. 홍씨에 따르면 사망자는 읍내 오일장에서 약재상을 하면서 농사를 짓는 일흔아홉 살의 황시근이었다.

"비에 논이 걱정돼서 나왔다가 발을 헛디딘 모양이라. 저수지 옆쪽 논들이 다 약방 황씨 할배 땅이거든."

시신은 저수지 둑에 있었다. 마을 사람들이 은박 돗자리를 깔아 시신을 누이고 주변에 우산을 펼쳐 비에 젖지 않도록 조처를 해놓은 상태였다. 시신 옆에는 유가족으로 추정되는 노인이 땅을 치며 울고 있었다.

"최초 발견자는 누굽니까?"

"누구긴, 즈기 할매가 찾았지."

이장은 시신 곁에서 울고 있는 노인을 가리켰다.

"논을 둘러보러 나간 사람이 이 비에 시간이 지나도 안 오니까 걱정이 돼서 와본 모양이라."

한 순경은 저수지를 둘러보았다. 작은 밭 크기의 웅덩이에 불과하지만 수심은 꽤 깊은 듯했다. 저수지 동쪽 비탈에 폭 1미터 정도 흙이 뭉그러진 부분이 있었다. 이장 말에 따르면 노인들이 사망자를 저수지 밖으로 끌어내는 과정에서 생긴 흔적이었다. 한 순경이 시신을 확인하러 가는데 누군가 한 순경의 팔을 잡아당겼다. 노란 우비 차림의 오느릅이었다.

"시신 발목에 낚싯줄이 감겨 있었어요. 지금은 벗겨내고 없지만요. 어른들은 물에서 허우적거릴 때 저수지 바닥에 있던 낚싯줄이 감긴 것 같다는데 내가 보기엔 누가 일부러 감은 것 같아요. 낚싯줄이 발목에 엉켜 있는 게 아니라 실패에 실을 감은 것처럼 감겨 있었거든요."

"그 낚싯줄 누가 가지고 있어?"

"황씨 할아버지네 할머니가 한 순경님 오기 직전에 낚싯줄을 풀었어요."

한 순경은 죽은 황시근의 아내에게 부탁해 낚싯줄을 확보했다. 그런 다음 시신의 발목을 확인했다. 낚싯줄이 양말 위로 감겨 있었는지 발목에는 이렇다 할 흔적이 남아 있지 않았다. 낚싯줄이 왜 감겨 있었는지는 모르지만 사인과는 관계가 없는 듯했다. 잠시 후 구급대가 도착해서 황씨의 사망을 확인하고 가자 여기저기서 곡소리가 울렸다.

오느릅이 아직 할 말이 산더미라는 얼굴로 저만치 버티고 있었다. 한 순경도 뭔가 찝찝한 구석이 있는데 지금으로선 의논할 상대가 오느릅밖에 없었다. 한 순경은 녀석을 순찰차로 데려갔다. 낚싯줄을 보여주자 오느릅은 검지로 제 이마를 긁으며 말했다.

"이 낚싯줄을 황씨 할아버지 발목에 감은 사람과 정삼만 할아버지의 밧줄에 낚싯바늘을 꽂은 사람이 동일인이라는 데 탐정으로서 내 명예를 걸겠어요."

너한테 명예랄 게 어디 있느냐고 반문하려는데 오느릅이 다급히 어깨를 두드렸다.

"한 순경님, 뭔가 좀 이상해요. 음… 한 가지는 확실히 알겠는데 다른 하나는 이상하다기보다 묘하게 거슬려요."

"네 눈에 거슬리는 것까지 내가 알아야 할 이유는 없고, 이상한 건 뭔데?"

"저기 의자형 전동 스쿠터를 타고 온 할아버지요."

오느릅은 순찰차 조수석 창 너머로 저수지 아래쪽 농로를 가리켰다.

"저 사람이 네가 말한 최연화 씨의 남편 이택교 씨야? 나이 차가 상당해 보이는데."

"최연화 씨는 47세, 이택교 씨는 72세. 그러니까 스무 살 넘게 차이가 나죠."

"너는 이 동네 애도 아니면서 사람들 나이를 어떻게 알아?"

"우리 할머니한테 여쭤봤죠. 정삼만 변사 사건의 주요 참고인들이라."

누구 맘대로 변사 사건이냐고 따질 새도 없이 오느릅이 말을 이었다.

"지금 문제는 그게 아니에요. 정삼만 씨의 시신이 발견됐을 때는 저 할아버지가 안 보였거든요. 최연화 씨 혼자 창고 앞을 서성이고 있었고요. 그런데 황시근 씨의 시신이 발견됐다니까 보러 왔잖아요. 날이 좋을 때도 안 보이던 사람이 장대비가 오는데 전동 스쿠터를 타고 나온다는 게 이상하지 않아요? 스쿠터에 우산이 달려 있긴 하지만 비가 들이칠 텐데요."

"돌아가신 분과 각별한 사이였을 수도 있지."

"전혀요. 우리 할머니가 그러는데 두 사람 원수지간이래요."

전동 스쿠터를 타고 다니는 노인은 이택교였다. 수년 전에 교통사고로 하반신을 못 쓰게 된 뒤로 외출 시에는 장애인용 전동 스쿠터를 타고 다녔다. 이택교는 은담 마을 땅 절반을 소유한 땅 부자이자 동네 유지였다. 골목길 몇 개도 이택교의 사유지여서 그의 허락 없이는 동네 사람들도 지나다닐 수 없다고 했다. 그 일로 죽은 황시근과 이택교 사이에 몇 차례 고성이 오갔고 그 과정에서 황시근이 이택교를 돈밖에 모르는 놈, 마누라도 돈으로 사 온 놈이라고 욕한 것으로 알려졌다.

오느릅이 황시근과 이택교에 대한 설명을 마치자 한 순경이 물었다.

"그럼 너는 이택교가 황시근을 죽였을 거라고 의심하는 거야?"

"용의자 가운데 하나라고 해두죠. 사실 이택교는 창고에서 발견된 정삼만과도 원수처럼 지냈대요."

"아침에는 그런 얘기 없었잖아."

"나도 점심 먹다가 할머니한테 들었거든요. 정삼만이 죽었는데 이택교 그 영감은 와보지도 않는다고 할머니가 욕을 하더라고요. 아무리 원수처럼 지냈어도 한동네 사람이 죽었는데 그러는 거 아니라면서요."
 오느릅은 이장 홍씨에게 들은 이야기를 한 순경에게 들려주었다. 언젠가 정삼만이 이택교 아내 최연화를 모욕한 적이 있었다. 화냥년이 필시 돈을 보고 결혼한 것이며, 말은 안 해도 영감 죽을 날만 기다리고 있을 거라고, 이택교의 면전에서 지껄였던 것이다. 그날 이후로 이택교는 정삼만이 자기 소유의 골목을 지나가기만 해도 사유지 불법침입으로 신고하고 명절 때도 정삼만만 빼고 선물을 돌리는 식으로 차별했다.
 "그러니까 네 말은 하루 만에 이택교와 원한 관계에 있는 사람이 둘이나 죽었다는 거네. 참, 나! 오늘 무슨 날이야?"
 심란하긴 오느릅도 마찬가지였다. 할머니 칠순 전날인 거 말고는 그저 그런 평범한 날에 지나지 않았는데 갑자기 마을에 줄초상이 난 것이었다. 물론 오느릅은 줄초상이 단순 자살과 실족사는 아닐 거라 확신했다.
 "제가 아침에 말한 세 사람 기억해요? 어젯밤 9시 30분쯤 정삼만 할아버지네 집 쪽으로 갔다는 사람들 말이에요. 방금 생각난 건데 그 셋이 다 오늘 죽은 할아버지들과 원한 관계였어요."
 "이택교의 부인과 농원을 한다는 남자도?"
 "일단 최연화는 오늘 죽은 할아버지들한테 모욕을 당한 거잖아요. 아줌마를 돈에 팔려 온 사람 취급을 했으니까요. 블루베리 농원의 고창민도 오늘 죽은 할아버지들을 엄청 싫어했거든요."
 지난 겨울방학 때였다. 아이스크림을 사러 가던 오느릅은 블루베리 농원이 전에 없던 철제 울타리로 둘러싸여 있는 것을 발견했다. 할머니에게 이유를 물었더니, 농막 마당에 살던 길고양이들이 쥐약을 먹고 죽은 뒤로 고창민이 울타리를 두른 것이라 했다. 당시 그 집 마당에 쥐약을 놓은 사람이 정삼만과 황시근이었다. 두 사람이 모의를 한 것은 아니었고 둘 다 고양이를 싫어하는 노인들이라 각자 쥐약을 가져다 놓은 것이었다. 고창민은 노인들을 찾아가 항의했고 그 뒤로는 길에서 마주치기만 해도 언성을 높인다고 했다.

"하지만 지난겨울에 있었던 일로 한여름에 갑자기 복수를 한다는 게 이상하지 않니?"

"쥐약 사건을 계기로 감정의 골이 점점 깊어졌을 수도 있죠. 아무튼 이택교, 최연화 부부, 블루베리 농원의 고창민을 지켜볼 필요가 있어요. 뭔가 알아낼 방법이 있긴 한데…."

오느릅이 한 순경의 눈치를 살피며 말을 이었다.

"시신이 한 구 더 발견되는 거예요. 세 번째 시신에서 뭔가를 찾아낸다면…."

"그만!"

한 순경은 어이가 없었다. 어린애가 탐정놀이에 너무 심취한 것 같아 걱정이었다. 그래서 앞으로는 현장에 얼쩡거리지 않겠다는 다짐을 받은 뒤 집으로 돌려보냈다. 아마도 사건은 자살과 실족사로 결론이 날 터였다. 고령의 노인들이 사는 동네에서 하루에 두 사람이 죽어나가는 게 아주 불가능한 일은 아니었다. 한 사람은 자살의 징후가 있었고, 다른 사람은 장대비가 퍼붓는 날에 자기 논 옆의 저수지에 빠졌다. 오느릅, 그애가 말한 것처럼 살인마가 저지른 짓이라면 두 사건 사이에 공통점이 있어야 하는데…. 한 순경은 속으로 중얼거리다 말고 뒷좌석을 보았다. 황시근의 발목에서 풀어낸 낚싯줄과 정삼만의 목에서 풀어낸 밧줄이 나란히 놓여 있었다.

낚싯바늘과 낚싯줄….

한 순경이 운전대에 머리를 박고서 생각에 잠겨 있는데 휴대전화가 울렸다. 파출소장이었다. 폭우 때문에 은담 마을로 지원을 나갈 수 없는 상황이니 일단 시신을 마을로 옮기라는 지시였다. 다행히 마을 노인들이 차를 끌고 와서 시신을 황시근의 집으로 옮겨주었다. 시신이 자택에 안치되는 걸 확인한 뒤 한 순경은 이장 홍씨를 따라 마을회관으로 갔다. 점심을 걸렀다는 말에 홍씨가 컵라면이라도 먹고 가라며 데려온 것이었다. 한 순경은 컵라면과 회관 냉장고에 있는 김치로 늦은 점심을 해결하며, 홍씨에게 이택교, 최연화 부부와 고창민, 사망한 노인들의 관계를 물었다.

최근의 일들은 오느룹에게 전해 들은 것과 크게 다르지 않았다. 하지만 몇 년 전으로 거슬러 올라가자 전혀 다른 이야기가 나왔다. 원래 그 다섯이 절친이었다는 것이다. 서울에서 장사를 하다가 낙향한 이택교와 그의 젊은 아내 최연화, 은행에 다니다가 희망퇴직을 하고 귀농한 고창민, 당시 이장이자 대학 교수 딸을 둔 정삼만, 읍내 오일장에서 약재상을 하며 농사까지 야무지게 지어서 이택교가 오기 전까지 은담 마을 최고 갑부였던 황시근. 다섯 사람은 술자리도 자주 가질 정도로 가깝게 지냈다. 이장인 정삼만과 이택교의 주도로 '은담 마을 발전위원회'라는 자치 조직을 만든 후에는, 무청 시래기와 블루베리 특산품을 개발하고 대학 강사인 민속학자를 초청해 '은담의 노래'라는 민속자료집 발간까지 추진했다. 그러다가 모종의 이유로 다섯이 갈라서더니 서로 원수처럼 지내더라는 것이었다. 불화의 이유는 홍씨도 모르며, 당시 추진 중이던 특산품 개발 사업과 민속자료집 발간 사업도 중단되었다고 했다.

"그때 은담 마을에 왔다던 민속학자가 누구인지 아세요? 그분이라면 뭘 좀 알고 있을 것 같은데요."

한 순경의 말에 이장 홍씨의 표정이 심각해졌다.

"혹시 오늘 줄초상에 내가 모리는 게 있는 기가?"

"아… 아닙니다."

한 순경은 손을 내저었다. 확실하지도 않은 이야기로 주민들을 불안하게 만들 수는 없었다.

"그라믄 갑자기 그때 얘기는 왜 캘라 그라노? 아까 우리 손녀도 똑같은 걸 묻드마는. 깡촌 일에는 관심도 없던 젊은것들이."

오느릅도 다섯 명의 관계와 민속학자에 대해 캐묻고 다니는 모양이었다.

"하루에 두 번이나 출동하고 이렇게 회관에서 컵라면까지 얻어먹으니까 절로 관심이 생기네요."

"그런 맴이믄 우리야 고맙지. 민속학자를 다들 종규 선생이라 불렀다. 종규가 진짜 이름이 아이고 호(號)라 하드라. 원래 귀신을 쫓는 신의 이름인데, 이 마을 저 마을 다니다 보믄 잡귀가 들러붙을 때도 있담시로 호를 그리 지었다 하대. 아무튼 종규 선생이 노인들 앉혀놓고 이야기를 해봐라, 노래를 불러봐라 함시로 녹음기 들이밀 때는 참 우습고 재미있었다. 천지사방 댕김시로 노인들을 상대해봐서 그런가 그 양반이 참 싹싹했거등. 나이는 그때 마흔 중반이나 됐을 성싶었고, 키가 자그마하고 인물은 없지마는 옷을 참말로 맵시 있게 입고 다녔다. 삼복더위에도 꽃분홍색 스카프를 목에 칭칭 감고 다녀서 우리가 땀띠 안 나냐고 놀려 묵고 그랬다. 아, 저기 액자가 있네."

이장 홍씨가 벽면에 걸린 액자를 가리키며 말을 이었다.

"종규 선생이 선물한 액자다. 세 번짼가 네 번짼가 왔을 적에 이 동네 노인들이 갈차준 노래를 액자로 만들어서 선물로 들고 왔드만."

이장은 황시근의 유가족을 만나러 가고 한 순경은 서둘러 식사를 마치고 액자를 보러 갔다. 28인치쯤 돼 보이는 액자가 걸려 있고 그 앞에는 꽤 익숙한 뒷모습의 여자아이가 있었다.

"한 순경님도 종규 선생에 대해 들으신 모양이네요."

오느릅이었다.

은담 마을 정경을 흐린 배경으로 처리한 뒤 동요의 노랫말을 고딕체로 새긴 액자였다. 제목 옆쪽에 작은 글씨로, 지역마다 조금씩 다른 버전으로 전해지는 전래동요라는 설명이 적혀 있었다. 한 순경은 동요 가사를 읽어 내려갔다.

길로 길로 가다가
질로 질로 가다가 엽전 하나 주웠네.
주운 엽전 뭐 하꼬 고리나 맹글지.
맹근 고리 뭐 하꼬 눈치나 낚지.
낚은 눈치 뭐 하꼬 탕이나 고았지.

고은 탕을 뭐 하꼬 잔치나 열지.
할매 할배 불러다가 그릇그릇 믹이지.

한 순경이 노랫말을 다 읽었을 때쯤 오느릅이 손가락으로 글자를 짚었다.
"고리, 눈치나 낚지…. 뭐 생각나는 거 없어요?"
"혹시 이 노랫말과 낚싯바늘, 낚싯줄이 관계가 있다고 생각하는 거니?"
"낚싯바늘은 이 노래에서 말하는 고리가 맞는 것 같아요. 그런데 황씨 할아버지 사건에서 중요한 건 낚싯줄이 아니라 낚시라는 행위예요. 찾아봤더니 눈치는 '송사리'의 경상도 방언이래요. 그러니까 눈치를 낚는 것처럼 사람을 낚은 거죠."
오느릅은 한 순경의 눈을 똑바로 보면서 설명을 이어갔다.
"추리소설에 자주 나오는 설정 있잖아요. 무슨 동요 같은 걸 던져주고 그 가사에 맞춰 연쇄살인이 일어나고, 결국 가사대로 다 죽어야 끝나는 이야기요."
"이건 소설이 아니라 실제 사건이야. 사건은 추리가 아니라 증거로 설명하는 거야. 증거를 찾기 전이라면 최소한 논리를 갖춰야 하고. 네 말대로라면 엽전이 먼저 나와야지."
"맞아요. 그게 이 가설의 최대 허점이에요. 가설이 성립하려면 엽전과 관계된 시신이 한 구 필요한데 말이죠."
"너, 또!"
한 순경이 눈을 부라렸지만 오느릅은 제 할 말을 이어갔다.
"바늘 만들기, 낚시 다음에는 두 가지 행위가 있어요. 탕을 만들고, 잔치를 열어 노인들을 불러다가 먹여요. 한때 절친이었다가 무슨 이유에선가 원수처럼 지내던 다섯 사람 중에 둘이 죽고 셋이 남았어요. 그런데 이 노래의 키워드는 다섯 가지예요. 엽전, 낚싯바늘, 낚싯줄, 탕, 잔치. 노랫말 연쇄살인이 성립하려면 한 순경님 말대로 무조건 엽전과 관련된 살인이 있어야 해요.

만약 엽전 살인이 이미 벌어졌는데 시신이 발견되지 않은 상태라면, 그 시신은 은담 마을 발전위원회 멤버가 아닌 제3자일 수밖에 없어요. 연쇄살인의 첫 희생자이자 다섯 멤버와 긴밀한 관계에 있던 사람일 거예요. 이 경우는 노랫말의 순서가 중요해요. 엽전, 낚싯바늘, 낚싯줄 살인은 순서대로 이루어졌고, 탕과 잔치만 남은 거죠. 생존자는 이택교, 최연화, 고창민 셋인데 남은 키워드가 둘이니까 셋 중 하나가 범인일 가능성이 커요.

그런데 엽전 살인의 희생자가 이택교, 최연화, 고창민 중 하나라면 이야기가 달라져요. 셋 중 하나가 엽전 살인의 피해자로 발견된다면, 이 연쇄살인에서 노랫말의 순서는 중요하지 않다는 뜻이 되거든요. 범인은 다섯 개의 키워드로 다섯 사람을 죽이는 게 목적이에요. 연쇄살인자의 뜻대로 일이 진행된다면 현재 생존한 세 사람은 엽전, 탕, 잔치와 관련된 방식으로 모두 살해될 거예요. 이 경우 범인은 마지막 희생자일 수도 있고 외부인일 수도 있어요. 은담 마을 발전위원회 멤버인 범인이 네 가지 키워드로 네 사람을 살해한 다음, 자신의 죽음으로 마지막 키워드를 완성하는 거죠. 또 외부인이 은담 마을 발전위원회 멤버 다섯을 모두 살해할 수도 있고요. 물론 이 외부인도 다섯 사람과 긴밀한 관계에 있던 사람일 겁니다. 결국 엽전 살인의 희생자가 누구냐에 따라…."

한 순경은 더 듣고 있을 수가 없어서 오느릅의 말을 끊었다.

"연쇄살인이라는 증거도 없는데 가설이 너무 앞서 나가는 거 아니야? 여전히 정삼만은 자살, 황시근은 실족사일 가능성이 높아."

"조사를 해봐야…."

오느릅이 말을 이으려는데 갑자기 쩌렁쩌렁한 소음이 울렸다. 이장 홍씨의 목소리가 확성기를 타고 은담 마을 곳곳으로 울려 퍼지고 있었다.

"아, 아, 한 개, 두 개, 아, 아! 이장입니다. 금일 기록적인 폭우로 불어난 강물에 지리산 상류 계곡물까지 보태지믄서 우리 은담 마을의 유일한 진입로인 은담교가 떠내려가 뻬릿습니다. 그라니까 마을 주민들은 마을 밖으로 나가시믄 안 됩니다. 괜히 장을 볼란다, 아들네 가볼란다 함시로 강 건너다가 떠내리가지 마시고 은담교가 복구될 때까지 안전하게 동네에 계시기 바랍니다. 물론 산비탈을 타고 가믄 갈 수도 있지만서도 지금 산골짜기마다 계곡물도 불어났다 합니다. 그라니까 가만들 계시이소. 생필품은 은담상회를 이용하시고, 혹시 라멘 필요하시믄 회관에서 나눠 디리겠습니다."

한 순경은 급히 휴대전화를 꺼내 들었다. 파출소장은 안 그래도 은담교 소식을 방금 들었다고 했다. 임시 교각 설치도 강물이 좀 빠진 뒤에야 가능할 테니 일단은 은담 마을에 머물면서 정삼만, 황시근과 관련한 민원들을 해결하라고 했다.

"미치겠네!"

한 순경이 통화를 끝내자 씩 웃고 있는 오느릅이 보였다.

"폭우로 다리가 끊어졌다는데 넌 웃음이 나와?"

"원래 탐정은 폭설로 산장에 고립되고, 태풍으로 섬에 고립되고 그러는 법이에요. 아, 나도 여기서 한 순경님이랑 같이 지낼 거예요."

"멀쩡한 할머니 집 놔두고 왜?"

"오늘 밤 안으로 범인을 잡아야 하니까요. 내일 되면 우리가 지는 거예요."

"그게 무슨 말이야? 내일이 무슨 날인데?"

"우리 할머니 칠순 잔치요."

"노랫말에 있는 잔치와 너희 할머니 칠순 잔치를 연결 짓는 건 억지 아니야? 일단 노인들의 죽음이 연쇄살인이라는 증거가 있어야 노랫말 살인마를 걱정하든 말든 하지."

"지금부터 같이 증거를 찾아야죠. 나는 은담상회 사장 할머니를 만나볼 테니까 한 순경님은 이택교 집과 블루베리 농원 근처 집들을 돌면서 어젯밤 8시 30분에서 9시 30분 사이에 무슨 이상한 소리를 들은 사람이 없는지 알아봐주세요. 이택교와 최연화, 고창민한테도 똑같은 질문을 해주시고요."

"내가 왜 그래야 하지?"

"일종의 민원이죠. 연쇄살인이 의심되니까 조사해달라는 민원 말이에요."

어린애한테 끌려다닐 마음은 눈곱만큼도 없었지만 한 순경은 일단 마을회관을 나섰다. 사실 한 순경도 낚싯바늘과 낚싯줄의 찜찜함을 짚고 넘어가고 싶었다.

가장 먼저 도착한 곳은 고창민의 농원이었다. 은담 마을은 은담상회를 중심으로 윗마을과 아랫마을로 나뉘는데 정삼만의 집은 아랫마을에 있었다. 고창민의 농원은 윗마을로 꺾어져 들어가는 진입로 쪽에 있었다. 윗마을은 상대적으로 골목이 넓고 농원 앞에는 도로반사경까지 설치되어 있었다. 울타리에 '블루베리 농원'이라는 현수막이 걸려 있고 그 너머로 블루베리 화분이 줄줄이 놓여 있었다. 여전히 길고양이를 돌보는지 농막 마당에는 작은 고양이 집이 놓여 있었다. 사료통과 물그릇에 비가 튀지 않도록 차양까지 설치해놓은 집이었다. 농막은 무성한 포도 넝쿨로 휘감겨 있어서 어딘가 비밀스러운 느낌을 풍겼다. 빗소리 때문인지 한참을 불러도 나오지 않던 고창민은 한 순경이 단념하고 돌아설 즈음 주방의 쪽창을 열고 모습을 드러냈다.

"고창민 씨?"

"제가 고창민입니다만 경찰분이 무슨 일로…."

이마를 뒤덮은 곱슬머리에 뿔테 안경 때문인지 40대치고 젊어 보였다. 쪽창을 내다보는 자세가 어정쩡한 것으로 보아 오느릅의 말대로 키가 170 후반은 될 듯하다.

"어젯밤 8시 30분에서 9시 30분 사이에 무슨 이상한 소리 들은 거 없습니까?"

"글쎄요. 어젯밤엔 비가 안 와서 무슨 소리가 났다면 들었을 텐데, 특별히 기억나는 게 없네요."

"그럼 어젯밤에 정삼만 씨 집이나 그 근처에 가신 적이 있습니까?"

"아뇨."

"어젯밤 8시 30분에서 9시 30분 사이에 어디 계셨죠?"

"집에 있었습니다만."

"집에 계신 걸 본 사람은 없고요?"

"당연하죠. 1인 가구니까."

협조해주어 감사하다는 인사에 고창민은 쓴웃음을 지으며 쪽창문을 닫았다. 그 순간 고창민의 오른 손바닥에 붙어 있는 밴드들이 보였다. 한 순경은 다시 고창민을 불렀다.

"손을 다치셨나 봐요."

"깨진 화분에 베였습니다. 그럼⋯."

한 순경은 꽉 닫힌 쪽창을 일별하고는 자리를 떴다. 농원 주변의 집들은 인기척이 없었다. 1인 가구 비중이 높은 데다 줄초상으로 상갓집 두 곳에 모여 있을 확률이 컸다. '홍영자'라는 명패가 있는 파란 대문 집을 지나 완만한 경사로를 따라 올라가자 이택교, 최연화 부부의 집이 나왔다. 하단부의 대리석과 상단부의 원목이 묘한 대비를 이루는 매력적인 단층집이었다. 마당도 꽤 넓었다. 나무 재질의 현관문 옆에 이택교의 전동 스쿠터가 세워져 있었다. 초인종을 누르자 한참 만에 이택교의 목소리가 들려왔다. 한 순경이 잠시 이야기를 나눌 수 있는지 묻자 이택교는 난색을 표했다.

"제가 거동이 좀 불편해서 빗속에 나가기가 좀 그렇습니다. 전동 스쿠터가 고장 났거든요. 오늘 비를 좀 맞았더니 브레이크가 제대로 작동하지 않더라고요."

한 순경은 전동 스쿠터의 방수 기능이 그렇게 허술한지 의문이었지만 일단 넘어가기로 했다.

"그럼 결례가 안 된다면 제가 잠깐 들어가도 될까요?"

한 순경이 얼굴의 빗물을 훔치며 물었다.

"어쩌죠? 집사람이 몸살 기운이 있어서 이제 막 약을 먹고 잠들었어요. 예민한 사람이라 손님을 들이는 기척이 나면 금방 깰 겁니다."

그 순간 이택교의 집 거실 창 너머로 사람 그림자가 어른거렸다. 커튼이 쳐져 있어서 누군지는 확인할 수 없지만 그림자의 높이로 보아 다리가 불편한 이택교는 아닌 듯했다.

"그럼 인터폰으로 말씀해주시면 됩니다. 혹시 어젯밤 8시 30분에서 9시 30분 사이에 무슨 수상한 소리 못 들으셨습니까?"

"무슨 일로 그러시죠?"

"어젯밤 수상한 사람이 마을에 돌아다니는 걸 봤다는 제보가 있어서요."

"8시 30분에서 9시 30분? 그 시간엔 바깥에서 무슨 일이 벌어져도 나는 모릅니다. 음악을 들으며 재활 운동을 하고 9시부터는 반신욕을 하거든요. 최근 몇 년간 어긴 적 없는 루틴입니다."

"그럼 그 시각에 아내분은 뭘 하셨을까요?"

"제 재활 운동을 돕다가 9시쯤 반신욕 준비를 해준 다음 쉬고 있었을 겁니다."

"반신욕을 하시면서 아내분이 집에 계시는 걸 확인하셨나요? 잠깐이라도 얼굴을 봤다거나."

"보통 9시 50분에 저한테 음료수를 가져다주고, 10시에 제가 반신욕을 끝내는 걸 도와야 하기 때문에 어디 가지는 않았을 겁니다. 어제도 평소처럼 9시 50분에 식힌 뱅쇼를 가져다주었고요. 사실 낮이고 밤이고 집사람은 이 동네에서 잘 안 돌아다녀요. 이장님 빼고는 교류도 없고요. 바람을 쐬고 싶을 때는 차를 몰고 나가는데 우리 집 차가 정비소에 들어가 있어서 집사람도 요새 갑갑해 죽을 겁니다."

"차가 고장이 났나 봅니다."

"며칠 전에 아내가 사고를 냈어요. 술도 안 마셨는데 한눈을 팔았는지, 뭐, 시골 밤길이 깜깜하기도 하고요. 동네 전봇대를 들이받았지 뭡니까."

"아내분은 괜찮으시고요?"

"일단 응급실로 보냈는데 새벽에 택시 타고 왔더라고요. 전봇대를 들이받아서 동네는 정전이 됐는데 운전자는 멀쩡한가 보더라고요. 요즘 차가 워낙 잘 나오지 않습니까."

이택교와 이야기를 나눈 뒤 마을회관으로 복귀하자 오느릅이 비에 젖은 생쥐 꼴로 앉아 있었다. 은담상회 사장을 만난다더니 별 소득이 없었던 모양이다. 한 순경은 '민원 해결' 차원에서 고창민과 이택교에게 얻은 정보를 오느릅과 공유했다. 오느릅은 잠자코 듣고 있다가도 가끔씩 거짓말이라며 성을 내곤 했다.

"나도 그 사람들 말을 다 신뢰하진 않아. 고창민은 오른손의 상처가 화분에 베인 거라 했는데 그런 것치고는 밴드가 너무 작았거든. 보통 베인 상처에는 표준형 밴드나 그보다 큰 걸 쓰는데 고창민이 붙이고 있던 건 전부 소형 밴드였어."

"베인 게 아니라 어디 찔린 상처일 거예요. 예를 들면 낚싯바늘이라거나."

오느릅은 수건으로 머리를 닦다 말고 손가락을 구부려 보였다.

한 순경은 이택교에게 들은 재활 운동과 반신욕 루틴에 대해 이야기했다. 그러자 오느릅이 눈을 동그랗게 떴다.

"그거였어요! 최대 50분이 비어요. 이택교가 반신욕을 시작해서 최연화가 음료수를 갖다주기까지, 최연화가 남편 모르게 움직일 수 있는 시간."

"최연화가 이택교 모르게 움직여야 할 이유가 없잖아. 너도 어젯밤에 그 부부가 같이 가는 걸 봤다며."

"그 모순도 곧 해결될 거예요. 뭐 하나만 찾아내면요. 그것만 있으면 고창민이 손에 소형 밴드를 붙인 이유도 설명할 수 있을 거예요."

"대체 뭘 찾아야 한다는 건데?"

"어젯밤에 정삼만이 산 소주랑 새우깡이 든 봉지요. 그게 정삼만의 집이 아닌 다른 곳에서 발견된다면 어젯밤에 그 세 사람이 왜 정삼만의 집으로 갔는지 설명할 수 있어요."

"혹시 그 봉지를 찾는 것도 민원이니?"

"아뇨. 그건 이 동네 지리를 잘 아는 어른들한테 부탁할 거예요."

"비도 비도 징그럽게도 내린다, 참말로."

저녁 8시쯤 이장 홍씨는 오느릅과 똑같은 노란 우비 차림으로 마을회관에 도착했다.

"그래, 물어볼 게 있담서."

홍씨는 방석을 가져와서 한 순경과 마주 앉았다.

"혹시 정삼만 씨 댁에서 소주병하고 새우깡 봉지 보셨어요?"

한 순경이 오느릅 대신 물었다.

"시신을 모시기 전에 내하고 저짝 배씨 할매하고 둘이서 집을 치웠는데 그건 못 봤다. 방에 그날 잡수신 밥상이 그대로 있었는데 술병은 없었구마."

"마당이나 다른 곳에서도요?"

"수돗가에 술병들이 줄줄이 있긴 했는데 한참 전에 마신 기더라."

"그걸 어떻게 알아요?"

"우찌 알긴. 술병들이 흙먼지가 잔뜩 들어차 있으니까 알지."

이번에는 오느릅이 슬그머니 홍씨 곁으로 다가앉으며 물었다.

"내일이 할머니 칠순인 거 이 동네 사람들한테 말한 적 있어요?"

"요새는 칠순 잔치 한다 하믄 욕 묵는다. 그래도 니 옴마가 소고기를 짝으로 사 보내고 하도 지랄을 해싸서 즈기 위에 새댁네하고 농장 고씨한테만 살짝 귀띔해놨다. 당일 아침 일찍 미역국하고 육전이나 쪼맨쓱 집집마다 돌리고 싶은데 내 혼자서는 택도 없으니까, 좀 도와달라 했지. 그런데 마을에 줄초상이 났으니 다 없던 일로 해야지 싶어서 새댁이랑 고씨한테도 그리 일러뒀다."

"새댁이 누구죠?"

한 순경이 물었다.

"이택교 씨 안사람 말이다. 촌에서는 오십 전에는 다 새댁이다."

한 순경은 홍씨의 칠순을 알고 있는 사람이 하필 최연화, 이택교 부부와 고창민이라는 사실에 골치가 아파왔다. 오느릅의 허무맹랑한 가설에 세상이 장단을 맞추는 느낌이었다. 한 순경은 똑단발을 쓸어 넘기고는 말했다.

"이장님, 정삼만 씨의 죽음에 석연치 않은 구석이 있어서 그러는데 혹시 믿을 만한 어르신 두세 분 정도 더 모실 수 있을까요?"

홍씨는 선뜻 답을 하지 않는데 휴대전화가 요란하게 울렸다. 황시근의 유가족이 이장에게 연락을 해온 것이었다. 상대의 이야기를 한참이나 듣고 있던 홍씨가 말했다.

"…안 그래도 날이 푹푹 찌는데 에어컨도 없는 집에 우짜긋네 싶었던 참입니다. …예, 에어컨 온도를 최대로 낮추믄 그래도 집보다는 나을 깁니다."

황시근의 유가족이 시신을 회관으로 옮기고 싶어하는 모양이었다. 통화를 마친 홍씨는 한 순경을 바라보며 깊은 한숨을 쉬었다.

"우리 동네서 살인이 벌어진다는 생각은 꿈에도 해본 적 없다. 하지만 정삼만 씨한테 변고가 있었다믄 밝혀내야제. 홀아비 혼자 남매 키우고 공부시키느라고 고생 많이 한 사람이다. 마지막 밥상에도 반찬이라곤 짠지밖에 읎더라. 그런 사람한테 누가 몹쓸 짓을 했다믄 잡아야지. 그래, 사람들 모아다가 뭘 하믄 되는데?"

"소주병과 새우깡이 든 검정 봉지를 찾아봐주시면 좋겠어요. 블루베리 농장 주변과 이택교, 최연화 씨 부부 집 부근을 중점적으로 수색해주세요."

홍씨는 궁금한 게 많은 얼굴이었지만 자리를 털고 일어났다. 오느릅이 슬리퍼를 꿰신는 홍씨를 붙잡고 말했다.

"할머니, 블루베리 농장 주인이랑 이택교 씨 부부한테는 비밀로 해야 돼요."

그러자 홍씨가 오느릅의 등짝을 후려쳤다.

"니 또 쥐 냄새 맡은 개마냥 빨빨거리고 다니제? 니는 자슥아, 그 정성으로 공부를 해라. 느 옴마가 니 7등급 나왔다고 탄식을 하더라."

마을회관을 나선 홍씨는 30분쯤 뒤에, 봉지를 찾았다고 한 순경에게 연락을 해왔다. 블루베리 농장과 이택교의 집 중간쯤에 있는 동네 폐기장에 소주 다섯 병과 새우깡이 든 봉지가 있더라는 것이었다. 전화를 끊은 뒤 한 순경이 오느릅에게 말했다.

"자, 네 뜻대로 봉지를 찾았으니까 이제 다 설명해봐."

"어젯밤에 내가 본 사람이 이택교, 최연화 부부가 아니었어요. 전동 의자를 밀면서 걷던 사람은 최연화가 맞아요. 하지만 의자에 앉아 있던 사람은 이택교가 아니라 정삼만이었어요. 은담상회에서 나온 정삼만은 곧장 집에 갈 수 없었어요. 누군가의 연락을 받고 만나러 갔다가 모종의 변고를 당했거든요. 그다음에 이택교의 전동 의자에 실려 집으로 옮겨졌고요."

"그래서 제3의 장소에서 발견된 봉지가 그 증거라는 거니? 봉지로는 정삼만이 봉지를 들고 윗마을로 갔다는 사실밖에 증명할 수 없어."

한 순경이 혀를 찼지만 오느릅은 전혀 당황하는 기색이 없었다.

"낮에 황시근이 죽은 연못 근처에서 이택교를 봤을 때 묘하게 거슬리는 게 있었어요. 그 위화감이 결정적인 힌트였어요. 낮에 본 이택교의 앉은키가 간밤에 봤던 것과 확연히 달랐거든요. 하룻밤 사이에 노인의 앉은키가 쑥 커졌을 리 없잖아요. 간밤에 제가 본 건 키가 160대 초중반인 정삼만이었던 거예요."

"그럼 최연화가 범인일 가능성이 가장 높다는 건데…. 고창민은 왜 또 거기로 간 거지?"

"전동 의자에 실려 갈 때 정삼만이 사망한 상태였는지, 정신만

잃은 상태였는지는 몰라요. 하지만 살인의 시작은 최연화가 하고 자살로 위장해 매듭짓는 일은 고창민이 했다는 것만큼은 확실해요. 그 때문에 고창민의 손바닥에 소형 밴드로 가려질 만큼 자잘한 상처들이 남게 된 거고요."

한 순경은 대회합실 벽에 걸린 노랫말 액자를 보다 말고 신경질적으로 머리를 쓸어 넘겼다. 여전히 살인사건이 벌어졌다는 확실한 증거는 없지만 여러 정황들이 오느릅의 가설을 뒷받침하기 시작했다. 녀석의 말대로 정삼만과 황시근의 죽음이 노랫말 연쇄살인의 일부라면 앞으로 두 건의 살인이 더 벌어진다는 뜻이었다. 만에 하나 오느릅의 가설과 목격담이 맞다면 최연화, 고창민, 이택교 중에 가장 위험에 처한 인물은 이택교였다.

한 순경은 이장 홍씨에게 전화를 걸었다. 연결음이 나오는 사이, 한 순경은 속으로 되뇌었다. 저 녀석의 허무맹랑한 가설을 믿어서가 아니야. 예방 차원의 조치일 뿐이지. 홍씨는 한참 만에야 전화를 받았다. 한 순경은 홍씨에게 이택교의 안부를 수시로 확인해달라고 부탁했다.

오느릅은 눈을 내리깐 채 검지로 이마를 계속 긁적이고 있었다.
"야, 이마에 구멍 나겠다. 정신 사나우니까 그만 좀 긁어."
한 순경이 짜증을 내자 오느릅이 볼멘소리를 했다.
"긁는 거 아니에요. 전두엽에서 실마리를 잡아내는 나만의 탐정 의식 같은 거라고요."
"누누이 말하지만 사건에서 가장 중요한 건 추리로 기승전결을 재구성하는 게 아니야. 확실한 증거로 범인을 찾아내야 해. 그런데 정삼만 씨의 집과 창고는 이 동네 사람들의 지문과 DNA로 오염된 상태야. 최연화가 정삼만을 윗마을로 호출한 통신 기록이 남아 있다 쳐도 일이 있어서 잠깐 만나고 헤어졌다고 주장하면 그만이고. 유족이 자살을 받아들인 상태라 경찰도 일개 고딩 탐정의 목격담과 전동 의자 앉은키 이야기보다는 자살 동기에 집중할 거야. 참고로 경찰은 '길로 길로 가다가' 같은 노랫말 따위는 들어보려고도 하지 않을 거다."

한 순경은 시무룩해진 오느릅을 두고 창가로 갔다. 빗줄기가 조금 가늘어져 있었다. 홍씨에게선 이택교는 잘 있으니 걱정 말라는 연락이 왔다. 한 순경은 마을 노인들을 너무 고생시키는 것 같아서 마음이 쓰였다. 그런 속내를 읽은 건지 오느릅이 회관을 나섰다.

"어디 가?"

"은담상회 사장님 만나러요."

"사장님은 또 왜?"

"몰라도 돼요. 일개 고딩 탐정의 새로운 가설 따위 알아서 뭐 하게요."

한 순경은 뚱한 뒤통수로 멀어지는 오느릅을 보다 말고 정삼만의 집으로 향했다. 여전히 연쇄살인을 확신하는 건 아니었지만 정삼만의 죽음에 의문이 드는 건 사실이었다. 자식 문제로 처지를 비관한 노인이 집을 놔두고 마을 창고에서 목을 맨다는 게 부자연스러웠다. 물론 살인사건이라는 측면에서 본다 해도 창고에서 시신이 발견된 건 어딘가 이상했다.

정삼만의 집은 80대로 보이는 마을 노인 둘이 지키고 있었다. 마을 사람들이 음식을 해다 놓았는지 거실에는 육개장이 가득 든 들통과 과일 바구니가 놓여 있었다. 시신을 모신 방에는 술과 포, 과일을 올린 제사상이 있었다. 마을에서 구할 수 있는 것들로 간단히 차린 듯했다. 한 순경은 절과 분향을 마친 뒤 밖으로 나왔다. 정삼만의 집으로 올 때는 몰랐는데 집을 등지고 서니 세상이 참으로 적막한 느낌이었다. 옆집은 없고 저 멀리 앞집의 뒷담만 보였다. 하지만 그마저도 폐가였다. 그 순간 한 순경은 시신이 창고에서 발견되어야 했던 이유를 알아차렸다. 이런 곳에서 목을 맨다면 발견되기까지 며칠이 걸릴지 모를 일이었다. 시신이 창고에서 발견된 건 사람들에게 빨리 혹은 제때 발견되어야 했기 때문이다.

　상갓집을 나선 한 순경은 마을 창고로 향했다.

　창고 상태는 정삼만의 시신을 확인하느라 들렀을 때와 별반 다르지 않았다. 플라스틱 스툴은 채광창이 있는 벽 쪽에 쌓여 있었고 가로대들은 2.5미터 정도 높이에 고정된 채였다. 창고 안쪽에는 정삼만이 목을 맸던 것과 같은 형태의 밧줄과 방수포가 무더기로 쌓여 있었다. 생의 마지막 순간을 맞이하기에는 삭막하고 무심한 공간이었다. 한 순경의 감상을 깨운 건 오느릅의 전화였다. 통화 버튼을 누르기 무섭게 오느릅의 긴장된 목소리가 울려 퍼졌다.

　"한 순경님, 우리 할머니한테 연락 왔어요?"

　그제야 한 순경은 휴대전화를 확인했다. 부재중 전화가 두 통, 새 메시지가 하나 있었다. 한 순경이 전화를 받지 않자 홍씨가 문자를 보낸 것이었다.

이택교 잘 있음.

"8시 55분에 이택교 잘 있다고 문자 보내셨네."

"우리 할머니가 전화를 안 받아요."

"뭐? 이장님한테 무슨 일이라도 생긴 거야?"

"그게 아니라요. 할머니가 지금 다른 일을 하느라 전화를 못 받는 것 같아요. 아무래도 황시근 할아버지네 집에 간 것 같아요. 비가 조금 잦아들었잖아요."

아닌 게 아니라 마을회관을 나설 때보다 빗줄기가 가늘었다. 한 순경은 황시근의 유족이 시신을 에어컨이 있는 회관으로 옮기려 한다는 사실을 복기했다. 마을 공공시설을 사용하는 일이다 보니 이장을 부를 수밖에 없었을 것이다.

"그럼 다른 어르신들이 이택교 집 근처에 계신 거야?"

"할머니랑 같이 갔겠죠. 그분들은 순경님 연락처도 모를 테고요. 그리고 우리 할머니는 책임감 없이 한 순경님과의 약속을 어길 분이 아니거든요. 이택교 잘 있다는 문자를 끝으로 연락이 안 된다는 건 그럴 이유가 있다는 거예요."

"반신욕!"

"맞아요. 이택교가 우리 할머니한테 지금부터 반신욕을 할 거니까 더는 연락하지 말라고 했을 가능성이 커요. 할머니도 자기 집에서 반신욕 하는 게 위험할 거란 생각은 안 했을 거고요. 저는 이택교 집으로 가볼게요. 한 순경님은 농원 아저씨 좀 확인해주세요."

"고창민은 왜…."

한 순경이 뭘 더 묻기도 전에 오느릅은 전화를 끊었다. 창고를 빠져나온 한 순경은 윗마을로 내처 뛰었다. 마을 공용주차장에 세워둔 순찰차를 끌고 갈까도 생각했지만 타고 내리는 시간이 더 걸릴 듯했다. 한 순경은 9시 25분쯤 블루베리 농원 앞에 도착했다. 고창민의 농막은 불이 꺼져 있었다. 농막 주인이 일찌감치 잠자리에 든 건지 여태 돌아오지 않은 건지는 알 수 없었다. 하지만 기분 나쁜 침묵이 한 순경을 농막으로 불러들이고 있었다.

창문을 넘어 들어간 한 순경을 맞이한 건 더운 열기와 비릿하고 짙은 음식 냄새 그리고 불길한 정적이었다.
"고창민 씨! 경찰입니다. 안에 계세요?"
한 순경은 손전등으로 실내를 비추었다. 여섯 평쯤 되는 조립식 농막이라 숨겨진 공간이 있을 것 같진 않았다. 2인용 소파가 놓인 작은 거실이 있고 그 너머로 슈퍼싱글 사이즈의 매트리스를 깔아놓은 개방형 침실이 보였다. 손전등의 불빛이 거실을 지나 주방에 가 닿았다. 개수대 앞쪽 바닥에 고창민이 기묘한 자세로 엎드려 있었다.
"고창민 씨!"
한 순경은 급히 출입문 근처의 벽을 더듬어 불을 켰다.
고창민은 20리터들이 들통에 머리를 처박고 쓰러져 있었다. 들통에는 아직 식지 않은 매운탕이 들어 있었고 고창민의 머리는 정수리부터 아랫입술까지 매운탕에 잠겨 있었다.
"고창민 씨!"
한 순경은 고창민의 머리를 들통에서 빼낸 다음 바닥에 눕혔다. 하지만 농막 주인은 이미 숨을 거둔 상태였다. 붉고 기름진 양념 때문에 피부의 열화상 정도를 가늠하기 어려웠다. 한 순경은 떨리는 손으로 머리를 쓸어 넘겼다. 고창민의 시선은 '낡은 눈치 뭐 하꼬 탕이나 고았지'라는 노랫말대로 연출된 상태였다. 좀 전까지만 해도 한 순경에게 노랫말 연쇄살인은 이장네 손녀 고딩 탐정의 가설에 지나지 않았다. 하지만 지금부터는 하늘이 두 쪽 나도 범인을 잡아야 하는 사건이자 혹시 모를 네 번째 살인에 대비해야 하는 사건이 되었다.

고창민의 시신을 처음 발견했을 때 들통 주변은 깨끗했다. 매운탕이 넘치거나 튄 자국이 없다는 건 고창민의 자살 의지가 아주 확고했거나 누군가 고창민을 저항이 불가능한 상태로 만든 뒤 매운탕에 머리를 집어넣었다는 뜻이었다. 한 순경은 휴대전화로 현장을 꼼꼼하게 촬영했다. 이어서 농막 내부를 수색하던 한 순경은 싱크대 밑에서 고창민의 것으로 추정되는 휴대전화를 발견했다. 비밀번호가 걸려 있지 않은 휴대전화에는 유서로 보이는 메모가 남아 있었다.

정삼만과 황시근의 죽음을 보고 나도 떠나야 할 때가 왔다는 걸 알았다. 이렇게라도 죄를 씻을 수 있다면….

이게 가짜 유서라는 데 경찰로서 내 명예를 걸 수도 있어. 한 순경은 속으로 중얼거리다가 흠칫했다. 자기도 모르게 오느릅의 말투를 따라 하고 있었던 것이다. 싱크대 서랍에 있던 지퍼백에 고창민의 휴대전화를 담은 다음 매트리스 주변을 수색했다. 소형 좌식 테이블에 최신기종 노트북이 놓여 있었다. 노트북에 핀이 설정

되어 있어서 자료에는 접근할 수 없었다. 한 순경은 고창민의 시신을 포함한 농막의 내부를 동영상으로 촬영한 다음 출입문으로 빠져나왔다.

고양이들이 울었다. 배가 고픈 건지, 낯선 사람이 들어와서 그런 건지는 알 수 없었다. 고양이 집은 현관과 마주 보는 위치에 자리하고 있었다. 한 순경은 고양이 집을 내려다보며 본청 형사과에 신고했다. 본청에서는 형사들이 최대한 은담 마을에 빨리 진입할 수 있도록 군청 재난안전대책본부에 임시 교각 설치를 서둘러 달라고 요청하겠노라 했다. 이어서 한 순경은 파출소장에게 전화를 걸었다. 은담 마을 주민 하나가 매운탕이 든 들통에 머리를 박은 채 죽어 있더라고 보고하자 파출소장은 혀를 차며 술이 원수라고 했다. 당연히 취중에 사고가 난 줄 아는 모양이었다. 또한 인근 계곡에서 실종 신고가 접수되어 다들 비상이 걸렸으니 은담 마을과 관련된 일은 웬만하면 한 순경이 알아서 하라고도 했다.

고양이 집을 지나쳐 울타리를 넘어 나가려는 순간 오느릅이 보였다. 울타리 너머 도로반사경에 오느릅이 비쳤던 것이다.

오느릅도 한 순경을 발견하고는 달려왔다. 한 순경은 뭘 두고 나왔는지 농막 현관 쪽으로 다시 갔다가 한참 만에 돌아왔다. 오느릅은 한 순경이 뭘 하는지 물어볼 여유가 없었다.

"한 순경님, 최연화가 집에 없어요."

그제야 한 순경도 농막 울타리를 넘어 길 쪽으로 나왔다.

"이택교 집에 들어가 본 거야?"

"아뇨. 유리창에 몇 번이나 돌을 던졌는데도 내다보는 사람이 없었어요. 이택교는 음악을 틀어놓고 반신욕을 하느라 소리를 못

들었을 수도 있고요. 고창민은요?"

한 순경은 천천히 고개를 저었다.

"죽었군요. 혹시 노랫말대로였어요?"

"그래, 매운탕에 머리를 박고 죽어 있었어."

"낚싯바늘, 낚싯줄, 탕. 연쇄살인마는 노랫말 순서에 집착하고 있어요. 그렇다면 엽전 살인의 피해자가 마을 어딘가에 있을 거예요."

하지만 한 순경은 가설 속의 피해자보다 범인의 정체를 알아내는 게 더 중요했다.

"그런데 최연화랑 고창민, 공범이라 그러지 않았니?"

"노랫말 살인 가설에서 가장 헷갈렸던 부분이 그거였어요. 노랫말 살인을 완성하려면 최소 다섯 명의 희생자가 필요해요. 엽전 살인의 희생자가 외부인이라 해도 마을 발전위원회 멤버 중 넷은 살해된다는 뜻이에요. 그러려면 위원회 다섯 명 중에 공범은 존재할 수 없어요. 한시적 공범 관계라면 모를까."

"진범이 공범을 특정 사건에만 끌어들였다가 결국엔 배반하고 살해한다는 거지? 그럼 고창민은 정삼만 살해 유기에만 가담하고 나머지는 최연화의 단독 범행이었단 거야?"

"그건 황시근 사건을 더 조사해봐야 알 수 있을 거예요."

"그럼 최연화와 이택교부터 분리해야겠네. 마지막 살인은 잔칫날이 배경이니까 자정까진 더 이상의 희생자가 나오지 않는다는 거잖아"

"흩어져서 최연화부터 찾아보죠."

오느릅의 말에 한 순경이 단호하게 말했다.

"안 돼. 무조건 같이 다녀."

한 순경은 발견 당시 고창민의 상태를 떠올리며 몸을 떨었다. 사람을 살해하고 그토록 끔찍한 모습을 연출까지 하는 인간이라면 10대 여자아이에게도 무슨 짓을 할지 몰랐다. 한 순경과 오느릅은 마을회관으로 갔다. 에어컨 온도를 17도로 낮춰놓아서 회관 안은 서늘하다 못해 추웠다. 이장 홍씨는 황시근의 시신을 옮겨오기 전에 회합실 바닥을 닦는 중이었다. 정삼만의 딸과도 통화가 됐다며 그의 시신도 일단 회관으로 옮겨오기로 했다고 했다.

"이장님, 이택교 씨에게 반신욕 끝나는 대로 연락해달라고 기별 좀 넣어주세요."

한 순경의 부탁에 홍씨가 짜증을 냈다.

"또 와? 참말로 바빠 죽겠그마는. 그리 할 일이 없으믄 둘이 걸레질이라도 거들등가!"

"고창민 씨가 죽었습니다. 좀 전에 확인하고 오는 길이에요. 휴대전화에 유서를 남기긴 했는데 자살 같지가 않아서요."

세 번째 초상이 났다는 소식에 홍씨는 망연한 얼굴이 되었다. 정말이냐고 되묻는 홍씨에게 한 순경은 고창민의 휴대전화를 보여주었다.

"도대체 누고? 어떤 무작한 인간이 이런 짓을 한단 말이고?"

"그게… 확실한 건 아니지만…."

한 순경이 말을 맺기 전에 최연화가 병풍을 들고 들어왔다. 오느릅과 한 순경은 누가 먼저랄 것도 없이 화들짝 놀라며 물러나 앉았다. 하얀 병풍 덮개와 최연화의 짙은 초록색 원피스가 기묘한 대조를 이루었다. 오느릅은 병풍 덮개를 벗기는 최연화를 훔쳐보

앉다. 올백에 포니테일, 구릿빛 피부에 짙은 눈시울, 살짝 각진 턱이 도드라져 세련된 느낌을 풍기지만 이렇다 할 감정은 읽히지 않았다. 돌연 최연화의 눈길이 오느릅을 향했다. 오느릅은 뭘 몰래 먹다 들킨 것처럼 딸꾹질을 했다. 다행히 이장 홍씨가 최연화의 시선을 끌어주었다.

"숫기라곤 없는 사람이 마을에 일이 생겼다고 한달음에 와서 도와주고. 참말로 고맙다."

최연화는 병풍을 회합실 벽에 기대놓은 뒤 식기와 수저를 준비해놓겠다며 주방이 있는 소회합실로 갔다. 홍씨는 최연화가 대회합실을 나가기 무섭게 방문을 닫고, 고창민의 일을 경찰에 알렸는지 물었다.

"본청에 바로 신고는 했는데 길이 없어서 당장 출동하진 못할 것 같아요."

잠시 후 최연화가 손의 물기를 닦으며 소회합실에서 나왔다.

"전 그만 돌아가봐야 할 것 같아요. 그 사람이 찾을 때가 다 돼서요."

한 순경은 휴대전화로 시간을 확인했다. 9시 47분이었다. 이택교가 반신욕을 끝내기 전까지 돌아가기는 불가능한 시간이었다. 한 순경이 그 점을 지적하자 최연화가 여틈하게 웃었다.

"남편이 순경님한테 별 이야기를 다 했네요. 오늘은 이장님 좀 도와드려야 하니 10분만 더 욕조에 있으라고 말해두고 왔어요."

현관을 나서던 최연화는 홍씨를 돌아보았다.

"금방 다녀올게요. 오늘은 저도 이장님이랑 같이 회관에서 밤새우려고요."

최연화가 회관을 나서자 오느릅이 한 순경에게 귀엣말을 했다.

"할머니가 아니라 한 순경님 들으라고 하는 소리 같아요. 자기를 의심하고 있단 걸 알아차린 것 같아요."

청소를 마친 홍씨가 한 순경과 오느릅에게 말했다.

"느그 혹시 새댁을 범인이라 생각하는 기가? 새댁, 그럴 사람 아니다. 젊은 여자가 돈 하나 보고 반신불수 노인이랑 산다고 오만 인간들이 손가락질해도 자기는 모진 말 한번 할 줄 모르는 사람이다. 내한테 하는 것도 1년에 두어 번 올까 말까 하는 자식새끼들보다 낫고."

오느릅은 입술을 삐죽 내밀었다. 할머니의 자식은 엄마뿐인데 굳이 자식새끼들이라고 복수형을 사용한 것은 손녀까지 싸잡아서 나무라는 게 틀림없었다.

"이택교 씨는 내가 자주 연락을 해볼그마. 좀 있으믄 돌아가신 양반들 모셔야 하니까 느릅이 니는 집에 가고, 한 순경은 농원 사람 일이나 더 알아봐라."

회관에서 쫓겨나다시피 한 한 순경과 오느릅은 놀이터로 갔다.

"한 가지 걸리는 게 있어요. 낮에 이택교는 미동도 없이 5분 가까이 같은 자리에서 연못 쪽을 바라보다 갔어요. 그런데 황시근의 죽음에 충격을 받은 건지 반대로 그 죽음을 감상하는 거였는지 모르겠어요. 확실한 건 은담 마을 발전위원회 다섯 명만 아는 어떤 비밀이 이 연쇄살인의 시발점이란 거예요."

"그 비밀이란 게 종규라는 민속학자와 관련된 거야?"

오느릅이 고개를 끄덕였다. 한 순경은 휴대전화에 메모해둔 고창민의 유서를 보여주었다.

"이렇게라도 죄를 씻을 수 있다면, 이 부분이 계속 머릿속에 맴돌았어."

"얼핏 속죄의 의미로 보이지만 이게 범인이 조작한 유서라면 단죄의 의미가 되겠네요."

밤 10시 20분.

황시근과 정삼만의 시신이 회관으로 옮겨지고 10분쯤 지나자 기다렸다는 듯 빗줄기가 다시 거세졌다. 그사이에도 이장 홍씨는 10분 간격으로 문자를 보내왔다.

이택교 씨 잘 있단다. 통화도 했다. 멀쩡하더라.

오느릅은 놀이터 건너편에 있는 폐가로 한 순경을 데려갔다.

"은담상회 사장 할머니의 말로는 5년 전에 이택교가 매입한 폐가예요. 은담 마을 박물관을 만들 계획으로 매입했다나 봐요. 실제로 저기 안채 마루에서 발전위원회 다섯 멤버와 민속학자가 수차례 술자리를 갖기도 했고요. 은담상회 할머니가 술과 안주를 여러 번 배달했기 때문에 안대요. 그래서 은담상회 할머니와 같이 뭘 좀 찾으려고요."

오느릅의 말이 끝나기 무섭게 은담상회 사장이 "내가 몬 산다"를 연발하며 폐가로 들어섰다. 사장은 삽 세 자루를 오느릅 앞에 내던지고는 한 순경을 붙잡고 하소연을 했다.

"잠깐 녹았다가 다시 언 하드 하나 판 거 가지고 이장님 댁 저 손녀딸이 내를 식약처에 신고하네 마네 하는데, 이거 엄밀히 말하면 협박 아닙니까? 사진까지 다각도로 찍어놓고 사람을 들들 볶는데 몬 살겠습니다."
 그사이에 이장의 문자 메시지가 새로 도착했다.

이택교 잘 있다. 그만 좀 하라고 성을 내는 걸 간신히 통화했다.

 한 순경은 이장에게 최연화에 대해 물었다. 그러자 곧장 전화가 왔다.
 "새댁도 여 잘 있다. 집에 가서 자라 해도, 자기가 할 일이 있을 기라믄서 고집을 피우네."
 한 순경은 최연화가 자리를 5분 이상 비우면 바로 알려달라고 부탁한 뒤 전화를 끊었다. 최연화가 마을회관에 도착한 뒤에도 이장이 이택교와 전화 통화를 했으니 일단 두 사람은 안전하게 분리된 상태였다.
 말 그대로 삽질이었다. 오느릅의 말로는 폐가 어딘가에 엽전 살인과 관계된 증거가 묻혀 있을 거라 했다. 한 순경은 그게 오느릅의 가설에 등장하는 첫 번째 희생자라는 걸 직감했다. 몇 시간 전의 한 순경이라면 오느릅을 뜯어말렸을 터였다. 하지만 고창민의 시신을 목격하면서 '길로 길로 가다가'라는 노래를 향한 살인마의 집착과 광기를 한 순경도 체감한 상태였다.
 세 사람이 땀을 뻘뻘 흘리며 폐가를 파헤치는 사이, 자정이 되었다. 이장은 11시 50분에 이택교와 마지막 통화를 했다고 알려왔다. 이택교가 잠 좀 자자며 역정을 내어 더는 전화하기 어려울 것 같다고 했다. 한편 최연화는 두어 번 화장실을 가느라 2, 3분씩 자리를 비운 것 외에는 이장의 시야에서 벗어난 적이 없다고 했다.

이장의 협조에 한 순경과 오느릅은 안심하고 수색에 몰두했다.

새벽 2시가 넘어가자 은담상회 사장이 삽을 내팽개쳤다.

"뭘 찾는지라도 알아야 할 거 아니가. 내 더는 몬 하겠다. 식약처에 신고를 하든지 말든지 니 알아서 해라. 니가 신고하든 나는 이택교 씨한테 오늘 일을 알릴 기다. 그 양반이 사유지 무단침입에 얼매나 예민한 줄 아나?"

은담상회 사장은 자기가 쓰던 삽만 챙겨서 떠났고, 오느릅과 한 순경은 마룻장 밑으로 기어들어 가다시피 해 흙을 파냈다. 하지만 두 시간 가까이 삽질을 하고도 쓰레기와 벌레들 말고는 아무것도 찾아내지 못했다.

새벽 5시. 비구름 너머로 하늘이 밝아지고 있었다. 한 순경은 맥없이 마루에 걸터앉아 습관처럼 휴대전화를 꺼내 들었다. 이장 홍씨는 정확히 10분 간격으로 문자를 보내오고 있었다. 다행히 지금까지 최연화가 5분 이상 자리를 비운 적은 한 번도 없었다.

찾아볼 만한 데는 다 찾아본 것 같다며 체념하려는 순간 마당 가장자리에 어수선하게 세워진 널빤지들이 눈에 들어왔다. 한 순경이 다급히 널빤지를 걷어내자 아궁이 터가 나왔다. 오느릅과 한 순경이 여태 수색한 안채에는 아궁이가 없었지만 거의 다 허물어진 별채에 아궁이가 있었던 것이다. 아궁이의 흙을 퍼내기 시작한 지 5분쯤 지났을 때 뭔가가 한 순경의 삽날에 닿았다. 한 순경은 삽을 던지고 두 손으로 흙을 걷어냈다.

잠시 후 하얀 손목이 드러났다.

백골화된 시신이었다. 우측 두개골이 부서져 있었지만 그게 결정적 사인인지는 한 순경도 알 수 없었다. 시신의 옷 어디에도 신원을 파악할 만한 물건이 없었다.

"누군 것 같냐? 목에 진분홍색 스카프라도 있었으면 민속학자라고 특정할 텐데. 이장님이 묘사한 민속학자의 모습 중에서 스카프의 이미지가 가장 강렬했거든."

그 순간 오느릅이 시신의 입에서 뭔가를 끄집어냈다.

"한 순경님, 이거요!"

500원짜리 동전을 세 배 정도 확대한 크기의 얇은 금속제품이었다. 도금인지 진짜 금인지는 알 수 없으나 금빛이었고, 고풍스러운 차림의 사람 형상이 음각으로 새겨져 있었다. 오느릅은 금속제품을 시신의 옷에 올려놓고 촬영한 다음 이미지를 검색했다.

"예상대로 엽전의 대체품이에요."

오느릅은 휴대전화 화면을 한 순경 쪽으로 돌려주었다. 화면에는 시신에서 나온 것과 거의 유사해 보이는 금속제품의 이미지와 제품 설명이 있었다.

14K 원형 종규 부적. #불교굿즈.

"종규… 이 사람 민속학자구나."

"네, 노랫말 살인의 첫 번째 희생자이자 은담 마을 발전위원회 5인의 비밀."

한 순경은 휴대전화로 종규라는 호를 쓰는 민속학자의 실종에 대해 검색했다. 하지만 이렇다 할 기사나 자료는 찾을 수 없었다.

5분쯤 뒤 노인들이 방수포와 천막을 가지고 폐가에 도착했다. 본청 형사과에서 백골 시신을 건드리지 말고 그대로 두라는 지시가 내려온 터라 일단 비를 막는 조처만 해두기로 한 것이다.

마을회관으로 돌아가는 길에 오느릅이 갑자기 발걸음을 멈추었다.

"불안해요. 탐정이 노랫말 살인마를 이기는 소설을 본 적이 없어요. 모든 살인이 다 벌어진 뒤에야 범인을 찾아내거든요."

"이번엔 다를 거야. 이택교와 최연화는 어젯밤부터 안전하게 분리된 상태야. 안 되면 오늘 밤 자정까지도 두 사람을 떼어놓으면 돼. 잔칫날이 지나가면 노랫말 살인은 실패하는 거니까."

한 순경은 오느릅의 손을 끌고 회관으로 들어갔다.

정삼만과 황시근의 시신이 있는 대회합실은 황시근의 아내와 먼 친척지간이라는 노인 서넛이 지키고 있었다. 이장 홍씨와 최연화를 비롯한 다섯 명의 주민들은 하나같이 퀭한 얼굴로 소회합실에 모여 있었다. 한 순경은 소회합실 문을 닫은 뒤 은담 마을 주민들을 상대로 첫 브리핑을 시작했다.

"주민 여러분이 아셔야 할 게 있습니다."

한 순경은 폐가에서 발견된 시신, 정삼만과 황시근의 죽음과 관련한 의심스러운 정황들, 그리고 고창민의 사망 소식까지 차근차근 설명했다. 오느릅의 부탁으로 폐가에서 발견된 시신의 신원과 노랫말 살인에 관한 부분은 언급하지 않았다. 한 순경의 브리핑이 끝나자 오느릅이 주민들에게 물었다.

"혹시 오늘 3시부터 은담교가 떠내려가기 전까지, 외부인이 마을로 들어오는 걸 보신 분 있으세요?"

그러자 백발에 쪽머리를 한 노인이 손을 들었다.

"그러고 본께 그 사람을 본 것 같구나. 그 민속학자 말이다. 황씨 할배 시신이 마을로 들어오고 나서였을 기다. 키가 자그마하고 종종거리는 걸음걸이도 그렇고 딱 민속학자 같았구마."

다른 노인 하나도 거들고 나섰다.

"내도 봤다. 목에 분홍색 스카프를 둘둘 감은 사람이 저짝 황씨 할배네 연못 쪽에서 마을로 건너오는 걸 내 똑딱이 봤다. 그때는 경황이 없어서 닮은 사람인가 보다 하고 넘어갔는데 이 더위에 스카프를 매고 다니는 사람이 어디 흔하나?"

그러자 오느릅이 노인들에게 되물었다.

"두 분 다 얼굴은 못 보셨다는 거네요. 키, 걸음걸이, 분홍색 스카프 같은 특징만 가지고 민속학자일 거라고 추정하신 거죠. 사실 그 사람도 그걸 노리고 변장을 했던 겁니다."

"누가 뭐 할라꼬 그런 짓을 한단 말이고?"

이장이 물었다.

"두 가지 목적이 있거든요. 하나는 황시근 씨를 그 연못에 빠트려 죽이기 위해서입니다. 아마도 황시근 씨는 범인을 진짜 민속학자로 착각하고 충격을 받았을 겁니다. 그 틈에 어떤 공격이 이루어졌을 거예요. 황시근 씨는 키가 170 중반에 체격도 상당히 큰 노인이었습니다. 범인이 일대일로 상대하기엔 부담스러운 체격이었죠. 그래서 범인은 충격요법을 써야 했던 겁니다. 두 번째는 황시근을 살해한 후 마을로 돌아와야 했기 때문입니다. 목격자가 있을 수 있으니 외부인이자 이 동네 주민들이 알 만한 누군가로 변장한 겁니다. 은담 마을 사람들은 키가 작고, 분홍색 스카프를 두른 남자를 보면 자동적으로 민속학자를 떠올리기 때문에 그 고정관념을 이용해 자신을 감춘 거죠."

그러자 이장이 다시 물었다.

"황시근 할배가 민속학자를 보고 충격받을 일이 뭐가 있는데?"

"사실 폐가에서 발견된 시신은 민속학자일 가능성이 큽니다. 5년 전 갑자기 발길을 끊었던 게 아니라 이 마을에서 살해되어 암매장되었던 거죠. 그 죽음에 관한 진실은 은담 마을 발전위원회 5인의 비밀로 남아 있었고요. 오늘 주민분들이 목격한 사람은 키가 자그마한 남자가 아니라 키가 160대 중후반인 여자였습니다. 정확히는 민속학자로 변장한 최연화 씨였죠. 안 그런가요?"

오느릅이 최연화를 보았다. 최연화는 흥미롭다는 얼굴로 머리를 고쳐 묶을 뿐 대꾸하지 않았다. 외려 흥분한 사람은 이장 홍씨였다. 홍씨는 오느릅의 등을 후려치며 일갈했다.

"내가 고만하랬재!"

하지만 오느릅은 한 순경의 뒤로 몸을 숨기며 말을 이었다.

"한 순경님, 이제 노랫말 살인에 대해 알려야 할 때가 온 것 같아요."

한 순경이 고개를 끄덕이고는 종규 부적을 꺼내 들었다. '길로 길로 가다가'의 노랫말과 종규 부적, 정삼만의 밧줄에서 발견된 낚싯바늘, 황시근의 발목에 감겨 있던 낚싯줄, 매운탕에 머리를 박고 죽어 있던 고창민까지 차근차근 설명했다.

"노랫말 살인이 사실이라면 이제 남은 건 잔칫날 노인에게 탕을 대접하는 겁니다."

말을 마친 한 순경은 발언권을 오느릅에게 넘겼다. 경찰 신분으로 확실하지 않은 이야기는 입에 올릴 수가 없었기 때문이다. 한순경의 의중을 헤아린 오느릅은 최연화와 눈을 맞추며 말을 이어 갔다.

"오늘은 우리 할머니의 칠순 잔치가 열리기로 돼 있던 날이에요. 최연화 씨도 그 사실을 알고 있었죠. 그래서 오늘 할머니의 칠순 잔치 음식으로 이택교 씨를 살해하려 했고요. 아닌가요?"

최연화가 실소했다.

"이장님의 칠순 잔치 음식을 해드릴 계획을 세운 건 사실이지만 내가 왜 남편을 죽여요? 이 동네 분들은 남편이 죽으면 제가 상속받는 줄 알지만 전혀요. 남편과 저는 혼인신고를 하지 않은 사실혼 관계에 지나지 않아요. 남편은 몇 해 전에 유언장 공증까지 받아둔 상태예요. 제게 돌아오는 건 지금 사는 집 하나예요. 남편이 없으면 당장 살아갈 길이 막막한데 내가 왜 그 사람을 죽여요? 전에 이장님이 그러셨죠? 하나뿐인 손녀가 탐정놀이에 빠져서 도대체 공부를 안 한다고. 안 그래도 흉흉한 날에 어린애 탐정놀이에 장단까지 맞춰줘야 하나요?"

"저도 이게 제 탐정놀이라면 좋겠네요. 하지만 사람이 넷이나 죽었다고요. 사실 이택교 씨와 최연화 씨 중에 누가 노랫말 살인을 기획한 진범인지 확신은 없었어요. 이택교, 최연화, 고창민이 사건마다 다른 공범관계를 형성했을 가능성도 있으니까요. 그래서 황시근 씨의 죽음에 주목했던 겁니다. 고창민 씨가 범인이었다면 황시근 씨의 몸에 공격의 흔적이 남아 있었을 거예요. 하지만 황시근 씨는 실족사로만 보였어요. 그래서 정신적 충격을 받았을 가능성을 떠올린 겁니다. 이를테면 자기 손으로 죽인 민속학자가 빗속에서 눈앞에 등장한다거나."

오느릅은 최연화와 눈을 맞추고는 말을 매조졌다.

"그래서 주민분들께 외부인을 보았는지 물었던 겁니다. 황시근 씨를 죽인 뒤 최연화 씨가 마을로 가장 안전하게 돌아오는 방법은 마을 사람들의 고정관념을 역이용하는 것이었을 테니까요."

이어서 한 순경이 말을 받았다.

"오느릅은 탐정놀이를 하는 어린애가 아니라 이 사건의 최초 목격자입니다. 정삼만 씨가 죽던 날 밤, 놀이터 그네에 앉아 있다가 최연화 씨가 남편의 전동 스쿠터에 다른 사람을 태우고 정삼만 씨의 집 골목으로 들어가는 걸 봤어요. 그리고 10분쯤 뒤 블루베리 농원의 고창민 씨도 그 골목으로 들어가는 걸 보았고요. 그날 밤 정삼만 씨가 은담상회에서 샀다는 소주와 새우깡이 든 봉지는 정삼만 씨의 자택이 아닌 최연화 씨의 집 근처에서 발견되었습니다. 왜 정삼만 씨가 그곳으로 가야 했는지는 통신 이력 조회를 하면 금방 드러날 겁니다."

"맞아요, 그날 밤 정삼만 씨를 우리 집 쪽으로 불렀어요. 하지만 근처 골목에서 잠깐 이야기를 나눈 게 전부예요."

최연화가 초록색 원피스에서 보푸라기를 떼어내며 말했다.

"그 밤에 정삼만 씨를 따로 만나야 할 사정이 뭐죠?"

"사생활까지 한 순경님께 공개해야 하나요?"

오느릅은 최연화의 침착한 대응이 어딘지 모르게 불길했다. 엽전, 낚싯바늘, 낚싯줄, 탕으로 이어지는 집착을 드러내던 살인자라면 마지막 살인을 남겨두고 저렇듯 차분할 수가 없었다. 어떻게든 이 위기를 모면해야 마지막 살인을 완성할 기회를 얻을 테니까.

그런데도 최연화가 전혀 감정의 동요를 드러내지 않는다는 건 두 가지 가능성을 의미했다.

최연화가 진범이 아니거나… 마지막 살인을 이미 완성했거나.

오느릅은 다급히 소회합실 주방에 있는 냄비와 들통의 뚜껑을 열어 보았다.

"혹시 미역국이나 육전 보신 분 있어요? 마을회관에 여기 말고 주방이 더 있어요?"

"주방은 여기 말고 없다."

홍씨가 답했다.

"꼭 음식을 조리하는 곳이 아니어도 상관없어요. 음식을 데우거나 퍼 담을 정도의 공간이면 돼요."

"뒤꼍에 아궁이랑 가마솥이 있긴 한데, 여름이라 쓸 일이 있어야제."

홍씨의 말에 오느릅과 한 순경의 눈이 마주쳤다. 한 순경은 이장 홍씨를 데리고 회관 뒤꼍으로 갔다. 그곳은 처마가 길어서 비가 들이치지 않았다. 가마솥 옆에 뭔가가 놓여 있었다. 2단으로 된 플라스틱 찬통이었다. 찬통은 뚜껑이 대충 덮여 있고 가장자리에 소형 국자가 꽂혀 있었다. 홍씨가 뚜껑을 들추고 냄새를 맡아보았다.

"내 보기엔 멀쩡한 음식이다."

"혹시 모르니 드시면 안 됩니다."

한 순경과 이장은 찬통을 들고 소회합실로 돌아왔다.

"이게 뭐죠, 최연화 씨?"

한 순경이 묻자 최연화의 눈길이 이장에게로 향했다.

"오늘이 이장님 칠순이라 없는 솜씨로 만들어본 거예요. 줄초상 때문에 미역국도 못 챙겨 드실 게 뻔해서 날이 밝으면 몰래 밥이라도 차려드리려고 갖다 둔 겁니다. 그게 왜요, 뭐 문제 될 게 있나요?"

그러자 오느릅이 찬통의 음식을 확인한 뒤 말했다.

"육전과 미역국이네요. 우리 할머니가 원래 칠순을 맞아 동네에 돌리려 했던 음식이죠. 찬통은 뚜껑만 잘 닫으면 한 손으로 들 수 있는 2단 구조고, 원래 최연화 씨 집에 있던 걸 겁니다. 그런데 이 작은 국자는 여기 소회합실 주방에 있는 것과 똑같은 국자네요. 아마도 최연화 씨에겐 저 뒤꼍에서 미역국을 조금 덜어내야 할 이유가 있었다는 뜻이겠죠."

오느릅은 이장 홍씨와 한 순경을 갈마보며 말을 이었다.

"할머니, 이택교 씨를 찾아야 해요. 회관에서 이택교 씨 집으로 가는 길을 수색해주세요. 한 순경님은 뒤꼍이나 그 주변에 국그릇 같은 게 떨어져 있는지 찾아봐 주세요. 비에 다 씻기지 않았다면 약을 탄 미역국이 묻어 있을 겁니다."

"새댁이 내 생일상 채리 준다꼬 음식을 해온 긴데, 꼭 이리 몰아가야 되나? 만약에 벨일 없으믄 한 순경도 느릅이 니도 당분간 은담 마을에는 발도 들이지 마라."

홍씨는 호통을 치고는 회관을 나섰고, 한 순경도 그 뒤를 따라갔다.

창밖이 제법 환해졌지만 빗줄기는 가늘어질 줄 몰랐다.

"왜 이런 일을 벌인 거예요, 최연화 씨. 이택교 씨는 당신이 우리 할머니를 위해 준비한 이벤트를 위해 손수 찬통을 가져다줄 정도로 협조적인 남편 아니었나요?"

"무슨 소릴 하는 거야? 전동 스쿠터가 고장 나서 집에서 꼼짝도 못하는 사람이 이 비에 무슨 수로 찬통을 가져온다는 거야?"

"어제 오후 6시경, 한 순경님은 이택교 씨와 인터폰으로 대화를 나누면서 거실 창문 커튼 너머로 누군가의 그림자를 봤다고 했어요. 그림자의 높이가 스쿠터 높이는 아니라고 했고요. 우린 그게 최연화 씨의 그림자인 줄 알았는데 그게 아니라면 이택교 씨였겠죠. 이택교 씨가 걸을 수 있는지 없는지는 나중에 전문가들이 조사하면 밝혀질 테고요."

듣고 있던 노인들이 웅성거렸다. 이택교 씨가 참말로 걷느냐고 최연화에게 묻기도 했다. 하지만 최연화는 팔짱을 낀 채 웃고만 있었다.

"이택교 씨는 우산을 쓴 채 찬통을 들고 회관까지 걸어왔을 겁니다. 우리 할머니가 이택교 씨와 마지막으로 통화한 건 어젯밤 11시 50분경이었으니까, 그때까지 이택교 씨는 무사했어요. 하지만 은담상회도 문을 닫고 동네 골목이 조용해지자 이택교 씨는 아내와 미리 계획한 대로 우리 할머니의 칠순 잔치 음식을 회관 뒤꼍으로 몰래 배달했어요. 당신은 남편과 약속한 시각에 맞춰 뒤꼍으로 갔고, 거기서 남편에게 미역국을 먹어볼 것을 권했어요. 아마도 회관에 있던 그릇에 떠서 줬을 거예요. 이택교 씨는 독약을 탄 줄도 모르고 미역국을 먹었고, 몸의 이상증세를 느끼며 집으로 향했을 겁니다. 우리 할머니를 비롯한 다른 사람들에게 도움을 청할 수도 없었을 거예요. 교통사고로 하반신을 못 쓰는 사람이 두 발로 걸어다닌다는 게 알려질 테니까요. 보험과 관련된 비밀이 있었을 수도 있고요. 이택교 씨는 최연화 씨에게 전화를 걸었을 겁니다. 최연화 씨의 휴대전화에 이택교 씨의 부재중 전화 기록이 있는지 없는지는 나중에 조사해보면 나올 거고요."

5분쯤 뒤 한 순경이 스테인리스 대접과 숟가락, 뒤집어 벗은 면장갑, 초록색 액체가 조금 남아 있는 소형 플라스틱 약병을 가지고 돌아왔다. 회관 뒷담 너머에서 찾아냈다고 했다. 그리고 홍씨도 블루베리 농원에 조금 못 미친 골목에서 이택교를 발견했다며 한 순경에게 전화로 알려왔다. 119에 연락했으나 다리가 끊어진 데다 당장 띄울 수 있는 헬기도 없으니 기다려달라는 답을 받았다고 했다.

한 순경과 홍씨의 통화가 끝나기도 전에 최연화가 회관을 뛰쳐나갔다. 한 순경과 오느릅도 최연화를 쫓아갔다. 은담상회를 지나 곧장 윗마을로 달려가던 최연화는 이장 홍씨네 집에 사람들이 모여 있는 걸 보고는 걸음을 멈추었다. 최연화를 발견한 홍씨가 손짓을 했다.

"급한 대로 우리 집으로 옮겼다. 비를 맞게 둘 수도 없고 새댁 느그 집까지는 멀고 해서."

이택교는 천막형 캐노피가 있는 데크에 반듯하게 누워 있었다. 온몸이 새파랗게 질린 게 청색증이 뚜렷했고 의식이 없는 듯했다. 한 순경이 달려들어 응급처치로 흉부 압박을 시행했지만 소용이 없었다.

"돌아가신 것 같습니다."

한 순경의 허탈한 목소리에 오느릅도 그 자리에 주저앉았다. 모든 걸 쓸어버릴 기세로 퍼붓는 장대비를 뚫고 최연화의 웃음소리가 울려 퍼졌다. 원피스의 빛깔만큼이나 선명하고 쨍한 웃음이었다. 최연화는 남편의 얼굴을 내려다보며 웃고 있었다.

"최연화 씨! 회관 뒷담 너머에서 발견된 초록색 액체가 든 약병, 혹시 그라목손 같은 농약입니까? 그걸 미역국에 타서 이택교 씨한테 먹인 거예요?"

한 순경이 다그쳐 물었지만 최연화는 발작하듯 웃기만 했다.

오전 11시쯤, 비가 그치고 은담천의 수위도 조금씩 내려가기 시작했다.

이택교의 시신도 마을회관으로 옮겨졌다. 회관에서 밤을 새운 노인들은 각자 집으로 쉬러 갔다. 황시근의 유가족도 여기저기 부고를 해야 한다며 집으로 돌아가고, 마을회관에는 오느릅과 한 순경, 최연화와 이장 홍씨만 남았다.

한 순경은 고창민의 집에서 가져온 노트북을 최연화에게 보여주었다.

"고창민 씨의 농막 출입문 위쪽에 CCTV가 있다는 거 알았습니까?"

한 순경의 물음에 최연화는 묵묵부답이었다.

"도로반사경이 있는 쪽을 비추고 있어서, 고창민 씨 집으로 접근하는 사람은 무조건 찍히게 되어 있습니다. CCTV 영상을 분석하면 고창민 씨가 사망한 것으로 추정되는 시각 전후로 농막에 드나든 사람이 누군지 밝혀질 것입니다. 그러니까 자백하시죠. 대체 왜 이런 일을 벌인 겁니까?"

최연화의 침묵이 이어지는데 이장 홍씨가 주방에서 젓가락을 꺼내 왔다. 홍씨는 누가 말릴 틈도 없이 육전을 베어 물었다.
"아이고, 맛나다."
"할머니! 그걸 왜 먹어요! 농약이 들었을지도 모르는데!"
오느릅이 소리치자 홍씨는 외려 손녀를 나무랐다.
"니는 좀 끼어들지 말고! 새댁이 음식을 해다 준 게 이번이 처음인 줄 아나? 코로나 걸리서 누워 있을 때 잣죽도 끓이다 주고, 저번에는 무화과를 박은 찜빵인지 카스테란지 하는 빵도 맨들어다 주고 했다. 다 맛만 좋았다. 이번이라고 다르긋나?"
그 순간 최연화가 울음을 터뜨렸다. 최연화는 홍씨의 다리에 얼굴을 묻고서 한참을 흐느꼈다. 홍씨는 말없이 최연화의 등을 쓸어 주었다. 한 순경이 오느릅의 노트북을 빌려서 이번 사건을 정리하는 사이, 오느릅은 검지로 이마를 긁적이며 울상을 짓고 있었다. 최연화가 완전범죄를 꿈꿨다면 이택교는 살릴 수 있었을 것이다. 하지만 최연화는 처음부터 완전범죄가 아니라 살인의 완성에 초점을 두었다. 마지막 살인을 막지 못했다는 자책과 실망감에 이마가 아프도록 긁어대는 오느릅의 검지를 한 순경이 손을 뻗어 떼어냈다.
"5년 전 민속학자가 우리 마을을 찾아오면서 시작된 일이에요."
마침내 최연화가 입을 열었다.
"마을 사람들이 종규 선생이라 부르던 그 사람의 본명은 안이석이에요. 대학 강사는 아니었어요. 어느 대학 평생교육원에서 두어 번 특강을 한 게 전부였거든요. 민속학 관련 특강도 아니었고 심리학 강연이었어요."
오느릅과 한 순경은 잠시 눈길을 주고받았다. 종규라는 민속학자 실종 사건을 검색해도 정보를 찾을 수 없었던 이유가 있었던 것이다.

"전국을 돌며 설화를 채록하면서 설화와 민중심리에 관한 책을 쓰고 있다고 했어요. 물론 지금 말씀드린 건 이 마을에서 저만 아는 사실들이에요. 연인이 된 뒤에 안이석이 내게만 말해준 것들이니까요. 당시 나는 안이석을 따라 이 마을을 떠날 생각이었어요. 모아둔 돈도 안이석에게 맡긴 상태였어요. 함께 살 오피스텔을 구하려고요. 하지만 그 사람에게 다른 여자가 있다는 걸 알게 됐어요. 그것도 둘이나. 심지어 나보다 먼저 만난 사람들이었죠. 헤어지는 건 어렵지 않았는데 문제는 돈이었어요. 안이석이 내 돈을 돌려주지 않았어요. 그 과정에서 남편이 우리 사이를 알게 됐는데 우린 그것도 모르고 평소처럼 마을 발전위원회 모임에 나갔어요. 그런데 그날 술자리에서 다툼이 있었어요. 안이석과 정삼만이 언쟁을 벌였는데, 남편은 정삼만 편을 들며 안이석을 공격했고, 안이석은 더 흥분해서 소리를 지르고… 난 먼저 자릴 떴어요. 그게 안이석을 본 마지막 모습이었어요.

처음엔 안이석이 정말로 발길을 끊은 줄 알았어요. 하지만 그날 이후로 나를 대하는 남편과 정삼만, 황시근, 고창민의 태도가 바뀌었어요. 남편은 유언장을 나에게 불리하게 고치고, 내가 말을 듣지 않으면 내 동생 학비도 끊겠다고 했어요. 남편은 나와 안이석의 관계 때문에 그럴 거라 짐작했지만, 이상한 건 나머지 세 사람도 나를 무슨 채무자 대하듯 한다는 사실이었어요. 정삼만은 자기가 자주 가는 낚시터로 나를 불러냈고, 황시근은 약재상이 문을 닫는 날마다 가게로 나를 불러냈고, 고창민은 남편이 반신욕을 하는 시간마다 나를 자기 집으로 불렀어요. 남편과 약속된 일이라면서요. 남편에게 따졌더니 그 사람들 시키는 대로 하지 않으면 동생 학비는 꿈도 꾸지 말라고 했어요.

 그 이유를 지난봄에야 알았어요. 네 사람은 5년 전 그 여름에 민속학자를 죽였던 겁니다. 그리고 그 비밀을 무덤까지 가기로 약속하고 나를 공유하기로 한 거죠. 그들이 원수처럼 지낸 건, 그 비밀을 감추기 위한 일종의 쇼였어요. 사유지 침입으로 고소를 하네 마네 해도 실제로 그런 적은 없어요. 고창민과 노인들 사이가 안 좋았던 것도 고양이 때문이 아니었어요. 나를 자기 여자로 생각한 고창민이 나한테서 정삼만과 황시근을 떼어내려 한 거예요. 실제로 고창민은 남편을 죽인 다음 나와 결혼할 생각까지 했어요. 내가 반대하니까 5년 전의 일을 실토하더군요. 자기가 나를 위해 무슨 짓까지 했는지 아느냐면서요. 그때 술자리에서 남편은 안이석이 나를 성폭행했다고 거짓말을 했고, 나머지 세 사람과 함께 안이석을 때려 죽였던 겁니다."

 "그럼 신고를 하셨어야죠. 지금 최연화 씨가 한 말들 중에 연쇄살인의 동기가 될 만한 건 아무것도 없습니다!"

 한 순경이 반박하자 최연화가 자기 머리를 움켜쥐며 소리쳤다.

 "내 아이도 죽었어요! 안이석이 사라지고 얼마 되지 않아 임신 사실을 알았어요. 눈치 빠른 남편은 나를 산부인과로 끌고 갔죠. 당신 아이일지도 모른다고 매달렸지만 남편은 막무가내였어요. 엄마와 동생, 내가 아는 모든 사람에게 외도와 임신 사실을 폭로하겠다며 협박했어요. 아기만 지우면 아무 일도 없던 것처럼 마무리될 거라며. 그때만 해도 안이석이 살해당한 사실을 몰랐기 때문에 모든 게 내 탓 같았어요. 중절 수술을 받고 남편의 그림자 노릇에 만족하며 숨죽인 채 살았어요.

하지만 네 사람이 안이석을 살해했다는 걸 알고 나니까 내 탓만 하며 살아온 세월이 억울했어요. 살인마들 주제에 나를 짐승 다루듯 한 거잖아요. 남편한테 어떻게 이럴 수가 있냐고 했더니 안이석이 죽던 날, 네 사람에게 자기도 비밀을 들켰다고 하더군요. 수십 억짜리 상해보험 사기극이 탄로 난 거예요. 오느릅 학생 추측대로 남편은 걸을 수 있어요. 남편은 안이석의 죽음과 자신의 비밀을 묻기 위해 나를 제물로 내어준 거예요.

네 사람에게 복수할 방법을 찾고 있을 즈음 이장님의 칠순이 다가온다는 걸 알게 됐어요. 저한텐 하나밖에 없는 말벗이자 친구, 언니 같은 분이라 내 힘으로라도 잔치를 열어주고 싶었어요. 그래서 회관에서 잔치를 열면 어떨까 생각하고, 몇 년 만에 마을회관에 갔어요. 마을 발전위원회가 해체된 뒤로는 처음이었죠.

그때 안이석이 만든 노래 액자가 눈에 들어왔어요. 길로 길로 가다가 엽전을 하나 줍는 것으로 시작해서 마을 잔치를 여는 것으로 끝나는 노랫말이, 이 마을에서의 내 인생 같았어요. 안이석과 처음 대화를 나눈 게 엽전처럼 동그란 종규 부적에 대한 것이었거든요. 그래서 정삼만, 황시근, 고창민, 이택교 이 네 사람도, 엽전으로 시작하는 이야기 속으로 끌어들이기로 한 거예요. 다 죽이고, 마지막에 이장님께 잔치 음식을 대접하고… 내 이야기도 끝이 나는 거죠."

"정삼만을 살해하고 자살로 위장하는 과정에선 고창민의 도움을 받았잖아요."

한 순경이 지적하자 최연화가 쓴웃음을 흘렸다.
"말했잖아요. 그 사람은 내가 자기 여자인 줄 알았다고. 정삼만이 추근거리는 게 괴로워서 죽여버리려고 수면 마취제를 주사했다고 했더니 나머지는 자기가 알아서 한다고 했어요. 그렇게 창고에 매달아놓을지는 몰랐지만."
"하지만 낚싯바늘이 고창민의 아이디어였을 것 같진 않은데요?"
오느릅이 반문했다.
"내가 부탁한 거야. 은담천 낚시터로 끌고 가서 나를 추행한 영감이니까 밧줄에 꼭 낚싯바늘을 걸어달라고."
"그럼 고창민에게도 수면 마취제를 주사했겠군요."
한 순경의 말에 최연화는 부정도 반박도 하지 않았다. 한 순경이 최연화의 진술을 마저 정리하는데 이장 홍씨가 미역국을 떠먹으며 말했다.
"노래 마지막 줄은 아무도 안 죽고 잘 지나갔다고 꼭 써라. 새댁이 해온 음식을 동네 할매가 그릇 그릇 맛나게도 묵었다꼬."
다음 날 오전이 되어서야 금속 합판을 이어 붙인 임시 교각이 설치되고, 지역 경찰서 강력팀 형사들과 과학수사대가 도착했다. 마을회관에 있던 시신들과 농막에 있던 고창민의 시신은 부검을 위해 이송되었고, 최연화는 경찰서로 연행되었다.
오느릅은 학교에 일주일간의 현장체험학습 신청서를 제출하고 할머니 곁에 남았다. 이번 일로 큰 충격을 받은 할머니를 혼자 둘 수도 없었고 기다리는 누군가가 있기도 했다. 한 순경이 다시 은담 마을을 찾은 건 최연화가 잡혀가고 나흘째 되던 날이었다. 오느릅과 한 순경은 마을회관 회합실에 나란히 앉아서 컵라면을 먹었다. '길로 길로 가다가' 노래 액자를 형사들이 떼어간 터라 회관의 벽이 휑했다.

면을 다 건져 먹은 뒤 오느릅이 먼저 궁금한 걸 물었다.

"농막 CCTV에 최연화가 찍힌 건 어떻게 알았어요? 난 농막에 CCTV가 있는 줄도 몰랐는데. CCTV 증거가 없었으면 최연화가 끝까지 범행을 부인했을지도 몰라요."

"농막 마당에 길고양이 집이 있었어. 사료통이 젖지 않게 차양도 설치해놓고, 측면에는 예쁘게 도색도 해놓은 근사한 집이었어. 그래서 이 정도로 고양이를 아끼는 사람이라면 CCTV로 농막 마당을 감시할지도 모른다고 생각했어. 고양이 일로 정삼만, 황시근과 실제 갈등이 있었다는 얘기도 들은 터였으니까. 농막을 살펴봤더니 출입문 위쪽에 가짜 포도 넝쿨로 감싸놓은 CCTV가 있었어. 진짜 포도 넝쿨과 뒤섞여 있어서 외부인은 잘 볼 수 없는 구조였어. 그런데 CCTV 방향이 내 예상과 달랐어. 도로반사경 쪽을 향하고 있었거든. 그쪽을 비추면 농막으로 들어오는 사람뿐만 아니라 양쪽 길에서 접근하는 사람까지 찍히니까. 고창민을 살해한 범인도 찍혔을지 모른다는 생각에, 다시 가서 고창민의 노트북을 챙겨 온 거야."

이어서 한 순경이 오느릅에게 내내 궁금했던 걸 물었다.

"그런데 넌 그 폐가에 민속학자의 시신이 있으리란 걸 어떻게 알았어?"

"뭉그러진 스크류바 때문이에요. 저는 은담상회의 아이스크림 냉동고가 꺼졌다가 한참 만에 다시 켜졌을 거라고 추측했어요. 그래서 은담상회 사장 할머니에게 꼬치꼬치 캐물었더니 최근에 마을에 한 차례 정전이 있었더라고요. 최연화가 전봇대를 들이받은 날 밤 말이에요. 그날 최연화에겐 마을이 정전되어야 할 이유가 있었을 거라 생각했어요. 정확히는 은담상회와 그 앞에 있는 가로등이 꺼져야만 했던 거죠. 민속학자의 시신이 발견된 폐가는 이택교 소유로, 은담상회의 불빛이 정면으로 닿는 곳이었어요. 오밤중이나 새벽에도 동네 노인이 문을 두드리면 은담상회 사장 할머니는 불을 켜고 물건을 팔거든요. 그래서 최연화는 아예 전봇대를 들이받아 마을에 불이 들어오지 않게 했던 거예요. 은담상회 사장 할머니 말로는 전기가 다시 들어온 건 다음 날 아침 8시쯤이었어요. 그리고 한 순경님이 이택교에게 들은 바에 따르면 전봇대를 들이받고 응급실에 실려 갔던 최연화는 택시를 타고 새벽에 귀가했어요. 그때 최연화는 곧장 집으로 가지 않고 폐가로 향했죠. 정전된 마을의 어둠 속에서, 목격자 없이 폐가에 암매장되어 있던 민속학자의 시신을 파내어 그 사람 입에다가 뭔가를 넣으려고요. 시신의 위치는 고창민에게 들어서 알고 있었을 것이고, 동그란 종규 부적은 최연화가 보관하고 있었을 가능성이 커요. 둘이 사귀기 시작했을 때 민속학자가 선물로 줬을 수도 있고요. 아무튼 그때 은담상회 사장 할머니가 스크류바 값을 환불해줬다면 저는 이 연쇄살인을 알아차리지 못했을 거예요."

궁금증이 다 해결됐는데도 한 순경은 쉽사리 마을을 떠나지 못했다.

"오느릅, 우리가⋯ 최연화한테 진 거지?"

"아마도요. 노랫말 연쇄살인의 법칙은 은담 마을에서도 깨지지 않았네요. 그래도 한 가지 바뀐 것도 있어요."

"뭔데?"

"보통은 탐정 혼자 사건을 풀어가는데, 우린 둘이서 같이 했잖아요. 추리 전문 탐정에겐 증거에 집착하는 경찰관 파트너가 필요하다는 걸 알았어요."

"고맙다. 사실 그 말이 듣고 싶어서 여길 다시 왔던 것 같아. 처음엔 진범을 알아내고 자백을 받아냈다고 다들 칭찬하더니 하루하루 지날수록 눈앞에서 벌어진 두 건의 살인을 막지 못했다는 질책이 커지더라. 그래서 요 며칠 좀 울고 싶었거든."

"저도 비슷해요. 탐정은 뒷북 해설자에 지나지 않는 게 아닐까 자책하고 있었거든요. 그런데 한 순경님 얼굴 보니까 다음에도 부딪쳐보고 싶어졌어요. 그땐 나도 포도 넝쿨을 잘 뒤져보려고요."

순찰차에 오르기 전에 한 순경은 오느릅을 안아주었다.

"우리 또 보진 말자."

"그건 모르죠. 사건이 우릴 또 불러 모을지."

작가의 말

〈길로 길로 가다가〉는 《클리셰: 확장자들》이라는 앤솔러지에 발표한 작품이자 제가 처음으로 지면에 발표한 미스터리 단편입니다. 앤솔러지에 합류한 작가들과 편집부의 상견례가 있던 어느 식당의 정경이 지금도 기억에 또렷합니다. 고기가 익어가고 즐거운 대화가 이어지는 와중에 저는 혼자 걱정에 빠져 있었습니다. 독자인 나에겐 미스터리가 최애 장르이지만 작가인 나에게는 어렵고 낯설었으니까요.

미스터리 장르의 클리셰 하나씩을 고를 수 있다기에 저는 S. S. 밴 다인의 《비숍 살인사건》과 애거사 크리스티의 《그리고 아무도 없었다》의 '동요 살인사건'을 선택했습니다. 자신 있게 건드릴 만한 클리셰가 떠오르지 않아서 일단 제가 좋아하는 것으로 골랐습니다.

동요 살인사건 미스터리를 읽을 때마다 노랫말 자체가 살인 예고가 된다는 점, 작품 후반부에 가면 범인도 노랫말의 지배를 받는 강박적 살인자처럼 보인다는 점이 흥미로웠습니다. 그 두 가지 재미 요소를 흉내라도 내보자는 심정으로 도전했던 기억이 납니다. 혹시라도 제 작품에서도 그 재미를 느낀 독자가 있다면 당근을 흔들어주세요!

또한 〈길로 길로 가다가〉는 저의 탐정인 오느릅을 세상에 소개하는 작품이기도 합니다. 예전부터 여성 청소년 탐정 캐릭터를 구축하는 게 꿈이었습니다. 그 꿈을 이룬 작품이 황금펜상 우수작으로 선정되었으니, 오느릅을 위해서라도 더 열심히 공부하고 쓰도록 하겠습니다.

전건우 선생님께 처음 미스터리를 배웠습니다. 그때 들은 강의 내용을 제 목소리로 녹음해놓고 요즘도 지하철에서 듣곤 합니다. 그리고 정명섭, 무경, 박소해 작가님, 박윤희 팀장님의 도움으로 미스터리에 첫발을 내디뎠습니다. 다섯 분께 어딜 내놔도 부끄럽지 않은 추리작가가 되도록 부단히 성장하겠습니다. 끝으로 부족한 작품을 예심에서부터 읽어주시고 우수작으로 선정해주신 황금펜상 심사위원들께 깊은 감사의 마음을 전합니다.

우수작

1300℃의 밀실

한새마

한새마

2019년 《계간 미스터리》 여름호에 〈엄마, 시체를 부탁해〉로 신인상, 〈죽은 엄마〉로 엘릭시르 미스터리 대상 단편 부분 대상, 2023년 발표한 《잔혹범죄전담팀 라플레시아 걸》로 한국추리문학상 신예상을 받았다. 단편집 《엄마, 시체를 부탁해》 외에 여러 작품이 출간되었다.

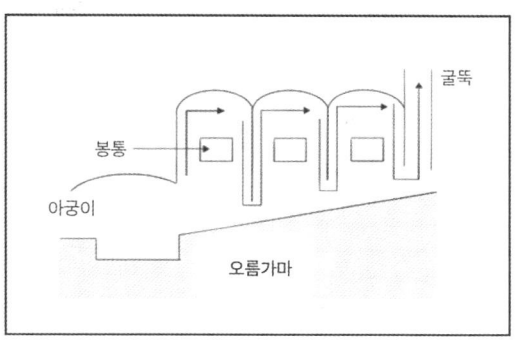

사건 발생 후

지금 가마는 1300℃의 지옥이다. 아무도 들어갈 수 없고 나갈 수 없는 불지옥.

아궁이와 봉통(불구멍)은 흙벽돌로 막혀 있고, 벽돌 틈새에도 불의 갈기들이 휘날리고 있다. 좁은 굴뚝에선 뜨거운 연기가 쉼 없이 솟구친다. 이 지옥을 마음대로 휘젓고 다닐 수 있는 건 오직 화마뿐이다.

그런데 장작 타는 소리를 뚫고 산중 도요陶窯에 뾰족한 비명들이 울려 퍼졌다. 분탕질이라도 치는 듯 기물들이 깨지고 부서지는 소리였다.

그 소리를 듣고 사람들이 달려왔다. 가마 안에서 무슨 사달이 난

게 분명했다.

  누군가가 장작더미에 꽂혀 있던 도끼를 집어들어 첫 번째 가마 칸의 봉통을 내리쳤다. 다른 사람은 ㄱ자 모양의 철근 긁개를 가져와 아궁이의 흙벽돌을 부숴뜨렸다. 벽돌이 무너졌고 불꽃이 튀어 올랐다. 철근 긁개가 속으로 들어가 숯과 장작을 긁어냈다. 벌겋게 달아오른 숯과 장작이 창자처럼 밖으로 쏟아져나왔.

  연기와 불길이 잦아들자, 가마 칸 내부가 언뜻언뜻 보였다.

  그때 어떤 이가 소리쳤다.

  "사, 사람이 있어, 안에 사람이!"

사건 발생 전

  쏴아아아아.

  장대비가 퍼붓기 시작했다. 사방에서 흙내가 일었다. 빗줄기가 슬레이트 지붕을 타고 처마 아래로 떨어졌다.

  이이세 도요의 도예 명장인 청암이 쓰고 있던 망건을 벗어 물기를 털었다. 백발의 꽁지머리에 망건을 도로 쓰고 나서 두루마기 자락을 추슬렀다.

  제단 위 향초 불이 맥없이 꺼졌다.

  개량 한복 차림의 제자들이 어쩔 줄 몰라하며 발을 뗐다가 붙였다가 했다. 꺼진 향초에 불을 붙이며 청암이 근엄하게 말했다.

  "지나갈 비다. 호들갑 떨지 마라."

  그때 갑자기 코맹맹이 남자아이 목소리가 청암의 말을 치고 들어왔다.

"오늘 전국 곳곳에 소나기가 내리겠습니다. 강한 바람과 함께 천둥과 번개도 칠 것으로 보입니다. 수도권과 강원 영서, 충북 등에 소나기치고는 제법 많은…."

신지오 기자가 얼른 아들 모아의 입을 손으로 틀어막았다.

"아유, 죄송해요. 오늘 아침에 활보(활동 보조사) 선생님이 화장실에서 미끄러졌다지 뭐예요. 하필 학교는 지금 봄방학이고…."

그래서 지오는 하는 수 없이 아들 모아를 데리고 취재를 나올 수밖에 없었다.

모아는 올해 열 살로 지적 장애와 자폐 스펙트럼을 가지고 있다. 다섯 살 때까지 엄마라는 말조차 하지 못했던 모아가 수년간의 교육을 통해 말문이 트인 건 좋았는데, 문제는 '반향어'였다.

반향어는 자폐증의 하나로 상대방의 말을 따라 하는 증상을 가리킨다. 상대방이 말했을 때 바로 따라서 하는 '즉각 반향어'와 상대방이 말하고 한참 지난 후에 따라서 하는 '지연 반향어'가 있다.

청각적인 기억력이 발달해서인지 모아는 즉각 반향어보다 지연 반향어를 주로 사용한다. 언어발달센터 선생님은 앞으로 천천히 반향어를 소거해나가면 일상적인 대화가 가능할 거라고 했지만 그게 벌써 몇 년 전의 일이었다. 모아가 어디에서 들었는지 알 수 없는 말을 시도 때도 없이 외우고 다니는 통에 지오는 아주 돌아버릴 지경이었다. 그렇다고 모아의 반향어를 완전히 무시할 수도 없다. 가만히 듣다 보면 그 말 속에 자기가 하고 싶은 이야기가 들어 있기도 하기 때문이다.

청암이 불쾌한 듯 모아를 매섭게 노려보았다. 모아가 슬쩍 고개를 돌리며 억양 없는 말투로 중얼거렸다.
"와아, 홍콩 할매 귀신이다. 신비야, 우리도 얼른 도망가자….."
어린이 애니메이션 흉내를 내는 모아의 입을 지오가 재차 틀어막았다. 그러자 청암이 대놓고 어허, 하고 주의를 준 뒤 찻잔에 차를 따랐다.
어느새 솔향이 지오와 모아 곁으로 다가와 생글거리며 속삭였다.
"괜찮아요. 저는 신 기자님 같은 슈퍼맘 존경해요."
이 사람일까? 지오는 사근사근한 인상에 통통한 몸매의 솔향을 유심히 바라보았다.
사실 지오는 잡지 기자가 아니라 추리소설가다.
지오가 익명의 메일을 받은 건 보름 전쯤이었다. 직장 내 권력형 성폭력에 관한 사회 고발 소설인《그날 그 탕비실에서》로 한국추리소설상을 거머쥔 날이기도 했다. 그날 많은 축하 메일과 메시지를 받았기에 처음엔 단순한 팬레터인 줄 알았다.
《그날 그 탕비실에서》를 감명 깊게 읽었다는 말로 시작한 메일에는 전혀 예상치 못했던 이야기가 담겨 있었다. 도예계에서 막강한 힘을 가진 명장이 신진 도예가들에게 성 상납을 받았다는 내용이었다.
일제강점기 때 일왕에게 다기를 바칠 것을 명령 받았지만 그걸 거부하기 위해 두 손을 잘랐다는 이이세 명장의 일화는 도예에 문외한인 지오도 알고 있을 정도로 유명하다. 그런 이이세의 유일한 핏줄인 청암이 제자들의 출세를 빌미 삼아 권력형 성폭력을 일삼았다니 반신반의할 수밖에 없었다. 게다가 익명의 발신자는 내부 고발자로 낙인찍히면 도요에서의 퇴출은 물론이고 도예가로서의 생명조차 완전히 끊길 거라며 자신의 신분을 끝내 밝히지 않았다.
 청암은 대한민국 도예가협회 회장까지 역임했을 정도로 도예계에서 막강한 힘을 가지고 있다. 이 스캔들이 도예계에 일으킬 파장은 상상 이상일 터였다. 사회 고발 전문 소설가로서 가만히 앉아 있을 수가 없었다. 그래서 지오는 우선 메일의 내용이 사실인지 아닌지 확인해보기로 했다.
 마침, 문화예술 잡지사 국장과 친분이 두터웠던 지오는 도예 잡지 기자로 위장해 이이세 도요의 장작 가마 불때기를 취재하러 올 수 있었다. 그런데 하필 이렇게 중요한 잠입 취재에 끊임없이 종알거리는 모아를 꼬리처럼 붙이고 다니게 생겼다. 생각만 해도 머리가 지끈거릴 지경이었다.
 청암이 제단에서 뒤로 몇 걸음 물러났다. 그러자 제자인 동백, 솔향, 혜민, 녹림도 주춤주춤 뒷걸음질 쳤다. 네 제자 중 제일 뒤쪽에 서 있던 녹림은 거적 밖으로 밀려났다. 녹림의 어깨와 등판이 빗물에 먹빛으로 젖어 들었다.
 스승이 큰절을 올리자, 네 제자도 뒤따라 흙바닥에 넙죽 엎드렸다.
 간신히 비를 피하고 있던 지오는 얼른 정신을 차리고 스마트폰으로 사진을 찍어댔다.
 청암이 동성애자가 아닌 이상 성 상납을 했을 인물은 동백, 솔향, 혜민 셋 중 하나다. 아니, 어쩌면 세 명 다일지 모른다.
 동백과 솔향은 작년에 앞다투어 개인전을 열었고 청암의 수제자 자리를 놓고 겨룬다고 들었다. 동백은 이이세 도요만의 티끌 하나 없이 흰 백자에 동백꽃처럼 붉은 진사 무늬를 그려 넣기로 유명하다. 솔향의 대표작은 기세 좋은 소나무 그림이 있는 청화백자다. 이 두 제자에게 개인전과 수제자 자리를 빌미로 청암이 성 상납을 강요했을지도 모른다.

막내인 혜민이라고 해서 피해자 후보에서 빠지는 건 아니다. 메일에는 성 상납을 하고 어떠한 대가를 받았는지 적혀 있지 않았다.

지오는 익명의 메일을 읽어 내려가다가 칼로 심장을 찌르는 듯했던 한 문장을 떠올렸다.

이러다간 내가 죽든가 저 악마를 죽이든가 둘 중 하나일 겁니다.

사건 발생 후

소방대원들이 가마에 물을 퍼부었다.

구정물로 질퍽해진 흙 마당에 주저앉은 도예가들이 100년의 역사를 자랑하던 전통 가마가 무너지는 것을 넋 놓고 바라보았다.

"우리 이이세 도요의 명작을 만들어낸 건 모두 이 가마입니다. 100년도 넘게 도예가로 살아온 것이니 도예 명장은 바로 이 가마인 셈입니다."

잠에서 깬 모아가 망연자실해 있는 도예가들의 가슴에 대못을 박았다. 낮에 들었던 말을 기억해뒀다가 따라 한 것이리라. 단어 뜻을 알았다면, 타인의 마음을 조금이라도 느낄 줄 알았다면 하지 않았을 말이다.

"쉿, 모아야. 이만 들어가서 자자. 가자."

지오가 모아를 들쳐 안았다.

그때 소방대원들과 같이 출동했던 순경이 다가와 좀 전에 휴대전화로 찍은 사진을 보여주었다.

"수골收骨 속에서 이게 나왔습니다."

"이게 뭔가요?"

용머리가 그려진 청화 도자기 조각을 찍은 사진이었다.

솔향이 자리에서 벌떡 일어났다.

"이건 명장님 목걸이에요. 저 가마에서 처음으로 구워낸 용문 청화백자 조각인데, 이이세 도요의 상징이자 가보입니다. 그래서 명장님만 꼭 목에 차고 다니셨어요."

"그렇다면 가마 안에서 돌아가신 분이 명장님 맞나 보네요."

단정하는 순경에게 지오가 따져 물었다.

"사람 수골인 건 확실한가요?"

"다행히 사람 것으로 보이는 두개골 형태가 남아 있습니다. 완전히 타버려서 DNA 검출은 힘들겠지만요."

동백이 주저앉은 상태로 중얼거렸다.

"명장님이 왜 자살을…?"

지오가 예리하게 동백의 혼잣말을 놓치지 않았다.

"수골만으로는 자살인지 타살인지 알 수 없어요. 근데 왜 자살이라고 생각하는 거예요?"

당황하는 동백 대신에 혜민이 대답했다.

"몇 해 전부터 손이 굳어 작업에 여러 가지 어려움을 겪으셨어요. 이번 불때기도 저희끼리 하라고 명장님이 문자를 보냈을 정도였으니까요."

　청암에게 그런 증상이 있다는 걸 제자들은 모두 알고 있던 모양이었다.

　순경이 반색했다.

"문자요? 좀 보여주시죠."

　혜민이 가죽 앞치마 주머니에서 스마트폰을 꺼내 보여주었다.

"그래서 저희끼리 불때기를 했습니다."

　폰 화면을 보면서 순경이 고개를 갸웃거렸다.

"거, 불때기란 게 뭡니까?"

"가마 안에 장작을 넣고 불을 지펴서 기물을 굽는 거죠."

"아하, 그렇군요. 아무튼 문자 보낸 4시 40분까진 살아 있었단 얘기군요."

"아, 아닙니다."

　동백이 손을 떨면서 자신의 스마트폰을 순경에게 들이밀었다. 순경이 폰을 받아 들면서 시큰둥하게 물었다.

"아니라고요? 그럼, 그 시각에 죽었단 말인가요?"

"아, 아니 그게 아니라, 불때기 불참 문자 뒤에 저한테 또 문자를 보내셨어요. 명장님 방으로 와서 다리를 주물러달라는 문자였어요."

"그래서 갔나요?"

　동백의 표정이 침통했다. 순경은 아직 눈치채지 못했지만, 다리를 주물러달라는 문자는 성 상납을 하러 오라는, 암묵적인 지시 같은 거라고 지오는 생각했다.

"네, 갔습니다. 다리를 주물러드리고 나왔습니다."

"저한테도 다리 주물러달라는 문자가 왔었습니다."

솔향이 한숨을 길게 내쉬었다.

"문자는 언제 왔죠?"

"5시입니다. 그런데 문자 내용에는 5시 30분에 와서 다리를 주물러달라고 해서 그렇게 했습니다."

솔향의 말에 동백도 덧붙였다.

"아, 저는 5시 10분에 와서 다리를 주물러달라고 했습니다. 그래서 그렇게 했고요."

"언제까지 주물렀는데요?"

순경이 솔향에게 물었다.

"겨우 10분 남짓 주물렀습니다. 5시 40분에는 명장님 침소에서 나왔습니다."

"그럼 넉넉잡아서 6시쯤에 명장님이 가마 안으로 들어갔던 게 되는군요."

지오가 따지듯이 순경에게 말했다.

"아니죠. 6시엔 우리 모두 여기에 모였어요. 장작을 넣으면서 아궁이 속을 들여다봤는데 제1가마 칸에 사람이라곤 코빼기도 보이지 않았어요."

녹림도 지오의 말을 거들었다.

"불때기 작업을 마치고 숙소로 가서 저녁을 먹었어요. 그러다가 갑자기 가마에서 기물들이 깨지는 소리가 난 거예요. 그때가 8시 30분쯤이었고요. 누군가 안에서 부수지 않는 이상 기물들이 저절로 깨질 리가 없어서 확인하려고 우리 모두 몰려왔고요."

"제가 봉통을 부수고 제1가마 칸을 들여다보니까 기물들이 전부 부서지고 그 위에서 사람 형상 같은 게 불타고 있었습니다."

동백의 말을 들은 순경이 무엇을 상상한 건지 부르르 몸을 떨었다.

"끔찍했겠네요. 음, 아무튼 그럼 8시경에 명장님이 자살한 거군요."

"아까부터 왜 자꾸 자살, 자살, 하는 거예요?"

지오가 모아를 추켜세워 안으며 말했는데, 그게 무슨 버튼이라도 되는 양 모아가 억양 없는 말투로 중얼거렸다.

"아궁이에 장작불을 지피면 사흘은 지나야 가마 내부를 구경할 수 있습니다."

낮에 녹림에게 들은 말을 기억해놓은 모양이었다.

"얘 말이 맞아요. 불지옥 안으로 직접 들어가서 자살할 바보는 없을 거예요. 게다가 우리가 도자기 깨지는 소릴 듣고 가마에 왔을 땐 분명히 아궁이고 봉통이고 할 것 없이 전부 다 막혀 있었다고요. 굴뚝은 우리 모아도 들어가지 못할 크기고, 뜨거운 연기가 계속 뿜어져 나오고요. 그러니까 이건 자살이 아니죠."

지오의 목소리가 떨리고 있었다. 그도 그럴 것이 지오는 청소년 시절에 존 딕슨 카의 소설을 읽고 추리소설가가 되기로 결심했었다. 불가능 범죄, 밀실 트릭 등 수수께끼로 가득 찬 퍼즐 미스터리를 언젠가는 꼭 써보리라 마음먹었다. 그런데 현실에서 불가하고 불가능한 범죄와 맞닥뜨리게 되니 몸이 절로 떨릴 수밖에 없었다.

"밀실 살인이에요. 불완전 밀실 살인이요."

일동 지오 쪽으로 돌아보며 무슨 개소린가 싶은 표정을 지었다. 순경이 콧방귀를 뀌었다.

"하, 밀실 살인요? 이분이 추리소설을 너무 많이 읽으셨나? 이 젠 아예 추리소설을 쓰시고 있네요."
"네, 맞아요. 전 사실 기자가 아니라 소설가입니다."

사건 발생 전

"화장이 맨날 뜨나요? 입술만 동동 뜨나요? 오늘은 한 듯 안 한 듯 자연스러운 꾸안꾸 화장법을 소개하겠습니다."
특유의 어린아이 같은 목소리로 중얼대던 모아가 지오의 매서운 눈과 마주치자 고개를 옆으로 돌렸다.
"못생긴 사람한테는 못생겼다고 말하면 안 된다고 했찌! 이 노무 짜식이이이!"
모아가 엄마 잔소리를 흉내 냈다. 지오의 얼굴이 화끈 달아올랐다. 또 입을 틀어막든지 해야 하나 당황하고 있는데, 빗소리가 멈췄다. 먹구름이 사라지고 사위가 쨍하니 밝아졌다.
청암이 손짓하자 녹림이 제일 먼저 뛰어와 차례상을 치웠다. 동백과 솔향은 무릎에 묻은 흙을 털어내며 일어났다. 혜민도 몸을 재게 놀려 녹림을 거들었다.
"이쁜 기자 양반, 이리 와 보겠소?"
청암이 아궁이 앞에 앉아 가마 내부를 가리켰다.
이쁜 기자 양반? 칭찬인지 욕인지 모를 묘한 기분은 접어두고 지오는 작고 마른 몸집의 노인 옆에 쪼그리고 앉았다. 모아도 엄마 옆으로 종종걸음쳐 왔다. 열 살이나 되면서 낯선 장소에선 엄마한테서 조금도 떨어지지 않으려 하는 모아였다.

"저게 우리 이이세 도요만의 화도火途요."

100년도 더 된 이 오름 가마는 봉분처럼 생긴 가마 칸 세 개가 경사면을 따라 차례대로 붙어 있는 구조다.

제일 아래쪽 가마 칸에는 큰 아궁이가 붙어 있다. 두 번째, 세 번째 가마 칸에는 화기를 조절하는 작은 구멍이 나 있지만 아궁이는 없다. 그 때문에 세 개의 가마에 일정한 화기를 유지하기 위해 '불의 길'을 뚫어놓은 거라고 했다.

이이세 도요는 다른 도요와 다르게 '불의 길'이 큰 편이다. 다른 도요의 가마가 조그마한 창문 정도의 크기라면 이이세 도요의 가마엔 사람이 허리를 구부려 지나다닐 수 있을 만큼의 아치형 문이 뚫려 있다.

"우리 도요가 기백 넘치는 작품들을 만들어내는 비기요. 우린 다른 도요와 다르게 불의 길이 아주 시원시원하지."

아치형 문을 통해 제3가마 칸의 굴뚝까지 들여다보였다. 화도(불의 길) 양쪽으로 유약을 발라 말린 기물들이 줄지어 놓여 있었다.

청암이 자리에서 일어나며 물었다.

"가마 안에 들어가 보겠소?"

모아를 데리고 들어가야 하나, 들어갔다가 기물을 부수거나 하진 않을까, 그렇다고 낯선 장소에 혼자 있으려 하질 않을 텐데, 고민하고 있던 지오에게 녹림이 다가와 말했다.

"아궁이에 장작불을 지피면 사흘은 지나야 가마 내부를 구경할 수 있습니다."

아궁이에 불을 지핀 다음엔 흙벽돌로 아궁이 입구를 막아버린 다고 했다. 2박 3일 동안 가마 내부는 섭씨 1300℃까지 타오른다. 가마 옆쪽에 봉통(불구멍)이 뚫려 있는데 거기에 장작을 더 집어넣거나 빼내면서 화기를 조절한다고 했다.

"녹림아, 네가 기자님 안내 좀 해드려라."

청암의 말을 등지며 지오는 모아의 손을 잡고 가마 안으로 들어갔다. 불안해할 줄 알았는데 작고 아담한 가마 내부에 편안함을 느꼈는지 종종걸음을 치던 모아가 얌전해졌다.

"우리 이이세 도요의 명작을 만들어낸 건 모두 이 가마입니다. 100년도 넘게 도예가로 살아온 것이니 도예 명장은 바로 이 가마인 셈입니다."

녹림의 말에는 자부심이 가득했다.

"여기가 제1가마 칸입니다. 세 개의 가마 칸 중 제일 큽니다."

제1가마가 가장 크다고는 했지만 키 160센티미터의 지오가 약간 구부정하게 서 있어야 할 정도의 높이였다. 뒤따라 들어온 녹림이 이어서 설명했다.

"가장 큰 기물들을 여기서 굽습니다. 안쪽으로 들어갈수록 가마 칸 바닥이 올라오고 내부가 좁아지기 때문에 제3가마 칸에는 작은 기물들을 놓습니다."

둘러보니 제1가마 칸에는 성인 남녀의 허리까지 닿을 만큼 큰 기물들이 있었다.

"철제 받침대 같은 게 설치되어 있을 줄 알았는데 아니네요."

"전통 가마 취재는 처음이세요?"

녹림의 두 눈에 노기 같은 게 서렸다. 뭐 이런 초짜를 취재하라고 보냈느냐는 듯 황당함을 넘어 노엽기까지 한 모양이었다.

"우리 이이세 도요는 100년 전 전통을 그대로 고수하고 있습니다. 그래서 철제 받침대 대신에 저렇게 ㄱ자 모양의 도편을 기물 받침대로 쓰고 있습니다."

"받침대도 도자기란 뜻이군요. 근데 이건 왜 색깔이 달라요?"

지오는 녹림의 한심해하는 눈초리를 짐짓 모른 체하며, 잿빛 도자기 기물과 우윳빛 도자기 기물을 번갈아 가리키며 물었다.

"잿빛이 도는 건 초벌할 기물이고 우윳빛이 도는 건 초벌한 기물에 유약을 발라 재벌을 할 것들입니다. 도자기는 원래 두 번 구워냅니다. 초벌을 하면 3분의 2가량이 줄어들기 때문에 그걸 감안해서 흙으로 빚을 땐 일부러 크게 만듭니다."

"아, 여기 얼룩이 묻은 것도 있네요?"

"그건 동백 쌤이 재벌 할 기물에 동백 그림을 그린 다음 유약을 발라서 그런 겁니다. 백자에 붉은색을 내기 위해 진사 유약으로 그림을 미리 그려 넣은 거예요."

"진사 유약요?"

"유약에는 동(Cu), 철(Fe), 코발트(Co) 세 가지를 주 발색제로 사용하는데 작가마다 고유의 배합 비율이 있어요. 동이 많이 함유되면 붉은색을, 철이 많이 함유되면 검은색을, 코발트가 많이 함유되면 푸른색을 띠죠. 우리 이이세 도요도 특별히 조합해 쓰고 있습니다."

"아아, 그래서 이이세 도요 백자색이 오묘했던 거군요."

"사실 도예가가 아무리 애를 써도 하늘이 허락해주시지 않으면, 아름다운 도자를 얻을 수 없습니다. 가마 상태, 불과 공기의 상태,

유약 잿물 상태 등에 따라 달라지니까요. 티끌 하나 없이 깨끗한 백자를 구워내려고 했는데, 먼지 하나 때문에 실패하는 일이 허다합니다."

"기물을 받치는 도편들은 전부 주황색이나 핑크색이네요? 주황색이나 핑크색 유약도 있나요?"

"그런 색을 내게 하는 유약도 있지만 도편은 유약을 바르지 않습니다. 소성(불때기)을 마친 도자기에 유약을 바르지 않으면 모두 주황색이나 핑크색을 띱니다. 쓰다가 버릴 도편까지 굳이 비싼 유약을 바르진 않습니다. 저래 보여도 단단합니다."

그때 갑자기 모아가 또 어디선가 주위들은 말을 중얼거리기 시작했다. 들어보니 외국인들이 참숯 불가마를 체험하는 동영상 내용이었다. 불가마 체험 후엔 식혜를 먹어야 한다, 냉커피를 먹어야 한다, 옥신각신하는 장면을 흉내 내고 있었다.

"모아야, 목마르니? 물 줘?"

억양 없는 대답이 돌아왔다.

"그래그래."

모아를 가만히 바라보던 녹림의 얼굴에 알 수 없는 감정의 동요가 비쳤다.

"네가 제일 행복하겠구나."

그러다 엄마인 지오가 자신을 살피고 있다는 걸 깨달은 녹림은 퍼뜩 정신을 차렸다.

"아, 죄송해요. 욕망이 적을수록 행복하다는 톨스토이의 말이 갑자기 떠올라서…."

"오만이네요. 욕망은 결핍 때문에 만들어지는 거 아니겠어요?

그렇다면 가장 기본적인 결핍이야말로 가장 강렬한 욕망을 불러일으키지 않을까요? 그런 원시적인 욕망이 좌절됐을 때 더 불행하지 않을까요?"

36.5℃의 밀실에 숨어 있는 모아에 대해 잘 알지도 못하면서 이러쿵저러쿵하는 사람이 많다. 엄마인 지오조차 모아라는 밀실엔 들어가 본 적이 없다. 그런데도 사람들은 자폐인이 차라리 행복해 보인다는 속 편한 소리까지 아무렇지 않게 한다. 한 귀로 듣고 한 귀로 흘려버릴 수도 있었지만 지오의 마음에 인이 박여 뾰족한 말이 나가버렸다.

"그런가요? 참, 도자기 만들기 체험 공방이 저쪽에 있어요. 거기에 정수기가 있습니다."

"불때기 하는 걸 취재해야 하는데…."

"다들 작업복 차림으로 갈아입고 모여야 하니 불때기는 한 두 시간 뒤에야 시작될 겁니다."

"아, 그러면 공방에서 목 좀 축이고 올게요."

녹림의 말대로 가마터를 돌아나가 숲 쪽으로 조금 걸으니, 원목으로 지어진 ㄷ자 모양의 별채가 나타났다. 이이세 도요에서 생산한 도자기들을 전시하는 쇼윈도도 있었다. 공방 한쪽엔 작은 카페테리아도 마련되어 있었다.

종이컵에 물을 따라 모아에게 주었다. 모아는 물을 단숨에 들이켠 뒤 입맛을 쩝쩝 다셨다.

"더 줘?"

"더 줘? 네, 고맙습니다."

작업복 차림의 솔향이 공방으로 들어왔다.

"아? 드세요, 드세요. 거기 밑에 커피도 있고 과자도 있어요."
솔향의 말대로 지오는 수납장에서 커피 믹스와 과자를 꺼냈다. 그러면서 심드렁하게 물었다.
"며칠 동안 불때기 하고 그러면 다들 잠은 어디서 자요?"
"저쪽에 숙소가 있어요."
"아, 명장님하고 다른 쌤들하고 같이 지내는 곳이에요?"
"명장님 사저는 따로 있고요. 우리 제자들은 한 건물을 남녀 나눠서 사용하고 있어요."
익명의 메일만으론 글쓴이가 남자인지 여자인지 알 수 없었다. 어쩌면 녹림이 도요 내에서 일어나는 사건들을 묵과할 수 없어서 지오에게 피해자인 척 메일을 보낸 것일 수도 있었다. 하지만 그런 것치곤 그 내용이 상당히 직접적이고 구체적이었다.
"하나 만들어볼래?"
솔향이 길쭉한 도예토를 들고 와서 탁자 위에 얹으며 모아에게 물었다.
"고맙습니다. 고맙습니다."
살집이 있는 솔향의 얼굴에 흐뭇한 미소가 걸렸다.
"에이, 아니에요. 얘가 어떻게 물레를 돌려요?"
"도자기 성형에는 물레 성형도 있지만 저렇게 타래 성형이란 것도 있어요."
솔향이 턱짓으로 쇼윈도 밖을 가리켰다. 전면 유리창 너머로 개량 한복 차림의 녹림이 지나가는 게 보였다. 손에는 수박만 한 잿빛 항아리가 들려 있었다. 그런데 구렁이처럼 굵은 타래를 빙글빙글 돌려서 만든 항아리였다.

"숙소에 작은 전기 가마가 있는데 녹림 쌤이 뭔가 실험해보려고 가져가나 보네요."

허리춤에 찬 가죽 주머니에서 솔향이 줄칼을 꺼내 도예토 덩어리를 반으로 잘라냈다. 솔향의 입에서 끙, 하는 소리가 났다.

"하하, 의외로 이 직업이 노가다예요. 그래서 명장님도 안 아픈 데가 없죠."

지오가 저도 모르게 눈을 동그랗게 뜬 모양이었다. 솔향이 멋쩍게 말했다.

하긴 발로 밟아 도예토 덩어리를 만들고 그걸로 성형하고 며칠 동안 가마 옆에 붙어 불을 지피는 일은 체력 소모가 클 것이다.

솔향은 떼어낸 흙덩어리를 양손으로 문질러 타래 모양으로 만들었다. 그 모습이 신기했는지 모아가 종종걸음으로 작업대에 다가갔다. 손에 뭐 묻는 걸 극도로 싫어하는 모아가 어쩐 일인지 솔향의 말에 따라 타래를 만들기 시작했다.

그때 작업대 위에 놓여 있던 스마트폰이 부르르 몸을 떨었다.

사건 발생 후

어이없게 순경은 지오의 말을 듣고도 그냥 돌아가겠다고 했다. 자신은 이게 사건성이 있는지 없는지만 판단하면 된다면서 말이었다.

하긴 소설이나 드라마에선 매번 강력계 형사나 과학수사팀이 출동해 현장을 조사하는 장면부터 시작하니까 다들 이 순경도 그런 역할을 할 줄로만 알았다. 하지만 이이세 도요가 자리 잡은 이곳은 시 외곽에서 한참 떨어진 산중이다. 가까운 파출소나 지구대에서 제일 먼저 출동했으리라.

"제가 뭐라 판단하긴 힘들 것 같고, 일단 보고부터 하고 오겠습니다. 그전까진 아무것도 손대지 말고 어디 가지도 말고 여기서 딱 기다리십시오."

추리소설가로서 지오의 감각은 이게 살인사건이라고 말하고 있었다.

"그래그래."

억양 없이 대답하는 모아를 한번 쓱 훑어본 순경은 고개를 갸웃거리더니 도요 주차장 쪽으로 내려갔다.

"추리소설가라고요?"

혜민이 비아냥대는 투로 물었다. 금시초문이라는 듯한 혜민의 표정을 보니 메일을 보낸 인물이 아닐지도 모른다고 지오는 생각했다. 하지만 다른 도예가들의 시선을 의식해서 일부러 모른 척하는 것일 수도 있었다.

생각이 여기에 이르자 명장에겐 살해당할 만한 동기가 있었다는 게 떠올랐다. 명장은 자신의 권력을 무기 삼아 제자들의 영혼을 짓밟았다. 성폭력 피해자 중 한 명이 더는 참지 못하고 살인을 저질렀을지도 몰랐다. 그리고 그럴 가능성이 가장 높은 사람은 역시나 메일을 보낸 자였다. 메일에 살인 예고나 다름없는 문장을 써놨으니 말이다.

"네, 추리소설가 신지오입니다."

"소설가 신지오, 10월 7일 출생, 160센티미터에 68킬로그램, 몸

무게는 제발 말하지 말라고, 사회 고발 전문 추리소설가, 2019년 계간 미스터리 여름호 신인상 수상, 2024년《그날 그 탕비실에서》로 한국추리문학상 수상….'

지오는 모아를 바닥에 내려놓았다. 부끄럽기도 했고 팔이 후들거리기도 했다.

"왜 기자라고 속인 거예요?"

솔향이 따지듯이 물었다.

익명의 글쓴이가 원하지도 않았는데 도요 내에서 권력형 성폭력이 일어나고 있었다고 말하는 게 맞을까, 지오는 고민했다. 하지만 그게 살인 동기일 수 있다면?

"그건 이 밀실 살인사건을 해결한 뒤에 말씀드릴게요."

"해결한다고요? 경찰도 자살인지 타살인지 모르겠다는데요?"

녹림이 눈을 동그랗게 뜨고 지오에게 물었다.

"우리나라 과학수사 기법은 다른 나라에 교육할 정도로 발달했지만, 우리 다 같이 한번 생각해봐요. 여기 CCTV 있어요?"

녹림이 고개를 저었다.

"CCTV는 고가의 도자기들이 있는 전시실 외엔 없습니다."

"수골만 보고서는 자살인지 타살인지도 알 수 없는데 범행 도구는 더더욱 그렇겠죠? 현장은 화재 진압으로 엉망이 됐고요. 여긴 산중이라서 휴대전화 기지국도 하나뿐이잖아요? 그리고 명장님 폰 정도는 가마 굴뚝 안에 던져 넣었을 수도 있고요. CCTV, 지문, DNA, 스마트폰 모두 무용지물. 한국 경찰의 과학수사가 이렇게 힘을 쓸 수 없는 사건에 추리소설가의 비약적인 추리가 필요하지 않을까요?"

"현실 수사가 어렵다고 상상 수사를 하겠다고요?"
이번엔 동백이 반문했다.
"상상 말고 연상쯤으로 해두죠."
"이런 사건을 많이 겪어본 것도 아니고 많이 써본 것도 아닌 사회 고발 전문 작가가요?"

사건 발생 전

모아가 타래를 만드느라 열중하고 있는 동안 지오는 명장의 숙소를 들여다볼 속셈으로 제일 안쪽에 있는 사저로 접근했다. 모아를 낯선 장소에 낯선 이와 단둘이 두고 오는 게 마음에 걸렸지만, 어떤 현장을 목도하게 될지 몰라 두고 오기로 했다. 그러다가 사저 출입문을 열고 나오는 동백과 마주쳤다. 동백의 얼굴이 벌겋게 상기되어 있었다.

지오는 큰 키에 날씬한 동백을 올려다보며 물었다.
"저기, 무슨 일 있었어요?"
잠시 망설이는 표정을 짓던 동백은 고개를 살짝 젓더니 억지웃음을 지었다.
"아, 아닙니다. 명장님이 요즘 워낙에 몸이 안 좋으셔서 마사지를 해드리고 나왔습니다."
마사지라는 단어가 실은 성 상납을 뜻하는 게 아닐까 싶었다. 지오는 위계에 짓눌린 동백의 마음을 흔들어보기로 했다.
"마사지하는 게 도예가의 일은 아니잖아요?"

순식간에 동백의 얼굴이 굳었다.
"그, 그렇죠. 그건 어디까지나 호의로…."
"호의라는 건 따뜻한 마음에서, 자발적으로, 우러나오는 친절을 뜻합니다."

지오는 일부러 말을 딱딱 끊어서 했다. 세 가지 조건 중의 하나라도 들어맞는 게 있는지 자문해보라는 의도에서였다. 그러자 동백은 화제를 돌릴 속셈인지 딴소리를 늘어놓았다.

"참, 첨에 저희 쪽에 보낸 취재 문의 이메일에서 신지오라는 이름을 보고 저는 남성 기자님인 줄 알았습니다."
"지오라는 유명한 남성 가수가 있어서 그런지 간혹 그런 오해를 받기도 해요."
"네, 저뿐만 아니라 다른 쌤들도 그런 줄로 알았어요. 그래서 이 첩첩산중 불때기 작업에 참석하셔도 좋다고 명장님이 허락해주신 거고요."

아, 그런 거였나? 혹시 익명의 글쓴이도 지오가 남성 소설가인 줄 알고 메일을 보낸 것일까? 장편소설 책날개에 프로필 사진을 싣지 않아서일지도 모른다.

"불때기를 마쳐야 식사를 하실 수 있을 겁니다. 모아 군, 배가 많이 고플 것 같네요."

모아는 음식에도 까탈스러워서 낯선 건 먹지 않는다. 사실 또래 아이들과 다르게 배고프다고 징징댄 적도 없다.

"공방에 주전부리가 마련되어 있습니다. 뭐라도 드시고 있으면 불때기 때 제가 부르러 가겠습니다. 오늘 몸이 불편해서 명장님이 불때기에 참석하지 않겠다고 하셨어요. 저녁도 거르시겠다고 하셨거든요. 아쉬우시겠어요."

가마 불때기는 도요에서 가장 중요한 작업이 아닌가? 청암의 몸이 얼마나 불편하면 그런 중요한 작업에 참석하지 않겠다고 한 거지? 그런데 그렇게 몸이 불편한 사람이 성 상납을 받으려고 마사지를 핑계 삼아 사저로 제자들을 불러들인다고? 지오는 고개를 갸우뚱거렸다. 그리고 그때마다 도자기에 금이 조금씩 가는 것 같은 느낌을 받았다.

한 시간 뒤쯤 공방으로 혜민이 지오를 부르러 왔다. 모아도 지오와 함께 가마터로 갔다.

불때기를 하기 위해 청암만 빼고 모두 모였다.

동백, 솔향, 녹림, 혜민이 아궁이 옆에 착착 쌓아놓은 장작들을 아궁이 속으로 날랐다. 그러고는 진흙을 묻힌 흙벽돌을 아궁이 입구의 절반까지 쌓아 올렸다. 아궁이 속에 씨앗 불을 넣고선 철근 쏘시개로 불길을 돋웠다. 그러면서 장작도 계속 집어넣었다. 아궁이가 용처럼 거센 불길을 내뿜자, 남은 흙벽돌을 쌓아 마저 막았다. 주먹만 한 틈만 남기고 아궁이 입구는 죄다 막혔다.

이제 화부들은 제1 가마 칸의 봉통으로 이동했다. 거기에도 아궁이에 불을 넣을 때와 똑같은 과정을 거쳤다. 봉통은 크기가 작아서 흙벽돌로 금방 메워졌다. 이 과정을 제2가마 칸과 제3가마 칸까지 다 마치자 8시가 다 되어 있었다.

밤하늘엔 별들이 총총 떠 있었다.

"저녁이 늦었습니다, 기자님. 명장님은 몸이 좋지 않아 저녁도 거르시겠다고 하셨어요. 도예가들 숙소에 식사를 미리 준비해놨으니 모아 군하고 같이 가시죠."

편식이 심한 모아가 어쩐 일인지 밥그릇을 싹싹 비웠다.

저녁을 먹고 밖으로 나온 지오는 모아와 둘이서 별을 구경했다. 장작 타는 소리만 울리는 고즈넉한 산중에 엄마 품에 안겨 있던 모아가 꾸벅꾸벅 졸았다.

그때였다. 수십 개의 유리창이 깨지는 소리가 났다. 고요한 산중이라 그런지 비명처럼 더 크게 울렸다. 가마 쪽이었다.

식당에서 도예가들이 튀어나왔다. 모두 미친 듯이 가마로 뛰어갔다.

사건 발생 후

철골 긁개와 도끼가 내팽개쳐져 있었다.

가마 내부는 외부보다 더 처참했다. 사방이 검은 눈물 자국으로 더럽혀지다 못해 기괴해 보이기까지 했다. 구정물과 진흙으로 질 퍽한 바닥엔 깨진 도자기 잔해들 때문에 발 디딜 틈이 없었다. 긁 개와 도끼와 도편 같은 도구들도 널브러져 있었다. 들어가 보려고 했는데 안에서 숨만 쉬어도 폐 속이 시꺼먼 구정물에 절여질 것만 같아 엄두가 나지 않았다.

모아는 무서운지 밖에서 종종걸음을 쳤다. 지오는 사건 현장까지 모아를 대동하고 싶지는 않았다. 하지만 동백, 솔향, 녹림, 혜민 중에 살인자가 있을지도 모르는데 그들 사이에 아들을 두고 올 순 없었다.

"얼음! 거기 그대로 있어. 땡, 해줄 때까지 움직이지 마!"

그렇다고 모아를 가마 안까지 데리고 들어갈 순 없었다. 지오는 고개를 숙여 가마 안으로 들어갔다.

부서진 도자기 조각들 때문에 신발 바닥에서 짜그락짜그락 소리가 났다. 이리저리 둘러보다가 바닥에서 멀쩡한 백자 달항아리를 발견했다. 뽀얗고 하얀 달항아리에 검정이 묻어서 그런지 검은색 얼룩무늬가 찍혀 있었다. 안개꽃 다발처럼 보이기도 했다. 집어들고서 관찰하고 싶었지만 그러면 현장을 훼손하는 것 같아 손대지 않았다.

사실 살인사건 현장에는 함부로 들어가면 안 된다. 소방대원들은 화재진압 후 철수했고, 순경은 현장을 통제하고 수사를 맡길 경찰 인력을 부르러 간 상황이다. 진실을 알고 싶은 마음에 행정상의 빈틈을 엿보긴 했지만, 지오는 최대한 현장을 훼손시키지 않기 위해 노력했다. 발자국도 더 이상 남기기 싫어서 가만히 서서 주위를 둘러보았다. 기물을 받치던 도편들이 바닥에 널브러져 있었다. 도편의 크기가 제각각이었다.

가마 칸 내부 한쪽에는 수골들이 있었다. 그것과 조금 떨어진 '불의 길' 가운데에 두개골이 있었다. 섭씨 1300°C의 화염 속에선 뼈까지 부서지는데 아직 두개골의 형태가 남아 있는 걸 보니 다른 뼈들에 비해 불에 덜 훼손된 것 같았다. 그런데 두개골은 왜 화도 중앙에 놓여 있는 거지?

지오는 눈으로 화도를 어루더듬었다. 제2가마 칸에서 망생(가마 내부 벽돌)들이 무너지는 바람에 화도가 끊겼지만, 원래대로 라면 그 끝에 제3가마의 굴뚝이 보였어야 했다.

지오가 가마 밖으로 나와 땡, 하고 말해줄 줄 알았는데 그냥 지나치자 모아는 울상을 지었다. 지오는 제3가마 쪽으로 올라갔다.
 굴뚝은 새까맣다 못해 검은 벨벳을 뒤집어쓰고 있는 것 같았다. 그리 높지 않아 지오가 까치발로 들여다보면 굴뚝 안이 보일 높이였다. 그런데 굴뚝 가장자리에 검댕이 벗겨진 곳이 있었다. 거기에 뭔가가 묻어 있었는데, 흙이었다. 아니 정확하게 말하자면 핑크색과 주황색이 도는 초벌한 흙이었다. 도자기 가마니까 굴뚝에 흙이 묻어 있는 게 당연한 걸까? 굴뚝에서도 상당한 온도의 연기와 열기가 뿜어져 나왔으니까, 도예토가 초벌한 것처럼 구워지는 게 자연스러운 걸까?
 "못생긴 사람한테는 못생겼다고 말하면 안 된다고 했찌! 이 노무 짜식이이이!"
 가만히 서서 눈알만 굴리며 모아가 엄마의 잔소리를 따라 말했다. 그때 지오의 머릿속에서 땡, 하는 소리가 울리는 것 같았다.
 "모아야, 고마워. 가자, 이제. 범인 잡으러!"
 지오는 땡 소릴 내며 손으로 모아의 어깨를 가볍게 쳤다.
 지오와 모아는 손을 잡고 모두가 기다리고 있는 공방으로 갔다.
 공방엔 솔향, 혜민, 녹림, 동백이 작업대 주위에 침통한 얼굴로 둘러앉아 있었다.
 "모든 수수께끼는 풀렸습니다."
 일동 눈을 동그랗게 뜨고 지오를 바라보았다.
 "죄송합니다. 사실 다 풀린 건 아니에요. 모든 수수께끼는 풀렸다, 이 말 한번 꼭 해보고 싶었습니다."
 그동안 얼마나 추리소설 속 탐정처럼 멋지게 사건을 해결해보고 싶었던가. 지오가 멋쩍게 웃었다.

"사실 알아야 할 것이 하나 남아 있습니다. 동백 쌤하고 솔향 쌤한테 물어봐야 하는 건데요. 혹시 마지막으로 명장님 봤을 때 뭔가 평소와 다른 점은 없었나요?"

동백과 솔향이 서로 눈을 마주쳤다. 체념한 듯 동백이 숨을 크게 들이쉰 뒤 내뱉으며 말했다.

"그냥 마사지만 시킨 게 이상했어요. 평소엔 더한 것도 요구했는데 오늘은 이상하게 다리만 주무르게 했어요. 무릎 위로 손이 올라가니까 제 손등을 손으로 찰싹 때리더라고요. 그만 주무를까요? 하고 물었더니 별 대꾸도 없이 나가라는 뜻으로 손만 까닥거렸어요."

마사지가 성 상납으로 이어질 거라는 지오의 예상이 맞았다.

"저한테는 귀찮다는 듯 제 손을 발로 걷어찼어요. 어찌나 모욕적이던지 그대로 자릴 박차고 나왔죠."

솔향의 경우도 동백과 비슷했다.

"그렇군요. 모아야, 오늘 오후에 들었던 말 기억나니? 기억하고 있으면 말해볼래?"

"가마 안에서 타지 않는 건 도자기밖에 없습니다. 그래서 저렇게 ㄱ자 모양의 도편을 기물 받침대로 쓰고 있습니다."

"아니, 그거 말고."

"동이 많이 함유되면 붉은색을, 철이 많이 함유되면 검은색을, 코발트가 많이 함유되면 푸른색을…."

"응, 고마워. 좀 전에 가마 안에서 굉장히 독특한 무늬의 백자 달항아리를 발견했습니다. 안개꽃 무늬 같았는데 검은색이더라고요. 자세히 봤는데 어디선가 비슷한 무늬를 본 거 같은 거예요. 여러분은 잘 모르시겠지만, 피습이나 피격으로 뿌려지는 혈흔은 일정한 방향성과 형태를 보입니다. 그걸 비산혈이라고 하죠.

감히 단언컨대 살인 현장은 제1가마 칸입니다. 범구는 장작 팰 때 썼던 도끼 정도로 짐작하고 있습니다. 아궁이 옆에 장작을 쌓아놓고 있던데 거기에 항상 놓여 있던 도끼요. 우리가 흙벽돌을 부술 때도 범인은 일부러 그 도끼를 썼습니다. 그러고는 다들 정신없는 틈을 타 가마 안에 집어넣었습니다."

동백이 고개를 주억거렸다.

"화기를 조절해야 하니 장작을 쪼개서 사용할 때가 많습니다. 그때 쓰는 손도끼를 항상 그 자리에 놓아두곤 합니다."

"그 손도끼로 명장의 경동맥을 내리쳐 쓰러뜨렸고 그때 튄 비산혈이 근처에 있던 백자 달항아리에 스며들었던 겁니다. 가마 내부는 새까만 망생이들로 만들어져 있어, 벽에 튄 혈흔은 신경 쓸 필요도 없었을 테죠. 그리고 섭씨 1300℃의 고온엔 혈흔까지 모두 파괴되니까요. 하지만 유약에 튄 피는 달랐습니다. 피의 철 성분이 백자 달항아리의 유약과 섞여 검은색의 특이한 무늬를 가지게 됐던 겁니다."

"말도 안 돼요. 그러면 불때기 전에 가마 안에서 명장님이 변을 당했단 말이 되잖아요?"

성질 급한 혜민이 소리쳤다.

"기다려주세요. 지금부터 설명할게요. 제가 이런 건 처음이라서 논리적으로 잘 설명할 수 있을진 모르겠지만, 아무튼 제 나름대로 사건을 재구성해보겠습니다."

"아니, 잠깐만요. 가마 안에서 명장님이 변을 당했다면 우리가 불때기 할 때 시체를 발견했어야 하잖아요. 아궁이 쪽에서 보면 제1가마 칸 내부가 다 보이는데 그때 거기엔 기물들밖에 없었잖아요? 안 그래요?"

모두에게 동의를 구하듯 녹림이 일동을 둘러보았다.

"네, 맞아요. 그러니까 시신은, 우리가 다 같이 봤던 그 기물 속에 있었습니다. 장독보다 더 큰 기물 말입니다. 어떤 나라의 장례문화 중에는 커다란 독에 시신을 넣고 동굴에 안치하는 방식도 있습니다. 우리나라도 화장한 수골을 작은 항아리에 담아 납골당에 안치하고요. 아마 범인도 이런 발상에서 커다란 기물 안에 명장의 시신을 집어넣었을 겁니다. 그리고 이때 범인은 손도끼로 명장의 머리를 몸통에서 분리해냅니다."

솔향이 손을 들고선 물었다.

"왜죠? 명장님은 워낙에 체구가 작아서 머리를 떼어내지 않아도 될 텐데요?"

"아, 범인이 머리를 떼어낸 건 은닉하는 데 불편해서가 아니었습니다. 머리가 필요해서였죠. 그건 나중에 설명할게요. 지금은 가마 밀실의 미스터리부터 풀어보겠습니다. 범인은 독 속에 명장의 시신과 함께 목걸이도 같이 집어넣었습니다. 그래서 두개골이 아니라 수골 속에서 목걸이가 발견된 거죠. 이때 명장의 휴대폰은 가지고 나왔습니다. 아무튼 독 속에 명장의 시신이 있는 줄도 모르고 우리는 불때기를 시작했고요. 그렇게 가마는 1300℃의 밀실이 되었습니다."

이번엔 녹림이 물었다.

"밀실이라면 아무도 나오지도 들어가지도 못한다는 뜻 아닌가요? 그럼 누가 도자기들을 깨뜨렸단 말입니까?"

좋은 지적이란 뜻으로 지오는 고개를 끄덕여 보였다.

"누가 그랬냐면, 그건 바로 1300℃의 불입니다."

지오의 말에 녹림이 낮은 어조로 반박했다.

"100년 넘게 조합해 써온 도예토입니다. 지금까지 이이세 도요의 도예토를 써서 만든 기물이 가마 온도를 견디지 못하고 깨진 적은 한 번도 없습니다. 누군가 불순한 의도로 도예토에 뭔가를 섞어서 기물을 만들었다 하더라도 그 기물들은 여기 계신 도예가 쌤들이 각각 따로 만든 작품인데 한꺼번에 모두 깨질 순 없습니다."

"그렇겠죠. 모아야? 혹시 도자기 크기가 줄어든다고 했던 말 기억나니?"

공방 한쪽에서 꾸벅꾸벅 졸고 있던 모아가 고개를 번쩍 쳐들었다.

"도자기는 원래 두 번 구워냅니다. 초벌을 하면 3분의 2가량이 줄어들기 때문에 그걸 감안해서 흙으로 빚을 땐 일부러 크게 만듭니다."

지오는 모아에게 잘했다고 칭찬한 뒤 말을 이었다.

"불때기가 끝나고 가마를 열었을 때 명장의 시신이 수골로 변해 독 속에 있으면 안 되었습니다. 그래서 범인은 이 독을 깨뜨릴 생각이었습니다. 어떻게요? 다른 기물들을 도미노처럼 쓰러뜨려서요. 기물들이 일정한 간격을 두고 줄지어 놓여 있는 데에서 착안했겠죠. 그럼 기물들을 볼링핀처럼 쓰러뜨리려면 어떻게 해야 했을까요?"

혜민이 끼어들었다.

"잘라낸 머리를 볼링공처럼 써서?"

"아닙니다. 두개골이 제1가마 칸에서 발견된 건 맞지만 그 정도의 힘을 가지려면 로켓을 달아야 할걸요. 그리고 깨진 기물들 사이에서 두개골이 발견됐으니 아마도 기물들이 깨지기 전에 도로 집어넣었을 거예요. 머리통만 없는 수골이 발견되면 이상하니까요."

"밀실이라면서요? 밀실인데 두개골은 어떻게 집어넣는데요?"

이번에도 녹림이 손을 들고 물었다.

"정확히 얘기하면 불완전 밀실이죠. 굴뚝이 열려 있었지 않습니까? 굴뚝 크기로 봐서 머리 하나쯤은 집어넣을 수 있겠더라고요. 경사면에 지어진 오름 가마잖아요? 굴뚝에 두개골을 집어넣으면 화도를 타고 제1가마 칸까지 굴러갔을 겁니다."

답답했는지 혜민이 신경질을 부렸다.

"그래서요? 기물들은 어떻게 쓰러뜨렸는데요? 그만 뜸 들이고 그냥 빨리 말해요."

"정답은 도편입니다. 기물을 받치고 있던 도편이 쓰러지면 기물도 쓰러집니다."

졸고 있던 모아가 무슨 버튼이라도 눌러진 듯 고개를 치켜들더니 웅얼거렸다.

"소성(불때기)을 마친 도자기에 유약을 바르지 않으면 모두 주황색이나 핑크색을 띱니다. 쓰다가 버릴 도편까지 굳이 비싼 유약을 바르진 않습니다. 저래 보여도 단단합니다."

"모아 말이 맞아요. 어차피 쓰다 버리는 거라 유약을 바르지 않는다고 하더라고요. 그러니까 크기만 같으면 초벌한 건지, 재벌한 건지 육안으론 구분할 수 없습니다. 범인은 구울수록 도자기의 크기가 줄어드는 특성을 이용해 초벌한 도편과 재벌한 도편을 섞어서 기물 밑에 받쳐두었습니다. 아니, 범인은 초벌 도편만 갖고 있다가 재벌 도편하고 바꿔치기만 해도 됐습니다. 아무튼 가마 온도가 높아지고 초벌 도편과 재벌 도편이 서로 다른 크기로 구워지면서 기물들이 쓰러지게 됩니다. 쓰러진 기물들은 명장의 시신이 든 기물까지 내리쳐 쓰러뜨리게 됩니다. 시신을 숨겨놓은 독 밑에도 서로 다른 도편으로 받쳐놓았는지 모르겠네요. 숙소에 있는 전기 가마로 틈틈이 자신만의 도편을 만들어놨겠네요."

그러자 혜민이 언성을 높였다.

"아니, 그래서 범인은 도대체 누굽니까?"

"이렇게 성질 급한 걸 보니 혜민 쌤은 범인이 아닌 게 확실합니다. 이 살인 계획은 아주 오랫동안 조금씩 준비했을 테니까요. 그렇게 절 죽일 것처럼 노려볼 필요 없어요. 알겠어요. 말할게요. 범인의 정체는…."

혜민의 얼굴이 벌겋게 달아올랐다.

"머리를 떼어갈 필요가 있었던 사람입니다."

"에라이!"

혜민이 주먹으로 작업대를 내리쳤다. 졸던 모아가 놀라 자리에서 벌떡 일어났다. 불안해졌는지 종종걸음으로 엄마에게 달려와 안겼다. 지오는 모아의 등을 쓰다듬으며 말했다.

"범인은 알리바이 공작이 필요했어요. 알리바이 공작에는 두 종류가 있습니다. 첫째는 범인 자신의 알리바이를 조작하는 거예요.

둘째는 피해자의 사망 시각을 조작하는 겁니다. 범인은 후자를 선택했습니다. 그게 더 쉽다고 생각해서였겠죠. 그리고 그걸 위해서 명장의 머리가 필요했던 겁니다."

"아, 이제야 머리통에 대한 설명이 나오는 겁니까?"

지오는 혜민에게 어깨를 한 번 으쓱해 보였다.

"명장님을 마지막으로 목격한 곳이 어딥니까? 명장님 사저이지요? 솔향 쌤, 동백 쌤이 마사지를 해주지 않았습니까? 그때 그 사람이 명장님이라고 어떻게 확신하는 겁니까?"

"그거야, 명장님… 얼굴이니까…."

솔향과 동백의 얼굴이 하얗게 질렸다.

"범인은 가지고 나온 휴대폰으로 청암인 척 불때기에 불참한다는 문자를 보냈습니다. 평소 마사지를 해주던 두 분께는 각각 다른 시간대에 오라는 문자도 보냈고요. 그러고는 침대 위쪽에 청암의 머리통을 놓고 이불을 뒤집어쓰고 누워 있었을 겁니다. 머리통이야 어차피 나중에 불태울 거니까 침대에 접착제로 붙이든 뭔가 수를 썼겠죠."

"맞아요. 이불을 턱밑까지 덮고 있었어요. 다리는 내놓고 있길래 다리부터 주물렀습니다."

"두 분 다 다리만 주물렀다고 하기에 그렇지 않을까 예상했습니다."

"그렇지만 아무리 턱밑까지 이불을 끌어올려 덮고 있었다고 해도 죽은 사람 얼굴하고 산 사람 얼굴하고 구별 못하겠습니까?"

동백과 다르게 솔향은 미심쩍다는 듯 반문했다.

"그거야 맨얼굴이면 그렇겠죠? 모아는 명장님 화장법이 마음에 들지 않았나 봐요. 할머니들 화장법이 다 그렇잖아요. 얼굴은 새하얗고 입술만 빨갛게 칠하잖아요? 그래서 홍콩 할매 귀신이다, 입술만 동동 뜬다, 계속 지적을 했던 거죠. 저는 평소에 사람 외모 가지고 말하면 안 된다고 잔소리하거든요. 좀 전에 모아가 제 잔소리를 따라 한 덕에 깨달았어요. 여기 쌤들 중에 범인은 딱 한 명일 수밖에 없다는 걸요.

청암의 얼굴에서 혈흔을 지우고 화장을 고칠 수 있는 사람, 청암의 머리를 갖다 붙이고 누워 있어도 이질감 없는 동성의 몸을 가진 사람, 청암과 같은 여성인 사람, 바로 당신이 범인입니다."

일동 지오가 가리키는 방향에 앉아 있는 사람에게로 고개를 돌렸다.

"동백 쌤, 쌤이 저한테 메일을 보내신 분이죠?"

"네, 그렇습니다."

"프로필 사진 없이 책날개에 적힌 이름만 보고 제가 남자인 줄 알고 메일을 보냈던 거죠?"

"여성 작가님인 줄 알았으면 그런 메일을 보내진 않았을 겁니다."

"저 또한 이이세 도요 안에서 권력형 성폭력이 일어나고 있다는 메일을 읽었을 때 당연히 가해자는 남성, 피해자는 여성인 줄로만 알았습니다. 이이세 도요에 대한 사전 조사를 하면서 청암이 여성인 걸 처음 알았습니다. 이이세의 후손 이미진, 호는 청암. 소설가도 필명을 쓰는 경우가 많거든요. 성별을 감추려고 일부러 중성적인 필명을 쓰는 작가들도 있어요. 도예가 쌤들은 작품의 특색을 반영해서 호를 짓는 경향이 있더군요."

녹림이 자리에서 벌떡 일어났다.

"제가 여성이기 때문에 범인이란 말이에요? 증거 있어요? 제가 스승님을 죽였다는 증거요!"

쉿소리 지르는 녹림에게서 보호하듯 모아를 감싸 안으며 지오가 말했다.

"제가 이런 질문을 받게 될 줄은 진짜 몰랐네요."

"DNA도 CCTV도 지문도 스마트폰 위치 추적도 아무것도 건질 게 없는데, 제가 범인이라는 증거가 있냐고요!"

녹림이 탁자를 두 손으로 내리쳤다.

"굴뚝에 초벌로 구워진 흙이 있었습니다. 그걸 보고 당신이 가마에서 청암의 머리를 잘라 성형한 항아리에 가지고 나왔다는 걸 알았습니다. 사저에서 동백 쌤과 솔향 쌤을 속이고 나서 다시 가마에 집어넣기 위해 진흙 항아리에 담아 옮겼을 겁니다. 타래 성형은 자폐인 모아도 만들 만큼 쉬우니까요. 굴뚝 앞에서 항아리를 으깨 부수고 머리통을 굴뚝에 집어넣었겠죠. 그때 굴뚝 입구에 도예토가 묻었던 거고요. 당신이 타래 성형한 항아리를 들고 지나가는 걸 저와 솔향 쌤이 봤습니다."

"그 항아리에 청암의 머리통이 들어 있었단 증거가 어디에 있냐고요! 당신 상상일 뿐이잖아요? 그것도 소설가의 망상!"

"보통 저 같은 외부인이 나타나면 계획했던 범행도 미루거나 할 텐데 당신은 그럴 수가 없었어요. 왜냐고요? 명장의 시신을 담았던 그 커다란 기물 말입니다. 그걸 언제 다시 만들어서 구울지 알 수 없기 때문이죠. 장작 가마는 1년에 서너 번밖에 불때기를 하지 않으니까요. 당신 실력으론 그렇게 큰 기물을 초벌에서 살아남게 하기가 힘들었던 거예요!"

녹림은 분노로 몸을 부르르 떨었다.

"제 실력이 부족한 게 지금 증거가 된단 말은 아니겠죠?"

"깨진 기물 조각 중에 수골 가루가 묻은 게 있을 겁니다. 그리고 수골 가루가 묻어 있는 조각 중엔 분명히 기물의 바닥 부분 조각도 있겠죠. 거기에 증거가 남아 있습니다. 빼도 박도 못할 증거가요. 바로 당신의 호가요! 녹림이라는 당신의 낙관이요!"

전기 가마에 들어가는 작품에는 아마추어도 낙관을 찍는다. 하물며 이이세 도요의 전통 가마에 여러 도예가의 작품을 함께 굽는데 낙관을 찍지 않은 기물이란 있을 수 없다.

지오의 일갈에 녹림은 의자에 털썩 주저앉았다.

"나도 저놈들하고 비슷한 시기에 들어와서 기라면 기고 까라면 까면서 온갖 고생을 다 했어. 근데 청암 이미진, 이 남자에 미친년이 나한테는 개인전조차 열어주지 않더라고. 그걸로도 모자라 이번 달 말에 건강상의 이유로 저놈들한테 도요를 물려주겠다고 하잖아! 몸이라도 바치라면 그렇게 했을 거야! 근데 나한테는 그런 기회조차 주지 않았어, 같은 여자라는 이유만으로!"

"우리 이이세 도요의 명작을 만들어낸 건 모두 이 가마입니다. 백 년도 넘게 도예가로 살아온 것이니 도예 명장은 바로 이 가마인 셈입니다."

모아의 억양 없는 말이 녹림의 절규를 잘라냈다. 깊은 한숨을 내쉬고서 지오가 모아의 말을 이었다.

"당신은 출세욕 때문에 스승인 청암만 죽인 게 아닙니다. 100년 넘게 묵묵히 도예가의 혼을 빚어냈던 저 100년 명장인 오름 가마를 오늘 죽여버린 것입니다."
 장작 타는 소리마저 들리지 않는, 슬프도록 고요한 도요에 도예가들의 흐느끼는 소리가 오랫동안 울려 퍼졌다.

작가의 말

　요코미조 세이시 작가님의 《혼진 살인사건》을 처음 읽었을 때 큰 충격을 받았습니다. 혼진은, 에도시대에 영주가 에도를 오갈 때 머무르던 숙소로 일본 전통 가옥입니다. 개방적인 일본 전통 가옥을 이용한 밀실 트릭을 썼다는 것에도 놀랐지만, 자기 나라만의 고유한 재료를 써서 트릭을 만들어낸 것이 정말 부러웠습니다.
　요코미조 세이시 작가님의 발끝에도 못 따라갈 수준의 필력이지만, 저에게도 기회가 닿는다면 꼭 한국 전통의 것을 이용한 트릭을 만들어야겠다고 결심했습니다.
　한국 본격 미스터리 작가 클럽의 앤솔러지에 소설을 실을 기회가 찾아왔을 때, 이참에 꼭 도전해보자는 생각이 들었습니다. '한국' 본격 추리소설만이 보여줄 수 있는 트릭을 만들겠다며 의욕을 불태웠습니다.
　1년 넘게 전통 가마를 조사하고 전통 도자기 공방 수업을 들으면서 본편의 가마 밀실 트릭을 만들었습니다. 하지만 트릭을 잘 만드는 것과 본격 미스터리를 잘 쓰는 것은 별개였습니다.
　저의 부족한 필력을 다시금 통감했습니다.
　제 미흡한 소설이 이렇게 황금펜상 우수작에 포함된 것만으로도 영광입니다.

부끄럽고 또 부끄럽습니다.

앞으로 기회가 닿는다면 '한옥 스테이 밀실 살인사건'이나 '템플 스테이 밀실 살인사건' 같은 것도 집필해보고 싶습니다.

심사평

2025 제19회
한국추리문학상 황금펜상

박인성(문학평론가)

올해도 2025년 한국 미스터리 문학의 발자취를 돌아보는 19회 황금펜상 심사를 진행했다. 지난 1년간 잡지와 앤솔러지 단행본을 포함해 발표된 미스터리 단편소설을 대상으로 한 예심을 거쳐 총 여섯 편의 소설이 본심의 후보작으로 추천되었다. 김아직의 〈길로 길로 가다가〉, 박건우의 〈교수대 위의 까마귀〉, 박소해의 〈부부의 정원〉, 박향래의 〈서핑 더 비어〉, 조영주의 〈폭염〉, 한새마의 〈1300℃의 밀실〉이다. 올해의 심사는 그간의 경향과 비교할 때 다소 이례적이라고 할 만큼 본격 미스터리의 본심 진출작이 많았다. 그만큼 최근 들어 한국 미스터리의 지형 속에서 본격 미스터리에 대한 작가들의 진지한 시도가 많이 늘어났음을 확인할 수 있었다. 이는 본격 미스터리 앤솔러지 기획을 포함해 본격 미스터리가 최근 한국 미스터리 문학 장의 주요 화두로 떠올랐음을 의미한다.

우선 박소해의 〈부부의 정원〉은 일반적인 미스터리 문법에서 다소 벗어나 용의자인 남편을 심문하는 과정에서 오히려 배후의 진실이 드러나고 그 사회적인 메시지가 파급되는 과정을 다룬다. 가장 사적인 부부 관계의 진실이 공적인 형태의 사회적 메시지로 확장되는 과정에서 미스터리라는 문법이 개입하는 방식의 소설적 구성이 특징적이라고 할 수 있을 것이다. 따라서 미스터리가 찾아내는 진실이 어디까지나 개인의 특수한 진실인 동시에 공적인 것이라는 사실을 환기하고 의미화하는 과정에서, 미스터리 장르에 대해 메타적인 주제 의식을 가진다. 하지만 한편으로는 소설의 핵심을 구성하는 부부 사이의 감정 및 피해자 박상연이 전달하는 사회적 메시지가, 소설이 구축하는 미스터리의 당위성을 제공하는가에 대해서는 충분하지 못하다는 의견도 있었다.

박향래의 〈서핑 더 비어〉는 〈부부의 정원〉과는 달리 훨씬 더 내밀한 가족의 진실을 다루고 있다는 점에서 차별성이 확실하다. 15년 만에 과거의 기억을 반추하게 만드는 수제 맥주 펍의 장소성과 그에 따른 회상의 생생함이야말로, 이 소설의 분위기를 구성하는 핵심적인 역할을 한다. 미스터리의 와이더닛whydunit에 좀 더 초점을 맞추고 있는 작품이지만, 자식의 시선에서 어린 시절의 기억을 반추하며 삼촌의 죽음과 부모의 감정에 대해 이해를 더듬어 간다는 '등잔 밑의 진실'이 독자마다 호불호는 있을 듯하다. 또한 주인공이 왜 굳이 15년 만에 과거를 되짚어보아야 하는가라는 질문은 결말에서 효과적으로 해결되는 반면에, 수제 맥주 전문점이긴 세월 방치되었음에도 과거의 모습 그대로 주인공이 원하는 단서를 제공해주는 것은 다소 편의적이라는 의견도 있었다.

조영주의 〈폭염〉은 다소 메타적인 이야기, 더 나아가서 재귀再歸적인 형태의 미스터리 형식을 의도적으로 활용하는 소설이다. 자신이 쓴 영화 대본의 이야기와 그 대본을 둘러싸고 일어나는 다소 혼란스러운 주인공의 현실 인식이 맞물려 발생하는 사건과 진실의 추적이 흥미로운 독서의 재미를 준다. 포스트모던한 기법과 미스터리를 결합해 만들어내는 독특한 분위기가 이 소설의 강점이다. 반면에 소설에서의 주인공-서술자의 정신적 착란을 서술 트릭으로 보아야 할지는 다소 애매하다. 포괄적인 의미에서 주인공이 '신뢰할 수 없는 서술자'라는 사실이 밝혀지는 과정과, 이 소설의 미스터리가 발견하는 자기 자신에 대한 진실은 오히려 다소 예측 가능하고 오늘날의 기준에서는 뻔한 반전이라는 평도 있었다.

한새마의 〈1300℃의 밀실〉은 제목과 소재의 측면에서 강조되듯이 밀실 미스터리를 의도적으로 강조한다는 점에서도 그렇지만 본격 미스터리로서의 전략을 잘 고려한 작품이다. 밀실을 강조하지만 사실 진정한 트릭은 성별에 대한 혼란을 일으키는 서술 트릭에 있다는 점, 즉 트릭 데이터베이스에 대한 독자의 손쉬운 예측에서 벗어나기 위해 두 가지 트릭을 효과적으로 결합했다는 점에서는 좋은 평가를 받았다. 다만 자폐 아동의 등장이 다소간 도구적이라는 의견, 또한 문하들이 청암의 다리를 주물러주는 것이 처음은 아닐 텐데 그걸 구분 못할까 하는 의문이 가능하다는 의견도 있었다.

앞서 언급한 작품들은 각각의 장점과 개성이 분명했으나, 다소

간 단점도 함께 보인 작품들이었다면, 반대로 좀 더 이야기 측면에서나 미스터리의 측면에서 높은 완성도를 보인 작품들을 추릴 수 있었다. 심사위원들은 자연스럽게 최종 후보작 두 편으로 논의를 집중할 수 있었다. 김아직 작가의 〈길로 길로 가다가〉와 박건우 작가의 〈교수대 위의 까마귀〉다. 〈길로 길로 가다가〉가 큰 틀의 이야기 쪽에 좀 더 방점을 찍는다면, 〈교수대 위의 까마귀〉는 본격 미스터리로서의 진중한 승부 쪽에 방점이 있기에 매력의 차이도 선명했다.

우선 김아직의 〈길로 길로 가다가〉는 미스터리의 장르적 익숙함을 환기함으로써, 그에 따른 효과적이고 편의적인 전개를 큰 거부감 없이 해냈다는 점이 좋은 평을 받았다. '동요 살인'이라는 다소 작위적일 수 있는 소재를 한국적인 배경의 시골 마을과 효과적으로 연결한 것도 좋았으며, 소녀 탐정과 시골 마을 순경 사이에서 발생하는 버디물로서의 개성 역시 매력적이었다. 이를테면 이야기적인 매력과 미스터리 장르에 대한 익숙함을 통해서 구렁이 담 넘어가듯 전체 사건을 읽어 나가게 만드는 몰입감이 훌륭했다. 굳이 단점을 찾자면 마을의 상황에서 제시된 설정들이나 다소 단순한 범인의 동기였다. 5년 전에 살해된 민속학자가 여성 편력이 있었음에도 죽은 뒤에 아무도 찾는 사람이 없었다는 점이나, 연속 살인범이 민속학자에게 여자가 둘 있다는 사실을 알고도 범행을 꾸미는 점 등에 대한 것이었다.

마지막으로 박건우 작가의 〈교수대 위의 까마귀〉는 최근에 한국에서 보기 드문, 섬세하게 조립된 본격 미스터리의 진수를 보여주었다는 감상이 공통적이었다. 본격 미스터리의 장르적 관습을 충실하게 따르면서도 이러한 장르에 익숙하지 않은 독자들이 읽기에도 효과적으로 몰입이 가능하다는 점이 큰 장점으로 꼽혔다. 미스터리 구성에서도 미술관이라는 배경을 통한 살인사건의 트릭, 촘촘하게 연결된 전체 사건과 해결의 방식 등이 전체적으로 완성도가 높았다. 굳이 아쉬움을 말하자면 범인이 피해자에게 수면제를 먹이고 생리대를 착용시킨 점이나, 살해 동기가 된 여자친구의 죽음을 알게 된 방식, 이를 통해 범인의 동기가 너무 쉽게 구성된다는 점을 지적하는 의견도 있었다. 그러나 이 작품이 보여주는 큰 틀의 완성도에 비해서는 그리 큰 아쉬움은 아니라는 평이 지배적이었다.

심사위원들은 두 작품에 대한 섬세한 저울질을 거쳐 만장일치로 〈교수대 위의 까마귀〉를 2025년 황금펜상 수상작으로 선정했다. 〈길로 길로 가다가〉가 큰 틀의 이야기적인 매력으로 다소간의 구멍을 극복하는 소설로 아쉬움이 남았다면, 〈교수대 위의 까마귀〉는 일부 주변적인 사항에서는 의문이 있을지언정 미스터리로서의 완성도가 전체 작품을 효과적으로 장악한 것으로 보이기에 상대적으로 더 높은 평가를 받았다. 몇 년 동안 언급 자체가 잘 이뤄지지 않았거나 상대적으로 완성도 측면에서 지적을 받아왔던 본격 미스터리가 올해는 전반적으로 약진을 보이는 가운데, 〈교수대 위의 까마귀〉가 그중에서도 더욱 가치 있는 성취를 거두었음이 분명하다.

2025년 황금펜상을 수상한 박건우 작가에게 큰 박수와 축하를 보낸다. 이 쉽지 않은 성취가 앞으로도 이어질 수 있기를 기대한다. 올해의 심사와 수상 결과는 앞으로의 한국 미스터리 문학 장에도 긍정적인 영향을 줄 것으로 생각한다. 본격 미스터리에 대한 더욱 진지한 노력과 시도들이 발생할 때, 미스터리 문학 장에서 하위 장르의 다양성 및 생태계의 지속 가능성 또한 발전하리라 생각하기 때문이다. 특히 예심을 통해서 눈 밝은 검증을 수행해준 예심 심사위원들께도 새삼스러운 감사를 표한다. 올해는 전반적으로 예심을 거쳐 본심에 올라온 작품들의 수준이 높았을 뿐 아니라, 작가들의 고심과 노력이 묻어나는 작품이 많았기에, 읽는 재미를 만끽할 수 있었다. 본심에서 언급된 모든 작가에게도 격려를 보내며, 앞으로도 한국 미스터리 문학 장의 건강한 발전과 미스터리 작가들의 문운을 기대해본다.

한국추리문학상 황금펜상 본선 심사위원
백휴, 박광규, 박인성

수록작 발표 지면

교수대 위의 까마귀_박건우 (《교수대 위의 까마귀》, 서랍의날씨)
서핑 더 비어_박향래 (《계간 미스터리》 86호, 나비클럽)
폭염_조영주 (《한강》, 북다)
부부의 정원_박소해 (《계간 미스터리》 84호, 나비클럽)
길로 길로 가다가_김아직 (《클리셰: 확장자들》, 북다)
1300℃의 밀실_한새마 (《교수대 위의 까마귀》, 서랍의날씨)

한국추리문학상 황금펜상 수상작품집 2025 제19회

초판 1쇄 펴냄 2025년 12월 12일

지은이 박건우 박향래 조영주 박소해 김아직 한새마
펴낸이 이영은
편집장 한이
교정 오효순
홍보마케팅 김소망
디자인 여상우 조효빈
제작 제이오
인쇄 민언프린텍

펴낸곳 나비클럽
출판등록 2017. 7. 4. 제25100-2017-0000054호
주소 서울특별시 마포구 동교로22길 49 2층
전화 070-7722-3751 팩스 02-6008-3745
메일 nabiclub@nabiclub.net
홈페이지 www.nabiclub.net
페이스북 @nabiclub
인스타그램 @nabiclub

ISBN 979-11-94127-28-4 (03810)

이 책은 저작권법에 따라 보호를 받는 저작물이므로 무단 전재와 무단 복제를 금지하며,
이 책의 전부 또는 일부를 이용하려면 반드시 지은이와 나비클럽의 서면동의를 받아야 합니다.

잘못된 책은 구입처에서 바꿔 드립니다.